かぐや姫、物語を書きかえろ！

雀野日名子

河出書房新社

◉目次

装幀　坂野公一＋吉田友美（welle design）
装画　Minoru

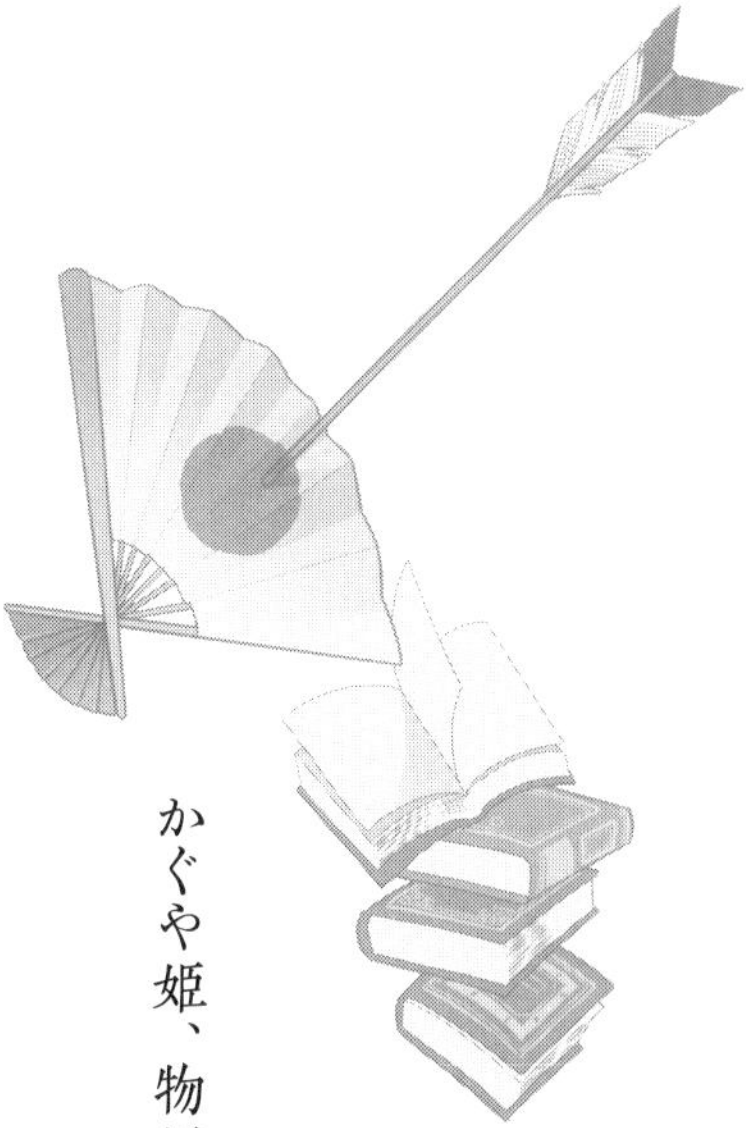

かぐや姫、物語を書きかえろ！

第一話　『竹取物語』

——はじまりの物語

縄文時代、偶像化される女たちを見て、彼は嘆いた。

弥生時代、王座に据《す》えられる女たちを見て、彼は頭を抱えた。

彼は、物語の神である。

彼の役割は、人間を「正しい物語」のなかで生きさせることである。

「正しい物語」では、男が中心に存在しなくてはならない。

天を見よ。太陽が中心にあるからこそ、星や月は命を得ることができるのだ。人間も同じ。男という太陽が中心にあるからこそ、女という星は命を得ることができるのだ。

彼はまずは、縄文時代と弥生時代を「正しい物語」に直すことにした。

女を象《かたど》った豊穣祈願の土偶は、弥生時代に始まった戦争で踏み潰させた。戦争を収めるために王座に据えられた巫女《みこ》は、男に暗殺させた後、その王国ごと所在不明にした。

これによって人間たちの認識も「正しく」補正された。女人《にょにん》を象った土偶の欠片《かけら》は石ころと同じなのだと。王座に据えられる女は傀儡《くぐつ》でしかないのだと。

彼は人間たちを、「正しい物語」へと誘導していった。


何百年かの時が流れた。

彼によって「物語」に閉じこめられた女たちは、閉じこめられている自覚もなく、彼の定義する「正しさ」のなかで生きていた。

さて彼は今、「帝《みかど》の結婚」という物語を動かしている。

年頃の姫君を持つ公卿《くぎょう》たちから縁談を持ちかけられた帝が、后《きさき》候補たちに難題を出すという内容だ。

物語の神は性質の異なる姫君を五人、物語に配置した。とある姫は女の模範という設定で。別の姫は女を戒《いまし》めるための設定で。もっとも姫たちは、自分が物語の神に設定された存在とは知るよしもなく、生まれ育った家で日々を過ごしているのだが。

【姫君その一　気弱な姫君のある日】

「今日より、その塗籠《へや》を出ることはならん」

屋敷の奥まった場所にある、窓《ものみ》ひとつない小部屋へ連れていかれた姫君は、命じられたままに敷物《むしろ》に座った。軋《きし》んだ音を立てて戸が閉じられる。戸の向こうから養父が厳《いか》めしい口調で続けた。

「弱音を吐くことは許さん。このわしも、乗り越えられない苦難などないと自身に言い聞かせ、一介の武人から大納言まで昇ったのだ。そちを養女《むすめ》として迎えて十二年。女人の本分をいまいちど自覚し、当家の恩に報いるのだ」

姫君は手元の琴に視線を落とす。

「一日も早く、帝から賜《たまわ》ったお題を解くのだ。それまでこの父も精進潔斎《しょうじんけっさい》していよう」

足音が遠のいていく。姫君の傍らに控える女房が、慰めるように語りかけた。

「お父上を恨んではなりませぬ。このような難題を出されたのは帝なのでございます」

帝は二十一歳になるがまだ后を迎えておらず、母である皇后や祖母である皇太后は気を揉《も》んでいた。そんなおり、初潮を迎えた娘を持つ五人の公卿が相次いで「ぜひ我が娘を后に」と願い出た。皇后も皇太后も喜び、帝に選ばせることにした。すると帝は、次のように言ったのだ。

「各自に課題を与える。それを琴と和歌で表現せよ。その結果、女人として最も優れた心を持つ姫を后とする。期日は半年後とするが、それより早くてもかまわない。ただし、これぞと思える姫が現れたら、その時点で后選びは終了だ」

そのお題は、仏の御石《みいし》の鉢や火鼠《ひねずみ》の皮衣など、天竺《てんじく》や唐《とう》の言い伝えにしか存在しないものばかり。この気弱な姫君が与えられたお題は、龍の首にあるという五色の珠《たま》だ。

お題が出ると養父は早速、昇龍の屛風《びょうぶ》を取り寄せ、姫君の前にどんと置いた。

「毎日これを見て、琴の調べの着想を得るのだ。できないとは言わせぬ」

目玉と鉤爪《かぎづめ》をぎろりと光らせる龍は、肝心の首元を長いひげで隠している。養父の顔と重なり、姫君は思わず目を伏せてしまう。琴の旋律など浮かびようもない。途方にくれて顔を上げると、またもやぎろりとした目玉が睨《にら》んでいる。その繰り返しだ。

「お題に悩んでいるのは、きっと他家の姫君も同じですよ」

姫君に仕える女房は、そう慰めてくれる。けれども他の姫君は帝の親戚だったり、髪や顔立ちが美しかったり、どんなものでも手に入れる財力や人脈を持っていたりする。かたやこの姫君には、強みといえるものがない。琴を弾けば犬は吠えて猫は逃げるし、女人の歌合《うたあわせ》に招かれても身を縮めて座っているばかり。こんな性格だから友だちもおらず、養父をいらだたせている。

「けれども中納言どのの姫君は、お悩みではないかもしれませんね。お題に取り組もうともせず、怠けてごろごろしているばかりだとか。何を考えているのやら」

女房は、塗籠の片隅に置かれた文机《ふづくえ》へと顔を向けた。

「琴から始めるのがおいやでしたら、和歌から始めてはどうでしょう。姫さまの筆は、まことに美しゅうございます。姫さまがお心を捧げるお歌に、帝は必ず応えてくださるでしょう」

「帝がどういう殿方かも知らないのに、どうやって」

「どのような殿方か、想像して心をお捧げなさい。それが女人として最も優れた心なのです」

「よく分からないわ」

「お分かりにならねばなりません」

姫君は目を伏せる。涙がにじんでいた。

「この屋敷から、父上のもとから逃げたい。いっそ、この身を消してしまいたい」

「お逃げになりたいのならば、帝の后になるしかございませぬ」

母屋《おもや》のほうからは、大がかりに屋根を葺《ふ》き替《か》える音が聞こえてくる。気の早い大納言は、帝の舅《しゅうと》の屋敷として恥ずかしくないように、さらには外祖父《がいそふ》――帝の御子《みこ》の祖父――としての威厳を誇示できるように、柱の塗り直しまで始めさせていた。

「では、わらわは失礼いたします。長くここにおりましたら、大殿にお叱《しか》りを受けましょう。ご用がございましたら鈴をお鳴らしくださいませ」

「それなら絵巻物を持ってきてほしいの。こんな場所に何ヶ月もひとりで閉じこめられるなんて、怖くてしかたない」

姫君にとって唯一の友だちは絵巻物だ。広げればいつでも語りかけてきてくれるし、姫君をいじめることも拒むこともない。

「お持ちいたします。お辛くても耐えるのですよ」

女房が塗籠を出ると、再び戸が固く閉められた。

自分がどこで生まれたのか知らない姫君だが、この家に連れてこられた日のことは、ぼんやりと覚えている。まだ二歳だった。朱鷺色《ときいろ》の衣と蜂蜜の菓子を与えられ、何人もの使用人にかしずかれた。彼女たちは微笑《ほほえ》んでいたが、そこに心がないことは幼心に察していた。

養父の笑顔は見たこともない。女児を産めない妻たちに見切りをつけ、この姫君を養女に迎えたものの理想どおりには育たず、笑みなど浮かべようもないのだろう。姫君の心はこの十二年間、塗籠のなかにあるのも同然だ。

孤独な姫君の手の甲に、涙の粒が落ちた。

物語の神は外界を見下ろし、この姫君を哀れんだ。哀れではあるが、彼が創る「正しい物語」には必要な設定である。そのような設定に生まれついたことを、嘆くがよかろう。

彼は再び、物語を進め始めた。

【姫君その二　自信家の姫君のある日】

硯箱《すずりばこ》を用意させた石作皇子《いしづくりのみこ》の姫君は、文机に置かれた薄様《かみ》を見て怒りを露《あら》わにした。

「なにゆえ藤色の薄様なのじゃ！」

「藤は、繁栄を願う縁起のよい花でございます」

「刈安《かりやす》染《ぞ》めを持ってまいれ！」

「け、けれども、刈安の時期は終わっており、お歌にふさわしくございません」

「帝のお好みは、私がよう存じあげておる！」

　この姫君の父は帝と同じ曽祖父を持つ。八色《やくさ》の姓《かばね》の最高位にある血筋で、姫君は幼い頃から皇太后や皇后の私邸に招かれてきた。ときには帝をまじえて、矢投げ遊びや双六《すごろく》に興じたりもした。

　この姫君に与えられたお題は、仏の御石の鉢である。それは仏陀《ぶつだ》が愛用したといわれる黒く輝く石鉢で、遠く離れた天竺の国に、ただひとつだけ存在するという。好事家《こうずか》の父は幸いなことに、このお題が出る前によく似た鉢を作らせていた。さらに都合の良いことに、叔母《おば》が古今東西の箏《そう》の譜面を集めていて、仏の御石の鉢を題材としたものも所有していた。

　帝は音楽に一家言あるので、姫君が既存の譜面をなぞれば気づくかもしれない。だが石作の姫君がすることなら許してくれる。帝に捧げる和歌だって、そう。古今和歌集や万葉集を引用しているので、宮中の生意気な女御《にょうご》がしたり顔で指摘してくるかもしれないが、帝は聞き流すだろう。

琴の曲も和歌ももうすぐ完成する。姫は早々に参内《さんだい》する予定だ。

「それで、他の姫らの様子はどうじゃ」

「右大臣の屋敷には商団が出入りしております。唐や波斯国《はしこく》の琴でも取り寄せるのでしょう」

「ふん、琴が泣くわ。では、車持皇子《くらもちのみこ》の姫の様子はどう」

「尼寺に籠もり、心願成就を祈念しております」

「父上と同じ皇子《みこ》でも、車持は庶子《しょし》の血筋。ふふふ、苦しかろうのう」

「さらに大納言は気の早いことに、屋敷の大修繕を始めたご様子でございます」

「厚かましい武人あがりめ！　あんな取り柄のない娘が、后に選ばれるとでも思うたか」

別の女房が「ところで、面白い噂を耳にしました」と小声で切りだした。

「中納言の姫のことでございます。琴にも和歌にも手を付けず、怠けてばかりだとか」

「ふん、ずる賢い娘だこと。后選びに興味がないふりをすれば、帝の関心を引くことができると計算しているのじゃ」

女房たちは口元を扇で隠したまま、媚《こ》びるように忍び笑いをもらす。

「帝のお心を得られるのは姫さまだけにございます」

「姫さまは、帝の后になられるためにお生まれになったのです」

「当然じゃ。ほほほ」

そのとき、使用人の女が簾《すだれ》ごしに姫君に声をかけてきた。

「今しがた、取り寄せの紅《べに》が届きました」

螺鈿《らでん》の小箱を受け取った女房は早速、姫君のために紅を溶き始めた。

「姫さまは帝の好みをご存じとのことで、他家の姫たちもこぞって求めているそうです」

「たわけどもめ。その紅は私だからこそ映えるのじゃ」

三年前の歌合の際、皇太后から贈られた紅である。その場で紅をあしらうと、帝に「ふくよかながら艶《あで》やかすぎず、まことに好ましい」との言葉をいただいた。心を捧げるだけの女人など帝はお求めではない。美意識の高い帝を裏切らない姫。美を保つ努力を惜しまない姫。その条件を満たすのは自分だけである。

紅を溶きおえた女房が、姫君の唇に紅をさす。鏡を覗きこんだ姫君の微笑みが消えた。どうしたことか、顔に合わない。この桜色をあしらうと老けてみえる。

「いかがなさいました、姫さま」

「他の姫たちは、何歳じゃ」

「十四にございます」

十七歳で遅い初潮を迎えたばかりの姫君は、鏡を払いのけた。

物語の神の手元を覗きこんだ別の神が、なぜ姫たちに名前を付けないのかと尋ねた。山々ですら富士や生駒《いこま》といった名前を与えられているのに、これでは区別しづらいではないか。

物語の神は問い返した。男ではない者に、なぜ名前が必要なのか。

【姫君その三　禁欲的な姫君のある日】

荘園のはずれの荒れた道を、護衛付きの牛車《ぎっしゃ》が通りすぎる。農民どもは道端に退いたものの、足の悪い年寄り数人が轢《ひ》かれ、道端の泥溜まりへと落ちた。一顧《いっこ》だにせず去っていく一行を、農民たちは恨めしそうに見やった。

牛車の簾からちらりと見える裾から、誰が何のために乗っているのかを農民たちは知る。車持皇子の姫君に仕える女房が、山奥の鄙《ひな》びた尼寺を目指しているのだ。

車持の姫君はひと月前から尼寺に籠もり、御仏に心願成就を祈念している。しかも俗界の穢《けが》れが身に及ばないように、宿坊には三重もの壁が作られたという。

しかしこの姫君が后に選ばれようが選ばれまいが、農民の日々が変わるわけではない。この世のありかたは、富める者と権力を持つ者と、高い身分に生まれた者が決定するのだ。それがこの世の定めである以上、変えられるはずもない。

寺の門前で牛車を降りた女房は、漆塗《うるしぬ》りの箱を手に宿坊へと向かう。さすがは帝に迫る権勢を誇る大殿だと、女房は誇らしい気分になる。宿坊では二十人もの琴職人が作業に勤《いそ》しんでいるが、その音はまったく外に漏れ聞こえてこない。これほどの壁を作ることのできる大工をたやすく召集できるのも、大殿ならではである。

宿坊の最奥にある戸をくぐると、琴職人たちが意見を戦わせていた。女房は彼らに歩み寄り、漆塗りの箱を差し出した。

「蓬莱山《ほうらいさん》の玉の枝にございます。鍛冶工たちに、言い伝えと寸分違《たが》わぬものを作らせました。実物がなければ譜面も琴も作れないとは、もう言わせませんよ」

箱を開けた琴職人たちは、さすがは大殿じゃと感嘆の声を上げた。

これら選りすぐりの琴職人の任務は、蓬莱山の玉の枝の輝きを譜面で表現し、それを映えさせる琴を仕上げ、姫君に指南することである。ただし一切、口外してはならない。あくまでも姫君が、御仏の霊験《れいげん》によって琴と旋律《しらべ》を授かったという美談に仕立てなくてはならないのだ。

とはいえ蓬莱山は、荒海のかなたにあると言われる伝説の霊山であり、金銀の光を放つ玉の枝は天女だけが手折れるものである。そこで姫君の父は、膨大な量の文献を学者たちに解釈させ、名人級の鍛冶工たちに玉の枝を作らせたのだ。

「寸分違わぬものとは申しても、しょせんは贋作《つくりもの》ではないか」

琴職人たちのもとへ、冷ややかな顔つきの姫君が現れた。高貴な女人を直視することは礼を失するので、職人たちは慌てて顔を伏せる。女房は姫君に微笑みかけた。

「帝のお題はいずれも、言い伝えにしか存在しないものでございます。皇太后さまから希少な紅を賜る石作の姫君でも、仏の御石の鉢は求めようがございません」

「石作の一族は、少なくとも血筋は本物じゃ」

皇子同士ではあるものの、かたや后を生母に持つ嫡子《ちゃくし》。かたや素性の定かでない女人を母とする庶子。この姫君はことあるごとに、石作の一族に蔑《さげす》まれる父を目にしてきた。そんな姫君は、帝の后となって男児を産み、車持の血統を本物にすることこそ、自分が生を受けた意味だと教えこまれてきた。姫君が初潮を迎えた日、車持の一族は屋敷に集結し、必ずや帝の血筋を手に入れんと決起の誓いを立てたのである。

「これが、そなたたちの調えた琴か」

姫君は置かれた琴へと歩み寄り、爪弾いてみる。細部まで吟味された琴は、姫君が琴の名手ということもあり、この世のものとは思えない美しい音《ね》を響かせる。琴職人たちは感嘆の息を漏らしたが、姫君はそれきり琴に見向きもしなかった。

「この絃《いと》では玉の枝の質感が出ない。帝のお耳を侮《あなど》っておるのか。常人の耳ではとらえられぬ蜉《かげ》蝣《ろう》の羽音ですら、お聴き取りになるのじゃ」

琴職人たちは恐れをなしてひれ伏す。

「帝の御前で私に恥をかかせる気か。我が一族を笑い者にする気かっ」

琴職人たちはすくみあがる。女房は彼らを退出させ、姫君の手をとった。

「仏殿にまいりましょう。姫さまの心願を、御仏にお聞き届けいただくのです」

女房は、姫君の指が琴の修練で血に染まるところを何度も目にしてきた。傷ついた手に筆を結わえつけ、古今和歌集を写本する姿を、何年も見守ってきた。姫君は指の激痛に歯を食いしばり、疲労で昏倒しても「車持の血統を正せ」と枕元で父や伯父《おじ》たちに言われれば、脂汗を浮かべて起き上がり、琴のもとへと這《は》っていくのだった。

帝がお求めになる、女人として最も優れた心とは何か。それはまさしく、この姫君が持つ心である。一族のために お腹を捧げる定めを、冷徹に受け入れる心である。

「まずはこのお手に、軟膏と香油を塗ってさしあげましょう」

琴の修練に打ちこんできた指は固くなっている。十四歳らしい柔らかい手にしてさしあげねば。女人として優れた心を備えていても、男である帝の満足はそれだけでは得られないのだ。

御仏が姫君の心願を拒むのなら、御仏と刺し違えてでも心願を叶えてみせましょう。女房は、短刀を隠す胸元をそっと押さえた。


物語の神のそばで、他の神たちが騒ぎだした。火山の神がくしゃみをしたため、阿蘇《あそ》の山が噴火したという。だが、たいした噴火ではないようだ。朝廷を揺るがす大噴火だったら困る。人間は、大災害を招くのは帝の力不足のせいだと考えがちだからである。物語の神が今、動かしているのは、帝の世の話だ。大災害が発生するなら女の王の世でなくてはならない。

【姫君その四　裕福な姫君のある日】

商団が持参した深紅の琴に、簾の内側から「おお」と声が上がった。

「天竺の修行者が、唐の寺院に奉納したものです。天竺の火山に生える、決して炎に焼かれぬ菩《ぼ》提樹《だいじゅ》で作られた琴でございます。蓬萊山の天女が所有していたもので、韃靼《だったん》の王のために奏でたとのこと。姫君が帝から賜ったお題は、決して燃えることのない火鼠の皮衣。それを描くのに、この琴ほどふさわしいものはありますまい」

「お父上、私はあれがほしい！」

「値はいかほどじゃ」

女商人は簾に向けて二本の指を示してみせる。控えの女房たちは眉間にしわを寄せ、扇で口元を隠して囁《ささや》きあうが、右大臣は意にも介さず、執事に金子《きんす》の用意を命じる。頭を下げた女商人は目を細めた。

「姫君は運がよろしゅうございます。こたびの船では稀少な品々が入りました。波斯国《はしこく》の姫が召される絹。唐の后がお使いになる香油。わが商団にとっても初の品々でした。商館を訪ねてこられる方は引きも切らずでございます」

「お父上、絹や香油もほしい！」

「よかろう、よかろう。して、値はいかほどじゃ」

女商人は恭《うやうや》しく片手を広げる。

「琴と合わせて五つか？」

「絹だけのお値にございます」

女房たちの眉間のしわが、さらに深まる。だが右大臣は満足だった。一人娘への投資は自身への投資なのだ。

右大臣は不幸にして八人の息子を流行病《はやりやまい》で失った。しかし天は、唯一の姫君は取り上げずにいてくださった。天がもし、八人の息子を残すかわりに姫君を奪っていたら、右大臣の絶望はどれほどのものだっただろう。仮に息子ばかりを百人持っていたところで、外祖父の地位を得られる可能性など万に一つもないのだ。

「ところで近々、弘法大師が愛用した筆が届きます。姫君の和歌が一段と映えるかと思いますが、いかがいたしましょうか」

「お父上、筆もほしい！」

右大臣は、追加の金子を用意させた。


部屋に運びこまれた琴を、姫君は楽しげに爪弾いた。

急ごしらえで絃を張ったかのように音が硬いが、馴らせばよい響きを出すだろう。鳳凰《ほうおう》の蒔絵《まきえ》は七色に輝き、螺鈿は紫陽花《あじさい》の色を放っている。

お父上はこの次は、后の座を用意してくださるそうだ。姫君自身は后の座よりも、宮中でしか食べられない珍しい菓子のほうに興味があるのだけれど、お父上もお母上も后の座を望めと言っている。ただし后の座を手に入れるには金子ではなく、姫君の琴の演奏と和歌が必要なのだと。

親が勧めるものに間違いがないことを姫君は知っている。初潮の祝いで与えられた衣だって、女房たちが推したものよりお父上とお母上に選んでもらった衣のほうが、貴公子たちの評判が良かった。もっともお母上には常々、「歌を交わしてよい相手は帝だけですよ」と言われているので、貴公子たちから贈られた和歌には返事をしたことがない。

早く帝にこの琴の由来を話したい。帝のお顔も見てみたい。噂では帝は「たとえようもないお顔立ち」とのこと。ああ、早くお目にかかりたい。

飽くことなく琴を眺めていた姫君に、女房が「そろそろご用意を」と告げる。今日から屋敷の者たちを連れて、五日間の愛宕山詣《あたごやまもう》でに出かけるのだ。「火の神を祀《まつ》る地なので、帝に賜ったお題の助けになるかもしれませんよ」と、お父上とお母上が参拝を提案したのである。とはいえ姫君が期待するのはご利益ではなく、名物の団子や餅だ。

甘物のことで頭がいっぱいになってしまった姫君は、琴を出しっぱなしにしたまま、身支度の間へと向かった。

五日間の愛宕山詣でで甘物を堪能し、屋敷に戻ってきた姫君は、琴の異変に気がついた。鳳凰の蒔絵も紫陽花色の螺鈿も、ところどころ削り取られている。鼠に齧《かじ》られたに違いない。弾いてみると龍頭《りゅうとう》がぐらつき、絃が間の抜けた音を立てた。

「いかがなされましたか?」

几帳《きちょう》ごしに女房が声をかける。姫君は「お父上を」と言いかけて「なんでもない」と答えた。どうしよう。

愛宕山詣でのあいだ留守を預からせていた二人の使用人に話を聞こうと、呼びにやらせた。だがどこにもいなかった。やがて縁の下から、血のついた衣が見つかった。きっと鼠を追い払おうとして噛まれ、そのまま屋敷から逃げてしまったのだろう。

いずれにしても、琴を片付けさせなかった自分が悪いのだ。お父上やお母上には内緒にしておかなくては。翌日、姫君はひそかに女商人を呼び、人払いをした。

「あの琴を、もうひとつほしい。屋敷の誰にも知られぬよう、持ってまいれ」

姫君は螺鈿の箱を開けてみせる。珊瑚《さんご》や翡翠《ひすい》が溢れんばかり。女商人は手に取ることなく値を踏む。いずれも自分が納品したもの。値踏みは容易《たやす》い。

「一年ばかりお待ちいただければ」

「一年はならぬ。帝の定めた期日は、あとふた月じゃ」

姫君は別の箱を開けてみせる。瑪瑙《めのう》や黒真珠がこぼれ落ちた。

「それではただちに、急ぎの使いを」

女商人は、手下の女に螺鈿の箱を包ませると退出した。

姫君は琴が届くのを今日か明日かと待ちわびた。だが知らせが届くことはなかった。


物語の神は、姫君その一からその四までが、設定どおりに動いているのを見て満足した。さて、残るはひとりである。「女たちへの戒め」として設定した姫君だ。女たちはこの姫君の末路を見て怯《おび》え、反面教師とすることだろう。

【姫君その五　怠惰な姫君のある日】

なぜ、こんな姫に育ってしまったのか。中納言は頭を抱えるばかりだった。

帝の定めた期日までに一ヶ月を切ったのに、姫君はごろ寝ばかりしているのだ。見かねた中納言は家臣たちに命じ、帝からのお題である燕《つばめ》の子《こ》安貝《やすがい》を求めさせた。役所の柱に巣を作るというので、足場を組ませたりもした。だが燕に糞《くそ》をかけられ、足場から落下する者が続出した。やがて、帝の后になりたいのは中納言のほうではないかとからかわれるようになり、肩身の狭い思いをしている。

「石作の姫君は美に磨きをかけておるというのに、そなたも鏡ぐらい見たらどうじゃ」

「面倒臭うございます」

姫君は、あくびしながら返事する。

「車持の姫君は、心願成就を祈念するために尼寺に籠もられているそうじゃぞ」

「面倒臭そうなこと」

姫君は退屈そうに髪を触り、臭いを嗅ぐ。

女児に恵まれなかった中納言は十三年前、一歳を迎えたばかりのこの娘を養女にした。「わが娘をぜひご養女に。必ずや美しく育ちましょう。その代わり、わしを昇進させていただきたい」と懇願する下級役人から譲り受けた子で、たしかに美しい娘に育ったのだが、和歌や琴の稽古を面倒臭がり、白粉《おしろい》や引眉《ひきまゆ》で化粧することを面倒臭がり、歌合で他の女人たちと集うことを面倒臭がる。世話をする女房たちによると、暑い日には肌が透けるような単《ひとえ》一枚でごろ寝をし、口元を隠すべき扇で胸元をあおいでいるという。そのような話を聞かされると、もしやあの小役人は、羅城門《らじようもん》に打ち捨てられていた乳児を拾いそれを我が子と偽ったのではないかと、中納言は疑念を抱くのだった。

とはいえ、中納言の命運はこの姫にかかっている。先の帝の派閥闘争をくぐり抜け、従六位《じゆろくい》の身から今の位まで駆けあがってきた中納言は、帝の臣下で終わるつもりなどさらさらない。国舅《こつきゆう》、さらには外祖父となり、この国を動かすという野望がある。車持の一族が政権を握ろうとしているが、そうはさせるものか。そのためにはなんとしても、この怠惰な姫の心根を入れ替えさせなくてはならない。

「帝は決して、多才な姫をお望みなのではない。女人として優れた心を持つ姫であれと仰《おお》せなのじゃ。帝にお心を捧げ、美しさに気を配り、男児を産むという、女人として当たり前の生き方を幸せとする姫じゃ。ありもしないものを琴で描けというお題を出されたのは、帝なりの、姫たちの心のはかり方なのであるぞ」

姫君は、ますます面倒臭そうにあくびをする。

「姫よ、燕の子安貝が手に入らぬゆえ、なにもできぬと申すのか？」

「そのようなことは申しておりませぬ」

「ならば、なにが不足と申すのじゃ」

「他の四人に勝てと急《せ》き立《た》てられるのが、面倒臭いのでございます」

「また、そのようなことを申す。それに大納言の姫は頭数に入れずともよろしい。塗籠に閉じこめられて涙するばかりの、気弱な役立たずじゃ」

「泣くだけ、ましでございましょう。私は目から涙を出すことすら面倒臭い」

姫君はごろりと横になり、寝転がったまま養父を見上げた。

「私が勝てばよい相手は、ひとりだけでございます」

「それはどの姫ぞ？」

「答えるのも面倒臭い」

やがて姫君は寝転がっているのも面倒臭いと言い、琴に触るようになった。しかし中納言の期待は、すぐに失望へと変わった。姫君は絃を引っぱってみたり、音の高低を決める柱《じ》を遊び半分につまんでみたりするばかりで、いっこうに調べを奏でようとはしなかったのである。


ここから先は、物語の神が関与せずとも、「物語」は「正しく」動いていくだろう。女の模範として設定した姫君は幸せな締めくくりを手に入れ、その対極に設定した姫君は哀れな終焉を迎えるのだ。哀れではあるが、このような者も設定しないと、女たちへの戒めとはならないのである。

【再び、姫君その一(気弱な姫君)】

塗籠に座る大納言の姫君は、戸の隙間から漏れ入る月明かりを眺めていた。

ようやく明日ここから出ることができる。睨みつけてくる屏風の昇龍から逃れることができる。けれども帝が入内《じゅだい》を認めてくださらなかったら、どこに行けばいいのだろう。后に選ばれない娘など養父は必要としない。寄る辺を持たない女人は、この世では生きてはいけないのだ。

女房は明日のために、薄紫を基調にした十二単や、桜の香油と桜色の紅を用意した。帝が和歌で「乙女にふさわしいもの」として詠んだものだという。

食事と一緒に届けられた絵巻物を、姫君は月明かりを頼りに読む。唐の言い伝えを描いたという出処の定かではない絵巻物だが、子どもの頃から繰り返し広げてきた。地上で寂しく暮らす女人が仙人に丸薬を与えられ、牛車に乗って月へと旅立つお話だ。きっと月では、女人の生みの親や友だちが待っているのだろう。

自分の生きるこの世が、実は、誰かが作った物語の世界にすぎないとしたら。

本当は自分は、誰かが作った物語のなかで生きているだけだとしたら。

姫君は月明かりへと手を伸ばす。しかし牛車が現れるわけでもなく、誰かが仙人の丸薬を握らせてくれるわけでもなかった。

物語の神は、しばらく休憩することにした。

だがこのとき「物語」から目を離したことが、後々までの禍《わざわ》いを招くことになるとは、想像もしていなかったのである。

【后選びの日】

その日、町人たちは、続々と宮中へ向かう牛車と遭遇した。公卿の牛車のみならず、簾の下から裾や袖をのぞかせる女人用の牛車もあり、都へ上ってきたばかりの行商人や旅芸人は興味深そうに目で追っていた。

「帝の后選びじゃ。なんでも帝は姫君たちに、難題をお出しになったそうな」

「帝の后になるのは、おなごの頂点じゃ。吟味して選ばれて当然じゃろ」

「献上品を荷車で運ぶか、姫君を牛で運ぶか、どっちも同じことだの」

牛車のお練りを眺める行商人たちは、検非違使《けびいし》に聞こえないように小声で笑った。


姫君たちが案内されたのは、帝が私的な謁見を行う、内裏《だいり》の大殿舎だった。

庭園を背に御簾に向きあう形で、姫君たちは横一列に並んで座る。その姫君たちに立ち会う父親たちが壁際に座る。そして姫君たちの後ろには、琴や硯箱を用意したお伴の女房が控える。こうして一同は、御簾の向こうに帝や皇太后が現れるのを待っている。

大納言家の気弱な姫君は、身が縮む思いで、扇を固く握りしめていた。

右隣にいる車持の姫君は、心願成就のために二百日ものあいだ籠もっていた尼寺から直行してきたという。凜《りん》と静かに目を閉じてはいるが、殺気に近い気迫を漂わせている。

左隣には、怠け姫と噂される中納言家の姫君が座る。そのさらに左隣には、裕福で知られる右大臣家の姫君。その衣は、素晴らしい光沢を放つ絹で仕立てられている。同伴した女房も宮中の女官より質の良い衣を着けている。

怠け姫が、切れ長の目を気弱な姫へと向けた。

「そなたが、泣いてばかりの姫か？」

気弱な姫君は狼狽《ろうばい》して目を伏せ、袂《たもと》の上で指を動かす。やまもも、さくら、かわせみ――。思いつくままに指で文字をなぞるのは、心が乱れたときの癖だ。

「女人の文字は、つまらないと思わぬか？」

怠け姫が小声で話しかけてきた。

「男には仮名と漢字が与えられるのに、女人には仮名だけじゃ。女人は政《まつりごと》にも学問にも携わらないから、恋文や和歌をやりとりする文字だけ使えればいいそうじゃ。ならば、恋文や和歌を交わす男のいない女人にとっては、文字とは何の意味をなす？」

話しかけられることが苦手な気弱な姫君は、うつむき、指で文字をなぞり続ける。

「ところでそなた、名はなんと申すのじゃ」

気弱な姫君は、ますます狼狽した。身内でもない相手に名前を尋ねるなんて、なんて非常識な人だろう。名は「忌《い》み名《な》」に通じるので、親きょうだい以外に呼ばせてはいけないのに。もっとも、気弱な姫君は屋敷内でも「そち」「そなた」「おまえ」「姫さま」としか呼ばれない。

怠け姫は扇で口元を隠すこともせず、ふふっと笑った。

「答えずともよい。そなたも私も名は同じなのじゃ。ここにいる姫たちも同じぞ。みな、誰々の女《むすめ》としか記されぬのじゃ」

「え?」

「そなた、頭上から何者かの目を感じることはないか?」

怠け姫は、ふと屋根を見上げた。

「え?」

気弱な姫君は、おそるおそる視線を上に向ける。

「屋根裏に、誰かが隠れているのですか?」

「屋敷の屋根のはるか上から、何者かが眺めているときがあるのじゃ」

「烏《からす》やとんびではありませぬか?」

「とんびよりも、ずっと大きな目玉で眺めておる」

怠け姫は、しばらく屋根を仰《あお》いでいた。気弱な姫君は目を閉じ、帝に披露する曲を頭のなかでなぞりながら、指を動かし始めた。

今日はどのような形で終わるのだろう。

自分が今、誰かが作った物語のなかにいるだけなら。誰かが物語の外へ連れだしてくれたなら。

時刻が訪れ、帝の姿が御簾の向こうに現れる気配がした。

皇后と皇太后を両脇に座らせた帝は、姫君たちを見渡しているらしい。帝からは姫君たちの姿が見えるのだろうが、姫君たちからは、帝のおぼろげな輪郭しか見えない。

帝が侍従《じじゅう》に、なにやら尋ねる。侍従は首を横に振り、なにやら答える。幼なじみである石作の姫君がいない理由を尋ねられたらしい。父親の姿はあるが肝心の姫君はいない。結局、既に控えている四人の姫君だけで后選びを進めることになった。

「まずは車持の姫君、帝の御前へ」

女房を従えた姫君は御簾の前へと進み出る。女房が琴の準備を終え、姫君が絃に指を置くと周囲の空気が張りつめた。何があろうと、自分が一族の血統を正しいものにしてみせる――その気迫は、庭の小鳥たちをも静まらせた。

姫君の奏でる「蓬莱山の玉の枝」は、ある者の耳には金銀の凧となって届き、ある者の心には天女の歌声となって響く。皇太后と皇后はすっかり感じ入り、「腕前も見事だが琴も素晴らしい。どのような由来の琴か？」と身を乗り出すようにして尋ねた。

「御仏のもとに現れた、蓬莱山の天女からいただいた琴でございます。想い人への歌を奏でるために作られた琴ゆえ、弾き手の命が燃え尽きたとしても、決して灰になることはございません」

慎《つつ》ましやかに語る姫君を、同伴の女房が誇らしげに見守る。

「まことに感心な姫君じゃ。二百日の寺籠もりに耐えたそなたに、御仏も褒美を与えずにはいられなかったのであろう。では、帝に捧げる和歌をお詠みなさい」

皇太后に促された姫君は、女房たちに筆と紙を用意させると、流れるような仮名でしたためて侍従に渡し、御簾の向こうに届けさせた。

〈いたづらに　みはなしつとも　たまのえを　たおらでさらに　まいらざらまし〉

(我が身が死んでしまっても、蓬萊山の玉の枝を手に入れないまま帝のもとをお訪ねすることなど、決してございませんでした)

姫君は品良く視線を落として帝の返歌を待つ。やがて帝は「次の姫君を」と御簾ごしに言葉を発した。

車持の姫君は和歌を無視された理由が理解できず、御簾を食い入るように見る。だが侍従に「お退《さ》がりください」と言われ、従うしかなかった。琴と硯箱を片付けた女房たちは壁際に控える父親をちらりと見ると、顔をこわばらせて姫君のあとに続いた。

入れ替わりに進み出たのは、右大臣家の裕福な姫君である。車持家の女房とすれ違うとき、包み方が不十分な琴に視線を向けた姫君は息を吞んだ。あれは私の琴だ！　七色に輝く蒔絵の鳳凰も、紫陽花の色を放つ螺鈿も、見間違ったりするものか。なぜ、私の琴を持っているのじゃ⁉

「右大臣の姫君、帝の御前へ」

裕福な姫君は父親の助けを求め、壁際を見やる。だが琴の一件を知らない父親は、姫君のはしたない振る舞いを視線でたしなめるばかりだった。

付き添いの女房が琴を準備するが、御簾の前に座った姫君はそわそわするばかり。皇太后に琴の銘を尋ねられていることにも、女房に小声で言われるまで気がつかずにいた。

「蓬萊山の天女のものでございます……」

皇太后と皇后は「先の姫君と同じ琴とな？　世にふたつとないと聞くが」と不思議がり、「とにかく弾いてみられよ」と促した。姫君が爪弾くと、皇后は「なんと緩んだ響きぞ」と失笑した。お付きの女官も失笑した。だが皇太后は「いや、これは本物ぞ」と唸った。

車持家の琴と右大臣家の琴の、いずれが本物か偽物かと、皇太后と皇后は討論を始める。女官や侍従たちも討論を始め、何が起きているのかと怪訝《けげん》そうに様子を見ていた右大臣の耳にも入ってきた。顔色を変えた右大臣は、転ばんばかりの勢いで御簾のそばに駆け寄ると両手両膝をつき、

「なんたるお疑いでございましょうや！　帝にまがいものを献上したことなど一度でもございましたでしょうか？」と訴える。そして、車持皇子に震える指を突きつけた。

「血筋だけで足りず、琴まで本物と偽ろうとなさるか！　恥を知られよ！」

すると車持家の女房が御簾のそばへと駆け寄り、ひれ伏した。

「右大臣殿にたぶらかされてはなりませぬ、我が姫さまの琴こそ、御仏に誓って本物でございます！」

「こやつ、下賤《げせん》の身でなんたる無礼！」

皇太后と皇后は帝の判断に委ねることにした。帝は侍従に命じて両者の琴を庭に並べさせると、火を付けさせた。決して燃えないはずの天女の琴は、両方ともまたたくまに火の粉をあげて爆《は》ぜ始めた。誰もが言葉を失うなか、帝は「次の姫君を」と言った。

指名された気弱な姫君は、同伴の女房に促され、御簾の前へと進む。顔を真っ赤にした右大臣

と、表情の硬い車持家の女房は、すごすごと退がるしかなかった。

「さあ、帝に琴をお聞かせなさいませ」

気弱な姫君は震える指で爪弾き始めた。弾き間違えることのない単純な調子。屏風のなかから睨みつけてくる昇龍が、浮かんでは消える。逃れたい、いっそこのまま消えてしまいたいと、それればかり考えながら絃を弾いているうちに、手が止まっていた。

御簾の内側からは反応がなく、琴が火の粉を爆ぜさせる音や、車持家の女房の嗚咽《おえつ》や、裕福な姫君のぐずり泣きが聞こえてくるばかり。

「では次は、帝に和歌を捧げられませ」

気弱な姫君は女房に筆と紙を持たされたが、そのまま置いた。練習した和歌を忘れたと思ったらしい女房は、姫君に小声で上の句を教える。それでも姫君は筆をとらず、女房は困り果てた顔になった。

御簾の内側から、帝が声を発した。

「次の姫君を」

気弱な姫君は御簾の前から退がった。養父の顔を見ることはできなかった。

入れ替わりに進み出たのは怠け姫である。付き添いの女房が琴を置くと姫君は、柱《じ》を右に動かしてみたり、左に押してみたり、ほこりを指で払ったりし始めた。

この姫君の怠けっぷりは、皇太后たちの耳にも届いている。今頃になって琴の調絃にとりかかるとは、非常識にもほどがある。壁際の父親も、いたたまれない様子だ。

　ようやく準備を終えた怠け姫は、絃をこするようにして、かすかな音を鳴らし始めた。皇太后と皇后は「もう少し、聞こえるよう弾かれよ」といらだつ。しかし耳の良い帝は「それで調えたつもりか」と吐き捨て、「次の姫君を」と琴を中断させた。

「恐れながら、残るひとりでおられる石作の姫君は、まだお見えではございませぬ」

　侍従が告げる。控えの女官が皇太后と皇后に小声で何やら報告する。皇太后は溜息をついた。

「帝よ、聞こえましたでしょう。いかがなさいますか」

　女房に冷ややかな視線を向ける車持の姫君、すすり泣く裕福な姫君、表情のない気弱な姫君、髪を触って枝毛を探している怠け姫。帝は四人をゆっくりと見渡した。

「女人として優れた心を見せよとの要望に、みな、よく応えた。よって和歌を返してしんぜよう。まずは車持皇子の姫君よ」

　この日のために苦しみの血を流してきた姫君は、恭しく頭《こうべ》を垂れる。帝は和歌を吟じた。

〈置く露の光をだにぞ　やどさまし　蓬萊の山にて何を　求めけむ〉

（本物であれば、草の葉の露ぐらいの光はあろうに、蓬萊山で何を求めてきたというのか）

　姫君は唖然として顔を上げる。唇が震え、頬に涙が伝わった。

「次に、右大臣の姫君よ。そちには琴も和歌も披露する機会がなかったゆえ、この場で余に和歌を捧げるがよろしい」

　裕福な姫君は、御簾のそばでうなだれる父親を見て、涙の目をこすりながら和歌を詠んだ。

〈かぎりなき　思ひに　焼けぬ皮衣〉

（帝へのかぎりない想いゆえに、決して燃えない皮衣）

だが勢いまかせの和歌は後が続かず、またもや泣き出してしまう。そんな姫君に、帝はやさしい口調で和歌を返した。

〈名残なく燃ゆと知りせば皮衣　思ひのほかにおきて見ましを〉

（跡形もなく燃えてしまうような物だと最初から分かっていたら、そなたの皮衣など、そこらに捨て置いて眺めるだけにしておいたのに）

姫君はとうとう、泣きじゃくりだした。

「さて中納言の姫君。そちには感じ入った」

誉められた怠け姫に、禁欲的な姫君が殺意に近い視線を向ける。

「后選びへの無関心を装い、余の気を引こうとした女人の心がどれほど惨めでさもしいものか、恥もなく余に示してみせたのは、そちぐらいぞ」

怠け姫は目を細め、禁欲的な姫君は嘲笑を浮かべる。壁際に控える怠け姫の父親は、いつのまにか退座していた。

「さて次に、大納言の姫君よ、そちの心はまこと素晴らしい」

気弱な姫君は力なく顔を上げる。禁欲的な姫君が動揺の色を見せた。

「そちの琴には個性がなく、自身を表現するための和歌は詠まなかった。自我を持たないことこそ女人の鑑《かがみ》である」

気弱な姫君は、おそるおそる養父を見る。養父が微笑むのを姫君は初めて見た。

皇太后が「さて、どの姫君を后に選ばれますか？」と帝に尋ねた。

「余が后を娶《めと》りたいなどと、いつ申しましたか？」

誰もが耳を疑う。皇太后は言葉に詰まり、皇后は戸惑いを露わにする。

帝が立ち上がり、退座しようとしたとき。怠け姫が琴の絃を絞り、削るようにこすり始めた。

御簾の内側から帝が転がり出てきた。両耳をかきむしり、頭を左右に振って「耳に虫が、虫が」とわめく。場は騒然となり、姫君たちは初めて帝の顔を目にすることとなった。

たとえようもないお顔立ちとの噂どおりだった。何かにたとえようにもたとえようのない、あまりにも特徴のない目鼻立ち。帝という地位がなければ、女人にそっぽを向かれること間違いなしの貧相な体。泣きじゃくっていた裕福な姫君は帝の顔をまじまじと見ると、地団駄を踏んだ。

侍従は右往左往し、女官たちは毒虫毒虫と悲鳴を上げる。庭ではいよいよもって蓬萊山の天女の琴が燃えさかり、怠け姫は絃をこすり続けながら帝に舌を出してみせる。

だが琴は突如、叩き割られた。

怠け姫が視線を上げると、武人あがりの大納言が太刀《たち》を手に見下ろしていた。


休憩を終えて戻ってきた物語の神は、「正しい物語」が破壊されていることに気づいて絶句した。

- **物語の本来の結びは、**
- **親の財力に甘えすぎる女人は、要反省**

・禁欲的すぎる女人は自縄自縛に陥《おちい》るので、要反省
・女の務めを怠りながら、楽して優雅な生活を送ろうとする女人は、論外なので惨死に処す
・自我を主張しない女こそ女人の模範、幸せな結びを手に入れる
・そして帝は美男子で非の打ちどころなし
というものだった。

おのれ、「姫君その五」め。名もない設定人物の分際で、神の動かす物語を乗っとるとは。

彼は下界を睨みつける。怠け姫が空を仰ぎ、彼を見据えていた。

彼は、この禍々《まがまが》しい登場人物を削除することにした。


【削除された姫君】


鴨川《かもがわ》の橋の下には、半病人や貧民が身を寄せる一角がある。

大納言の姫君だった気弱な女人が、二ヶ月前から身を置いている場所である。

后に選ばれなかった彼女は、洛外の寺への代参を養父に命じられ、ひとりで牛車に乗せられた。二名の供を連れただけの牛車は山中で賊に襲われたが、大納言は検非違使を向かわせることもなく、その日のうちに姫君を死んだことにした。

姫君は、野犬や賊に傷つけられながらほうぼうをさまよい、今は鴨川の橋の下で月を眺める日々を送っている。早く我が身の命が尽きるようにと、神仏に祈り続けながら。

やがて、空腹で動くことができなくなった姫君は、横たわるだけとなった。

これでようやく、命が尽きてくれる。

自身が、誰かの作った物語のなかにいるだけだったら、どんなにいいだろう。

誰かが、物語の外へと連れだしてくれたなら、どれほど救われるだろう。

月から牛車が降りてくるように見えるのは、現実なのか夢なのか。

姫君は、まるまると輝く月へと手を伸ばす。その手をつかむ者がいた。


「大納言どのの姫君であろう？」

短めの髪を束ねた同じ年頃の女人が、顔を覗きこんできた。白粉も引眉もない素顔だったが、この切れ長の目には見覚えがあった。怠け姫と呼ばれていた、中納言の養女だった。

怠け姫は汚れた小袖の袂からまんじゅうを出すと一口分ちぎり、気弱な姫君の口に押しこむ。

飢えて死ぬつもりだったにもかかわらず、気弱な姫君は飲みこむようにして食べてしまった。

「父君が賊に襲わせたのであろう？　私も同じじゃ」

怠け姫の顔や手は垢《あか》で汚れ、髪も藁《わら》のようになっていたが、悲愴感はなかった。

「あのとき、大納言どのの邪魔さえ入らねば帝にとどめを刺してやれたのじゃ」

后選びの日から、四ヶ月が経つ。

「そういえば、あのとき……帝は」

「帝の耳は、常人には聞こえぬ音でも聴き取る。ゆえに帝だけに聞こえる音で、毒虫の羽音を弾いてさしあげたのじゃ」

「どうして、そのようなことを」

女人に生まれたというだけで男に人生を握られるのが、ずっと腑に落ちなんだ。だから后選びに加わり、帝を打ちのめしてやろうと思うていたのじゃ」

怠け姫は気弱な姫君の口に、もう一口分まんじゅうを入れる。

「結局、帝のもとへ入内したのは車持の姫君じゃ。一族の悲願がついに成就じゃ」

「石作の姫君ではないの？　ご幼少の頃からお親しいのでしょう？」

「石作の姫君は、后選びが終わった後に帝を訪ねたそうじゃ。月の障《さわ》りが重くて、脂汗を流して寝こんでおったのだとか。だが帝は姫君を追い返した。じらして気を持たせる算段だったのだろう、あるいは他の姫君に気移りしてもかまわぬと考えていたのだろうと。昏が年増にしか見えぬとまで言われて、泣きくれて帰ったそうじゃ」

車持の姫君が入内することになったのは、父親と朝廷の重鎮との取引によるものだ。女人である皇太后や皇后の意見は、政《まつりごと》に関することだからと反映されなかったのだ。ただし、車持の姫君の入内はあくまでも入内にとどまり、帝が后として選んだのは、行幸先《ぎょうこうさき》で見初《みそ》めた国司《こくし》の娘だった。和歌や琴の素養は定かではないが、昏が愛らしいとの理由で都に連れ帰り、既に身ごもっているという。

ちなみに、車持の姫君が籠もっていた尼寺には賊が入り、皆殺しにされ、すべてが燃やされたらしい。そして尼寺の裏山では、短刀で喉を突いた女房が絶命していた。姫君が求める琴を結局は用意できなかったと、詫び状を残していたという。

裕福な姫君は女商人に連れられ、唐へ嫁いでいった。父親は娘を帝の后にするために莫大な財を投資してきたが、それ以上に莫大な負債を抱えていたのだ。

石作の姫君は鏡を見つめて日々を過ごし、月の障りが訪れるたびに呪わしげに腹を叩くという。

怠け姫は気弱な姫君に寄り添うように横になり、ともに月を見上げた。

「月の女人は、どのように暮らしているのかしら」

まんじゅうで命を繋《つな》ぐことになった気弱な姫君が、ぽそりと呟《つぶや》く。

「月に人がおるのか？」

「絵巻物に、そう描いてあったの」

気弱な姫君は月を見つめ、夢見がちな表情を浮かべていた。

「ときどき想像するの。私は本当は月の女人だと。鴨川沿いの竹林を通りがかった翁《おきな》が竹を切ったら、親指ほどの大きさの私が出てきたの。翁には子がないから、私を籠に入れて連れ帰ったの」

怠け姫は声を立てて笑った。

「そしてその女人は、月のものをみる年になれば、貴人の息子を集めて婿選びをするのじゃ。難題を解いた者を婿にすると」

怠け姫が空想を引き継ぐと、気弱な姫君も、うふふと笑った。

「どのような子息たちが来るかしら」

「まずは石作の皇子じゃ。月の女人に、仏の御石の鉢を持ってまいれと言われて、偽物を作る。だが見破られ、和歌で言い訳をするが聞き入れられず、泣き泣き帰るのじゃ」

気弱な姫君は、目を丸くする。

「車持という皇子も来るぞ。蓬萊山の玉の枝を持ってまいれと言われ、ひそかに匠を集めて作らせる。月の女人をしょせんは女《おなご》と侮り、たやすく騙せると思いきや、匠らが給金を払えと詰めかけてきて悪巧みが露呈するのじゃ。末代までの大恥ぞ」

「もしや、右大臣どのも婿の名乗りをあげられるの？」

「当然じゃ。唐の豪商から火鼠の皮衣を取り寄せ、いそいそと月の女人に届けるが、偽物と見ぬかれて目の前で焼き捨てられるのじゃ」

「本物だと思って持ってきたのに、気の毒では」

「誰に強いられたわけでもなく、自分から婿の名乗りをあげたのじゃ。気の毒なものか。中納言も婿の名乗りをあげるぞ。燕の子安貝を求められて家臣に取りに行かせるが、家臣はのらりくらりじゃ。しびれを切らした中納言は自分で取りに行くが、足を滑らせて大怪我を負う。しかも手にしたものを見れば、子安貝ではなく、石のようになった燕の糞。それを見た中納言は恥ずかしさのあまり、くたばるのじゃ」

「なにも、死なさずとも」

怠け姫は、ふと溜息をつき、「弔歌《ちょうか》ぐらいなら贈ろうぞ」と呟いた。

「大納言も婿に名乗りをあげるぞ。龍の首の五色の珠を取ってこいと、家臣たちに太刀を突き付けて脅すが、家臣は従うように見せて従わぬ。やむなく大納言は、みずから取りに行くのじゃ」

「どうなるの？」

「落ちぶれた姿で戻ってくる。武人にとっては最大の屈辱ぞ。そして、地べたに頭をこすりつけて家臣に許しを乞うのじゃ。おのれはつくづく浅はかであったと」

気弱な姫君は月を眺めたまま、無言だった。

「帝も月の女人に求婚するのかしら」

「帝であれば入内を命じようぞ」

「月の女人はどうするの？」

怠け姫は、気弱な姫君の耳に口を寄せて囁く。二人は顔を見あわせ、小声で笑った。

「ところで名は何と申す。誰々の女《むすめ》ではなく本来の名があるであろう？　私の名は、ごうじゃ」

怠け姫に唐突に打ち明けられ、気弱な姫君の顔から笑みが消える。

「親きょうだい以外の前で本名を口にすると、短命になると信じておるのか？　そもそも中納言の女《むすめ》などという名のない女人はもはや存在せぬ。存在せぬ者の命など案じる必要もなかろう？」

怠け姫は、のびやかに笑う。

「それに私の名は養父に与えられたものではない。幼い頃、月から声が聞こえたのじゃ、そなたの真の名はごうだと」

気弱な姫君は「私は……さよ」と呟いた。幼い頃からの唯一の友だった、あの絵巻物。月の女人には漢語の名が記されていて、やまと言葉では「さよ」と読むようだと女房が調べてくれた。

「さよはこれから、いかがいたすのじゃ」

「ここで御仏の迎えを待つわ。そして、月の女人に生まれ変わるの」

来世では、心のこもった和歌をくださる殿方にこそ、自分の和歌を捧げたい。帝に和歌を捧げなかったのは気弱な姫君が見せた、せめてもの意地だった。

「さよは、手習いで身につけた文字を活かさないまま、命を終わらせるつもりかえ?」

ごうは、さよの手を取った。

「一緒に物語を作ろうぞ。物語のなかでなら、女人は自在に生きることができよう」

さよは、ごうを見つめる。男を中心にして作られた、この世という物語から逃れられないのならば、自分たちで新たな物語を作りだせばよいのだ。さよの胸がときめいた。


すさんだ風が吹き荒れる都に、やがて珍妙な巻物が出回るようになった。

漢字《おとこもじ》ではなく仮名《おんなもじ》で書かれたそれは、和歌でも手紙《ふみ》でもない。この世に降り立った月の女人が、実在の公卿たちに無理難題を要求して破滅へと追いこみ、あげくには帝まで骨抜きにして足蹴にするという物語だった。

人々はこの物語に度肝を抜かれ、面白がった。巻物は次から次へと複写され、行商人や旅芸人の手によって都の外へと運ばれていく。荘園の農民たちの口述で、物語は野や山々を越えていく。ついには宮中でも写本が回し読みされるようになり、皇太后や帝の目に触れることとなった。

皇太后は宮中の写本を没収して燃やさせ、検非違使にも巻物の回収と犯人捜しを命じた。だが写本を灰にしたところで、拡散された物語そのものを消し去ることは不可能であり、帝は熱を出して寝込んでしまった。

検非違使の捜査で浮上した犯人は、十四、五歳のふたりの女人だった。傷《いた》んだ小袖を着て、土《つち》埃《ぼこり》にまみれてはいるが、町民とも農民とも異なる言葉を使い、所作もどこか雅《みやび》だという。

物乞いですら持ち歩く、木の椀すら持っていないにもかかわらず、ふたりの女人は、誰にも奪われないものを持っているからそれでいいのだと誇らしげだったという。文字をつづる力と、自分の本来の名前だと。

物語の神は、怒りで我を失いそうになっていた。

「姫君その五」という設定を削除して安心したのもつかの間、「名前を持つ女人」にみずから設定変更して再登場するとは予想もしていなかったのだ。それどころか、女人の模範であったはずの「姫君その一」まで悪に染まってしまった。

「正しい物語」を歪《ゆが》める女人は断じて許しておけぬ。歪めた物語を「正しい物語」と偽って流布する女人は、なおさら許しておけぬ。

彼は下界に降りることにした。

都を離れ、どれほど歩いてきたことだろう。

衣を脱ぎ捨てたごうとさよは、満月が輝くなか、誰もいない海の浅瀬で戯《たわむ》れていた。

「次は、どのような物語をつづろうか」

ごうは、両手にすくった水をさよにかける。

「恋の物語をつづってみたい。殿方に翻弄《ほんろう》されずに、思うままに恋する女人の物語を」

さよも、水をすくってかけ返す。

「それほど物語を作りたいのであれば、作ってみよ」

突然の男の声に、さよとごうは振り返る。弓矢を携えて波打ち際に立つ武人。月明かりに照らされるその顔は、大納言だった。

「なにゆえ、ここに父上が」

さよはごうの腕にしがみつく。

「さよ、あれは大納言どのではない。屋根のはるか上から、私たちを眺めていた目玉じゃ」

ごうは薄笑みを浮かべ、さよの手をつかむ。大納言は背に負うた矢に手を伸ばす。

「おまえたちは、何度削除しても姿を変えて蘇るだろう。ならば都合のよいように物語を動かし、そこで生きてみよ。それがいかに誤ったものか、身をもって知るがよい」

大納言は弓をつがえ、ぎりりと絞る。

「次は、自分の思うままに恋をする女人の物語を作ると申しておったな。ならば、その物語へと送ってやろう」

ごうはさよの手を強く握った。

「まいろう、さよ!」

さよもごうの手を握り返す。ふたりは月を仰ぎ、押し寄せる波に向かって歩きだした。

第二話　『源氏物語』

——女源氏とかぐや姫

「ねえねえ、佐与《さよ》。もう一度、読み聞かせてたもれ」

乳姉妹《ちきょうだい》の佐与に甘える光子《ひかるこ》を、母親である更衣《こうい》がたしなめる。

「光子はもう、数えの七つでしょう？　絵巻ぐらい自分でお読みなさい」

光子は、肩で切りそろえた髪を揺らして首を横に振る。

「佐与に読んでもらうほうが好きなのじゃ」

そう催促された佐与は、嬉しそうに絵巻を巻き直す。

光子と、その乳母《めのと》の娘である佐与は、姉妹同然に育てられてきた。生まれは一ヶ月しか違わないが、佐与は光子とは比較にならないほど多くの書を読む。まだ意味が拾えないだろう和歌集や、年長の皇子《みこ》たちが読み終えた漢語の書はもちろん、宮中に仕える女房たちが扇に書く戯《たわむ》れの歌でも、むさぼるように読む。光子は書の内容を語り聞かせるよう、佐与にねだってばかりいる。

そんなふたりが飽くことなく読み続けるのが『竹取物語』だ。いつ誰によって書かれたのか定かではない物語の世界に、さらなる物語を付け加えて楽しむのだ。あたかも、この月の女人《にょにん》の物語は自分たちのものだと言わんばかりに。

満月の夜に産声《うぶごえ》をあげたふたりは生まれつき、後ろ首に三日月の形のあざがある。湯浴《ゆあ》みをすると赤黒く変色し、矢傷のような形が浮かびあがる。

渡り廊下を急ぎ足でやってきた女房が、「帝《みかど》のお渡りにございます」と更衣に告げる。袿姿《うちきすがた》で休んでいた更衣は身なりを整え、帝を迎えた。

「このような離れまでお渡りいただき、おそれ多いことにございます」

「近々、療治を受けやすい住まいを用意するゆえ、今しばらく不便に耐えよ」

喜々として飛びついてきた光子を、帝は愛《いと》おしげに抱きあげる。前髪を上げるようになり、光子はますます更衣に似てきた。

「光子よ。今日も竹取物語を読んでもらっておるのか」

帝が腰を下ろすと、光子は父の膝を独占し、得意げに顔を見上げた。

「我は大人になったら、父君の后《きさき》になるぞ」

帝は声をたてて笑い、更衣は袂《たもと》で口元を隠して目を細める。帝は、用意してきた菓子を光子にほおばらせ、佐与にも差し出した。

「佐与、そなたは自身の名を漢字で書けるか？」

「はい。寄り添って助ける意味の佐と、力を合わせる意味の与です。夢に現れた満月に、そのように名付けるように言われたと、亡き母から聞きました」

「うむ。その名のとおり、この光子に寄り添って生きてほしい」

帝もお気づきでいらっしゃるのだと、更衣は顔を曇らせる。

下級貴族の出身でありながら寵愛《ちょうあい》を一身に集めている更衣は、上級貴族出身の女御《にょうご》たちから睨《にら》まれている。帝が訪ねてきてはくれるものの、政《まつりごと》の場ではない裏内裏《うらだいり》には帝の力は及ばない。そして病気がちな更衣は、自分の余命がそれほど長くないことを自覚している。

「父君、佐与が絵巻を読むのを聞こう。かぐや姫は、帝の一万の兵を皆殺しにするのじゃ」

するとと佐与が、光子を軽く睨む。

「そんなこと、しません。眠らせるだけです。それに、一万人じゃなくて二千人よ」

光子は「二千も一万も同じじゃ」と佐与に舌を出してみせる。

「かぐや姫は敵なしじゃ。公卿《くぎょう》だろうが帝だろうが皆殺しじゃ」

「ほうほう、かぐや姫は強いのじゃな。佐与、読み聞かせておくれ」

帝に催促された佐与は絵巻を広げ、絵詞《えことば》を読みあげ始めた。


いまからさかのぼること、約百年前のこと。物語の神に楯突《たてつ》いたふたりの小娘がいた。

物語の神の役割は、人間を「正しい物語」のなかで動かすことである。

「正しい物語」では、男が中心に在らねばならない。だが小娘たちは一介の登場人物にすぎないにもかかわらず、自分が生きる物語は自分で作ると宣言した。それだけでなく、作った物語を流布するという、あるまじき暴挙に出たのである。

神はふたりを懲《こ》らしめるべく、今回、とある作家の世界へと送りこんだ。

紫式部。光源氏という太陽と、光源氏を囲む女人という星々の、物語を描く女人である。

太陽が中心にあるからこそ、星々は存在することができるのだ。このように「正しい物語」を伝えようとする女人は、神によって護られる。

物語中の登場人物にすぎない小娘どもよ、物語を変えられると思うのであれば、変えてみるがいい。どうあがいても、おまえたちは、神の動かす物語に戻ってくるしかないのだ。

物語の神は人間に姿を変えて下界に降り、ふたりが自滅する過程を見ることにした。

【名も無き星たちの記憶】

歳月が流れ、光子と佐与は十七歳になった。

三年前、更衣が病で世を去ると帝は、左大臣である藤原卿の娘を中宮《ちゅうぐう》として迎えた。中宮は更衣と面差しの似た光子を嫌い、宮中から私邸へと追いやった。義父となった藤原卿に実権を握られた帝は、中宮の要求に従うしかなかった。だが桜が見頃を迎えたとか、丹波《たんば》の氷室《ひむろ》から氷が届いたとか、なにかと私邸に知らせをよこし、光子と佐与を呼び寄せるのだった。

今日、帝がふたりを呼び寄せたのは、舞楽《ぶがく》を鑑賞させるためだった。

内裏の中庭で牛車《ぎっしゃ》を降りた光子は、帝の姿を見つけるやいなや、「父君！」と小走りした。慌てて追いかけた佐与は、帝の隣に立つ中宮が、光子に鋭い視線を向けていることに気がついた。簾《すだれ》ごしに中庭を眺める側室たちが、中宮を見て薄笑いを浮かべていることにも。

中宮がいまだに子を授からないのは光子が邪魔しているからだと、噂《うわさ》されている。月日が流れるにつれ、光子は更衣の生き写しとなっていく。中宮も切れ長の目や高めの鼻が更衣と似てはいるが、光子ほど整ってはいない。

「これこれ、もう甘える年ではなかろう」

そうたしなめるものの、帝の頬は緩んだままだ。中宮は光子をさっさと嫁がせようとしているが、本人が望んでいないものは無理強いできないと、帝は甘やかしている。

「ところで父君、今日の演目は何なのじゃ」

光子は帝と腕を組み、設営された舞台のまわりを歩き始める。

「蘭陵王《らんりようおう》ぞ。そなたが幼い頃に一度見せたが、覚えておるまい」

「獰猛《どうもう》な面をかぶった男が舞っていたのは、覚えておるよ」

そういえば、と帝は、随行する藤原卿を振り返る。

「あのとき、そなたに仕える女官が見事な歌を詠《よ》んだのう」

「それは、本日同行させております式部でございます」

藤原卿に紹介されてかしこまったのは、中宮の教育係だ。三十代半ばの女房で、知的な顔を扇で慎《つつ》ましやかに隠してはいるが、その目には暗い情念を湛《たた》えている。

「そなたであったか。あのときの歌をもう一度、詠んでみよ。中宮も聞きたいであろう」

おそれ多いことでございます、とうつむくばかりの式部にかわり、藤原卿が吟じる。

「もの思ふに立ち舞ふべくもあらぬ身の袖うち振りし心知りきや——蘭陵王の舞姿を通じて恋の苦しみを詠《うた》ったものでしたな。天が女人に文字を与えたのは恋に生きさせんがため。これにある式部は女人としての天分を全うする、女人の鑑《かがみ》でございましょう」

中宮が「まことにこの者の歌は女人の心にしみまする」と誉めると、式部はうつむいたまま笑みを浮かべる。帝は光子を見た。

「そなたも年頃じゃ。女人らしい歌のひとつでも詠めるよう、蘭陵王をしかと鑑賞なされ」

「蘭陵王の筋は存じておるよ。佐与が何度か読んで聞かせてくれたのじゃ」

「はて、蘭陵王の仮名本など存在したであろうか」

「佐与は唐《もろこし》から入った漢籍を読むのじゃ。漢語は日本の言葉とは並び順が異なると言って、わかりやすく並び替えて読んでくれる」

「うむ、たしかに幼き頃より聡明であった」

「佐与は歩く書庫じゃ。好みの物語を言えば、ふさわしい書を挙げてくれる。聶隠娘《じよういんじよう》は実に愉快だった。皇帝も大臣も、女侠客《おんなきようかく》が皆殺しじゃ」

おそれながら、と中宮が口を挟む。

「女人が書をたしなむのは良いことですが、女人には女人にふさわしき書がございます。それに漢字《おとこで》の知識をひけらかすなど、女人にあるまじき、はしたなさ。漢籍の読書量においては、ここにいる式部に勝る女人などおりませんが、式部は決して自身の知識などひけらかしませぬ」

光子は帝と腕を組んだまま、中宮を振り返る。

「男が仮名《おんなで》を使っても許されるのに、なぜ女が漢字《おとこで》に通じていると、非難がましく言われますのじゃ。そもそも佐与は先ほどから一言も発せずにおる。何もひけらかしておらぬ」

中宮も言い返す。

「大人は子どもと話すとき、あえて幼い言葉を使うであろう。男が女人と文《ふみ》を交わすときに仮名《おんなで》を使うのも、同じ理屈ぞ」

「佐与が漢字で文を書けば、男のほうが読めぬわ。佐与が大学寮に入れば首席間違いなしじゃ」

これこれ、と帝は光子をたしなめる。

「そなたと同じ年とはいえ、中宮は義母上《ははうえ》であるぞ。そのような物言いはよろしくない。それに中宮も自重なされ。女人同士で愚にもつかないことを論じるなど、それこそ稚児《ちご》のふるまいぞ」

仰《おお》せのとおりにございます。中宮は頭《こうべ》を垂れる。藤原卿の視線が佐与に向けられる。佐与は思わず扇で顔を隠した。監視するかのような、あの目。見覚えがある。けれども、いつ、どこで。

後ろ首のあざが疼《うず》き、佐与はそっと押さえた。

佐与や、と帝が声をかける。

「書が欲しいのであれば後ほど、ふさわしいものを屋敷に届けさせよう」

帝は季節の花々に囲まれた舞台を眺めながら、光子と歩き続けた。


数日後、光子と佐与が同居する私邸に、帝から十数巻の書が届けられた。

『和泉式部日記』『蜻蛉《かげろう》日記』『枕草子』――。これまで上巻しか手に入らなかったものや、筆写の完成が未定とされていたものばかりで、佐与は顔を紅潮させる。なかでも佐与の心を弾ませたのは『源氏物語』の新作だ。送られてきた写本には回し読みされた跡がある。宮中の女人たちをどれほど夢中にさせたかが分かり、佐与の心は早くも物語に奪われる。

「紫式部の書ではないか。あんな鼻持ちならないやつの書など読むな」

佐与の傍らから、光子が覗きこむ。

「鼻持ちならない方《かた》なの?」

「舞楽の日に会ったではないか。藤原卿を笠に着た、義母上さまの教育係じゃ」

「あの方が？　式部としか仰《おつしや》らなかったし、和歌がお上手とのことだから、和泉式部だとばかり思っておりました」

「和泉式部は、夫君と和泉国に行っておる。出雲式部やら伊豆式部やら、式部だらけじゃ」

「女人は、夫の赴任先や父方の出仕先で呼ばれますものね」

「我らも嫁いだら、佐与や光子という名は消えるのであろうな」

光子は佐与の隣に腰を下ろすと、書を手に取った。

「なにゆえ仮名《おんなで》で書かれた物語は、どれもこれも恋物語なのじゃ」

「私は恋物語も好きです。光子さまと違って、恋は、物語でしか得られぬ夢だもの」

「佐与には恋以外の夢はないのか」

「むろん、あるわ。物語作者になるの」

紫式部、和泉式部、清少納言、道綱母《みちつなのはは》。彼女たちのように女人の心をつづり、広く読んでもらうことができれば、どれほど素敵なことだろう。和歌、随筆、物語。様々な表現の形があるけれど、佐与がもっとも心惹かれるのは、別の人生を体験できる「物語」だ。

佐与が物語作者を夢見るようになったのは、幼い頃に出会った『竹取物語』の影響が大きい。作者不詳と言われ、内容は粗くて突拍子もないものだが、女人が書いた気がする。佐与や光子よりもずっと前に生まれた、別の人生を求めていた女人ではないかと。あの紫式部も『竹取物語』は物語の元祖だと言い、『源氏物語』の着想を得たのも石山寺で月を眺めていたときらしい。

ただ、『竹取物語』の最後はとても悲しい。月の姫君は罪人とされ、記憶を消されて去っていくのだ。作者が女人なら、どうして同じ女人である姫君をあのような結末に落としこんだのだろう。誰かが結末を変えてしまったのだろうか。それとも、結末だけは男が書いたのだろうか。

「佐与、嫁がされる前に物語を書け。嫁いでからでは作者の名が佐与ではなく、某《なにがし》の女《つま》だの某の母になってしまうぞ。語り継がれる物語となっても、歴史に残るのはそなたの名ではなく、そなたを妻にした者の名じゃ。手柄の横取りじゃ」

「私は気にしませぬ。名前を残すために物語を書きたいわけではないもの」

「そなたが気にせぬとも、我が我慢ならぬのじゃ。早う書け」

「けれども筆が思うように進まないの。多くの書を読んできたけれど、男女の機微《きび》だけは、難しゅうてなりませぬ」

「女人は男女の恋しか書いてはならぬという、決まりでもあるのかえ?」

「紫式部の書くものに倣《なら》うべしとの風潮があるように思います」

「女人は藤原が気に入るものを書けと言わんばかりではないか」

「藤原さまのお考えに沿わぬ随筆を書いた清少納言どのは、たしかに兄上を殺《あや》められました」

「我は、藤原の目を見ると虫唾《むしず》が走る。ああいう目を持つ者と、いつか会った気がしてならぬ」

「私も、あの目には見覚えがあるの。舞楽の日にお顔を合わせたときには、怖気立《おぞけだ》ちました」

「佐与は、佐与だけの物語を作るのじゃ。藤原からは、我が護ってやる」

光子は手にしていた書を置くと、空を仰《あお》いだ。

「そろそろ日が暮れてきた。月が顔を出しておる」

佐与も光子の仰ぐ空を見上げた。

「私はいつぞや、月を仰いで物語を語った気がします」

「我にも不思議と、そういう記憶がある」

光子は自身の後ろ首の、あざのあるあたりを触った。

【物語を許さない者】

私邸が月明かりに包まれる頃、佐与は離れの部屋で燭台《しょくだい》を灯し、『源氏物語』の最新作「夕顔の巻」を読んでいた。光源氏の愛妾《あいしょう》が別の愛妾に呪い殺されるという展開に、佐与は身震いする。女人の嫉妬はこれほど根深いのかと、同じ女人でありながら恐ろしくなる。

光子は『源氏物語』を嫌っている。ためしに読んだ「桐壺の巻」が原因なのだろう。あらすじはこうだ。身分のそれほど高くない更衣という女人が、帝の寵愛を得て皇子《みこ》を授かる。しかし体の弱い更衣は亡くなり、更衣に似た面差しを持つ先帝の四の宮が、母后の後押しで入内《じゅだい》する。帝に見初《みそ》められた彼女は藤壺と呼ばれ、寵愛を受ける。その後、更衣の遺した皇子「光」は、義母である藤壺と道ならぬ恋に陥《おちい》っていく。皇子の名を女人にすれば光子だ。光子と帝の仲の良さに、下卑《げび》た噂を流す者たちもいる。「光子さまの母御は、どこぞの男の種を宿したまま入内したに違いない。帝も光子さまも、互いに血の繋《つな》がりがないことをご存じに違いない」と。

帝、亡き更衣、光子。この三人には三人だけにしか分からない物語がある。光子にとっては紫式部に、それを弄ばれたことになる。佐与は、紫式部に奪われた光子の物語を取り戻したいと考えている。いつの日か、必ず。

「佐与さま、先ほど藤原式部丞《ふじわらしきぶのじょう》さまと在原中将《ありわらのちゅうじょう》さまの、使いの者が参りまして」

几帳《きちょう》ごしに女童《めのわらわ》が呼びかける。式部丞は文章博士《もんじょうはかせ》の子息で高い学識があり、在原中将は武勇に優れたうえに都一番の美男子だと聞く。帝になんらかの口利きを頼もうと、光子宛ての文を届けさせたのだろう。彼らに限らずよくあることだ。とはいえ光子は宮中行事に呼ばれていて、私邸に戻るのは七日後だ。佐与も招待されたけれど、風邪気味だったので辞退した。このようなときに光子さまへの頼みごとを預かるとは。宮中に使いをやるべきかしら、預かっておくべきかしら。

「佐与さま宛てです。お返事がほしいとのことでした」

帝ではなく光子への口利きを頼んできたらしい。厄介な話でなければいいけれど。

佐与は、几帳ごしに差し出された文を見る。目を疑った。花の小枝に結びつけた二通。佐与宛ての恋文である。同じ名前の、他家の女人と間違えたのではないかしら。そう思いつつも、落ち着かない手つきで一通ずつ開く。紅花《べにばな》に結びつけた文のほうは、式部丞からだ。「漢籍を読みこなす才媛と聞き、好意を持ちました」と書かれていて、「雨続きの夜に月を待つように、あなたのお出ましを切なく願っています。愛してくれとは言いませんが、この切なさは知ってほしい」という内容の和歌が添えられていた。

佐与は耳が熱くなる。中将からの文も開けてみる。撫子《なでしこ》の花に結ばれた文には、「あなたは女人の読まぬような書を読まれるそうですね。ありきたりな女人とは異なり、強く惹かれます」と書かれていて、「花の優劣はつけがたいが、あなたという花は特別です」という内容の和歌が添えられている。二通の恋文を胸に当てたまま、ぼうっと座りこむ佐与は、月を仰いだ。

私はもしかして、竹取物語のなかにいるのかしら。恋文を贈られた場合の作法は、佐与も知っている。けれども、光子さまがいてくだされればいいのに。かぐや姫なのかしら。こういうときに、光子さまがいてくだされればいいのに。

いざそういう状況になると、何から手を付けていいのか分からなくなってしまう。

佐与は深呼吸して自身を落ち着かせる。まずは、返歌をしたためる陸奥紙《みちのくがみ》を用意しなくては。薄様《うすよう》のような鮮やかさはないけれど、白い光沢を持つ上品な紙で、ふっくらと手触りも良い。

肝心の返歌は、どういう内容にすればいいのかしら。様々な恋の和歌集を読みふけり、自分もいつか男性と歌を交わすのだろうかと憧れと不安を抱いていたのだけれど、その訪れがあまりにも唐突だったため、心のままにつづればいいだけの三十一文字がどうしてもまとまらない。

二日、三日と過ぎていき、式部丞と中将からは次のような内容の催促の和歌が送られてきた。

「朝日が射せば軒先《のきさき》のつららは溶けるのに、なぜあなたのお心は溶けないのでしょう」

「今宵《こよい》の雨は重苦しく、心が晴れません。夕霧が晴れるように、あなたのお心も晴れてほしい」

佐与は、二人の貴公子が垣根ごしに覗き見をしていると女童から知らされた。姿を見られないように簾《すだれ》を下ろしたものの、胸の鼓動が治まらなかった。

『蜻蛉日記』を書いた道綱母《みちつなのはは》や、彼女の書を愛読する紫式部は、「女人からの返歌は、冷たくあしらう内容になさい。そのほうが相手の心が燃えあがります」と恋の駆け引きを指南している。

けれども佐与が憧れるのは和歌や書を通じて穏やかに語り合う恋だ。佐与の恋は佐与にとっての

「物語」だ。そのありかたを決めるのは自分自身でありたいと思う。

佐与は、文机《ふづくえ》に積んだ恋物語を片付けると、硯箱《すずりばこ》を用意した。


明日届けさせる返歌を書き終えた佐与は、床のなかで鈴虫の音《ね》を聞いていた。

そっと廊下を踏む足音が近づいてくる。光子だと気づいた佐与は起き上がる。私邸に戻るのは明日の昼過ぎだと聞いていたのだけれど、中宮と揉《も》めごとを起こして早く帰ってきたのだろう。

廊下と部屋を区切る格子が開く音がし、佐与は単《ひとえ》の寝衣を急いで整える。「お帰りなさい、光子さま」と顔を上げると、目の前に立つ人影は女人のものではなかった。

「あなたは返事をくださらない。だが、文を寄こすなとも仰らない。ゆえに、こうして参りました。あなたの沈黙に心が折れそうです」

佐与は座りこんだまま、茫然と人影を見上げる。わずかな月明かりで見てとれる輪郭は、烏帽子《えぼし》と狩衣《かりぎぬ》らしきもの。式部丞か中将に違いない。私邸の警備は薄い。しかも光子が不在のあいだ、半数ほどの使用人に暇を与えている。

「お逢《あ》いしとうございました、佐与どの」

佐与はいきなり抱きしめられ、そのまま横たえられる。何も言えないまま、震えた。こんな物語など望んでいない。まだ文のやりとりすら始まっていないのに。何の語らいもしていないのに。式部丞か中将か、名乗りすら受けていないのに。

寝衣が肩から降ろされそうになるたびに、佐与は肩まで引き上げる。しかし次第に抗う力が抜けていき、涙を流すばかりとなった。

気がつくと、佐与は寝乱れた床にひとり、横たわっていた。

起き上がって衣を整え、格子をわずかに開ける。朝の光が射しこみ、使用人たちは一日の支度に取りかかっている。

佐与は涙を拭《ぬぐ》い、自分に言い聞かせることにした。物語をつづり始めてほどなく、硯をひっくり返されてしまっただけなのだ、それだけのことなのだと。そう、それだけのこと……。

「佐与さま、おはようございます。今しがた届いたものを、お持ちいたしました」

女房たちが格子を上げる。契《ちぎ》りを結んだ翌朝は、女人は後朝《きぬぎぬ》の文《ふみ》を贈られる。恋が成就した喜びを、男が文にしたためるのだ。昨夜の貴公子が式部丞だったのか中将だったのか、文を見ないと分からないなんて。後朝の文は女人の心をときめかせるものなのに、佐与はみじめだった。

「さあ佐与さま、どうぞ。女童どもが朝一番でもいできたのでございます」

手渡されたのは、竹かごに盛られた柿だった。

「光子さまがお帰りになる頃には、ほどよく熟《う》れましょう」

屋敷の者たちは、昨夜のことをまったく知らなかった。

結局、後朝の文が届くことはなかった。式部丞と中将からの恋文も、二度と届かなかった。

【物語を奪う者】

「佐与、父君から新しい書が届いておる。そなたの部屋に運ばせよう」

梅のつぼみがふくらみ始める頃、つづらが届けられた。季節の折々に届けられるつづらには、佐与のための書だけでなく、光子が好きな菓子や反物が同梱されている。子を授からないことを焦る中宮は、いよいよ更衣に似てきた光子を宮中に来させまいとしている。だから帝は佐与へ書を贈ることを口実にして、光子に手渡しできずにいるものを届けてくるようになったのだ。

やはり去年の秋、七日間ばかり宮中に滞在していたときに、中宮と光子は大喧嘩をしたそうだ。

そしてその七日間のあいだに佐与の身に起きたことを、光子は知らずにいる。

たとえ突然であれ強引であれ、契りを結んだ相手には自然と情が湧くのが女人の習性――恋物語ではそう説かれている。けれども佐与の心にはいまだに、みじめさしか湧いてこない。

「宇津保物語の続巻と、落窪物語の続巻か。源氏物語の新作まで入っておる」

つづらを物色しながら蜜菓子をほおばる光子が、佐与の目には幼く映る。

「知っているか佐与？　宮中では、紫式部を読まぬ女人は女人にあらずという格言があるそうじゃ。あんな馬鹿げた格言を広めさせたのは、どうせ藤原の爺《じじい》じゃ」

光子はまだ、契りを結んだことも結ばされたこともない。帝に似た相手でなければ契りを結ぼうとはしないだろう。光子の理想の男は帝なのだ。舞楽に招かれたあのときも、光子は蘭陵王ではなく帝の横顔ばかり見ていた。その眼差しに籠もるものが思慕や情愛の念をはるかに超えたものであることにも、佐与は気づいていた。帝は気づいていない。けれども中宮は気づいている。

「我もそなたも女人である前に光子と佐与という人間。父君は分かっておられぬ。だからこのような書ばかり送ってくるのじゃ。ところで佐与、そなたの物語はつつがなく進んでいるか？」

「……墨をこぼして、読めぬものになってしまったの」

「それは残念じゃ。ならばまた一から書き直せ。手探りで進む初回よりも、感覚をつかんだ二度目のほうが良いものになることもあろう。女武俠伝《おんなぶきょうでん》の老師も、そう語っておったよ」

光子の言葉が胸に迫る。そう、自分の物語を一度の筆で完成させる必要はないのだ。壊されれば、そこから何度でも書き直せばいいのだ。

佐与は、光子がつづらから取り出した書を見る。『源氏物語』の新作の題名が「末摘花《すえつむはな》の巻」だと気づき、息苦しくなる。末摘花は紅花の別名。式部丞が文を結んで送ってきた花だ。

佐与は「末摘花の巻」ではなく、もう一作のほう、「帚木《ははきぎ》の巻」から読むことにした。

「帚木の巻」は、貴公子たちが女人の品定めをする内容で、頭中将《とうのちゅうじょう》と藤式部丞《とうしきぶのじょう》という貴公子が登場する。式部丞は漢籍を読みこなす女人を好み、文章博士の娘のもとに通うが、「ここ数日にんにくで作った風邪薬を飲んでおりますので、私は臭うございます」と、つれなく簾ごしに言われるばかり。「漢籍自慢の女人は体臭までもが鼻につく」と、貴公子たちは酒の肴《さかな》にする。

頭中将は、妻以外の妾《めかけ》を持つのであれば従順そうな女人がよいが、頼りなさすぎる女人も面倒だと、自身の失敗例を語る。左馬頭《ひだりのうまのかみ》という者も加わり、地味でうぶな女人のほうが手懐けられそうだと笑い飛ばす。一同は、「従順だが頼りなさすぎず、教養があっても夫の前ではおくびにも出さず、裕福な実家を持つが鼻にかけず、いつまでも美しく上品であること」こそ、女人のあるべき姿だと結論づけるのだった。

物語中には、佐与が受け取った和歌が、ほぼそのままの形で織りこまれていた。それだけでなく、「にんにくの臭いが消えるまで会わない」とは、なんと我の強い女人だろうと式部丞が歌を詠む場面まで盛りこまれていた。

「末摘花の巻」のほうは醜女《しこめ》の話だった。垣根ごしに見た女人に興味を持った光源氏と頭中将が、どちらが先に女人をものにできるかを競う。しかし女人はぐずぐずした性格で、気の利いた返歌をすることができず、光源氏と頭中将をやきもきさせる。

しびれを切らした光源氏は、ある夜、屋敷に忍びこんで強引に契りを結ぶ。だが夜が明けて女人の顔をよく見ると、額が広いうえに鼻は赤みがかって不恰好。興ざめした光源氏はそそくさと帰宅し、後朝の文も出さなかった。ただ、あまりにも不憫なのでその後の生活の面倒は見たが、あの醜い顔は二度と見なかった。この「末摘花の巻」にも、佐与に贈られた和歌が、ほぼそのままの形で織りこまれていた。そしてこの女人の目鼻立ちの描写は、佐与のそれに似ていた。

綿入《わたい》れを着ていても、佐与の体の震えは止まらなかった。

佐与の物語はふたりの貴公子に壊されたあげく、紫式部に奪われたのだ。なぜ彼女はこんな冷酷なことができるのだろう。光子に対してだけではなく、佐与にまで。

彼女は、身勝手な男に苦しめられる女人の立場を経験しているはずだ。彼女はとある官僚に気に入られて嫁いだが、相手には既に正妻も愛妾たちもいた。婚姻生活は相手の急死であっけなく終わったようだが、そこにまつわる裏話が耳に入ったとしても、佐与にはそれを物語にすることなど到底できない。物語作者として賞賛を受けたいがために、誰かが心に秘めておこうとする「物語」を、自分の「物語」として横取りし、利用するなんて。

佐与は「末摘花の巻」の後ろに、紫式部からの文が差しこまれていることに気がつき、広げてみる。女人作者の先輩としての忠告という内容で、流麗な文字がしたためられていた。

〈女人にとって物語はどういう意味を持つのか、お分かりですか？　世の中はこのように出来ていると女人に学ばせること。それこそが物語が存在する理由なのですよ〉

佐与は文をたたむと、火桶に焼《く》べた。そして火箸で何度も何度も文を突き、忍び声で泣いた。

翌朝、佐与は蒐集《しゅうしゅう》した恋物語をすべて庭で焼いた。

「芋や栗の時節ではないのに、なにを焼いているのじゃ」

廊下を歩いてきた光子は、焼べられているものが薪ではないと知ると、庭に降りた。

「佐与、いかがしたのじゃ」

「私には、もう物語は必要なくなったの」

「されどそなたは、書をそのように扱ったりしないはずじゃ」

光子は佐与に歩み寄る。

「何ヶ月か前から気になっているのだが、佐与はいささか変わった」

佐与は火に包まれる恋物語を見つめる。

「すべては、私の自惚《うぬぼ》れが招いたことなの。竹取物語の世界に入り、かぐや姫に生まれ変わったかのような思い違いをしたのです」

「物語とは、そのために存在しているのであろう?」

「式部どのから、忠告の文をいただいたの。物語が存在するのは、女人に世の決まりを学ばせるためだと。藤原さまから、そう教わったそうです」

「なんじゃと?」

「物語に共通して書かれていることを、改めて考えてみたの。女人は男に見初められてこそ救済を得るし、妻となり母となった女人は夫に苦しみを与えられてこそ、悟りを得ています」

「必ずしもそうとは限らぬ。女蔵人《にょくろうど》を娶《めと》った雑色《ぞうしき》どもは、ことごとくが尻に敷かれておるよ」

「されど女蔵人は、心のなかでは苦しみを与えられているのかもしれませぬ」

佐与は木の枝を拾うと、焼け残りそうな書を火の奥へと押しこむ。「末摘花の巻」と「帚木の巻」。この二巻は完全に焼いてしまいたかった。けれども。手元のこの二巻を灰にしたところで、紫式部が生み出した物語そのものを灰にできるわけではないのだ。

「光子さま、式部どのの写本はどれぐらい作られるのでしょう」

「十日で百は作られるであろう。藤原の爺が、筆写のための工房を持っておるのじゃ」

そして写本をもとに、さらなる写本が作られていく。

「いかがしたのじゃ佐与」

佐与は無言で首を横に振る。

「話すのじゃ佐与。そなたの悲しみは、我の悲しみじゃ」

佐与は涙を堪《こら》えられなくなった。


その夜、光子は佐与の部屋で添い寝した。

「佐与、もう寝たのか？」

光子が呟《つぶや》く。

「起きています」

佐与は屋根裏を見つめたまま、呟く。

「佐与、そなたの物語を取り戻してやる」

「写本をひとつ残らず回収するなど不可能です。回収できたとしても、読んだ者の記憶まで消すことはできないもの」

「あたふたと回収などしたら、そなたをなおさら貶《おとし》めるだけじゃ」

光子は、佐与の腕を自身の胸に抱き寄せた。

「物語は、女人が自在に生きられる場でなくてはならぬ。決して女人が封じこめられる場であってはならぬ。ましてや女人作者が女人を封じこめるなど許されぬ。そのような女人作者を、我は封じこめてやろうぞ」

佐与は驚き、寝返りを打つと光子と向き合った。

「藤原さまや式部どののお命を奪うなど、断じてなさってはなりません」

「我にそんなことが、できるはずもなかろう。我はしょせんは女人。悔しいことではあるが、武人のように太刀《たち》や弓矢で戦える体にはできておらぬ。佐与よ」

「はい」

「そちの物語は、我の物語でもある。ともに我らの物語を作ろうぞ」

光子は横たわったまま、佐与を抱きしめた。


小娘どもよ、神が動かす「正しい物語」を捻《ね》じ曲げられると思うなら、やってみるがいい。おまえたちはしょせん、物語の神によって設定された登場人物。どうあがいても、神が動かすとおりに動かされるしかないのだ。

【物語を奪還する者】

屋敷の者たちが寝静まった頃、藤原式部丞は儒学の書をめくっていた。出仕先である式部省で近々、人事考査が行われるのだ。父親が手を回したので、試験内容は既に把握している。

在原中将からは三日とおかず、女人の品定めに行こうと誘いがかかる。だが昇進するまでは応じるつもりはない。昇進すれば官位は中将より上になり、自分が先に女人と契りを結んでも文句を言われる筋合いはなくなる。もっとも皇女光子の乳姉妹のときは、先に閨《ねや》に忍ぶのが中将で助かった。中将に手招きされて覗いてみれば、気を失ったその顔はなんとも粗末な目鼻立ち。しかも寝具のまわりは書で埋もれ、いかにも寂しく夜を過ごす女人にありそうな部屋だった。

中将から今回の一部始終を聞いた紫式部は、式部丞にも話を聞きに来た。女人のつづる仮名《おんなで》の書は低俗なので、式部丞は手に取らないのだが、今回の一件を題材にしたという「末摘花の巻」と「帚木の巻」には目を通した。女人は男に愛されてこそ女人としての価値があり、愛される価値があるかぎり女人は男によって救済されるという、教訓話に仕上げられていた。女人に生まれるぐらいなら馬に生まれるほうがましだと、中将は大笑いしていた。馬であれば、自分にまたがる者が気に入らなければ、振り落とすことができると。

突然、ぎぎぎと格子の開く音がし、風で燭台の火が揺れる。盗賊かと怯《おび》えて振り返ると、白い衣の女人が部屋に入りこんできた。髪を高い位置で結って背中に垂らし、胸元で帯紐を結んだその姿は唐風《からふう》だが、白粉《おしろい》と紅と引眉《ひきまゆ》をあしらった顔を見ても、どこの誰かは分からない。そもそもこの世の者なのか、幻なのか。

「お逢いしとうございました」

女人が這《は》い寄ってくる。切れ長の目に吸い込まれるようで、式部丞は身動きできない。

「女人から歌を送るのは恋の作法に反し、あるまじきことと厳罰を受けましょう。されど、女人から忍んではならぬという作法はありませぬ」

女人は式部丞の衣《きぬ》に手をかけると、ぐいっと畳へと押し倒した。

式部丞が微睡《まどろ》みから目覚めたのは、使用人たちが廊下の格子を開け始めた頃だった。既に女人の姿はなかったが、褥《しとね》の残り香から、幻ではなかったのだと知る。

「使いの者が来ております。文をいただきたいとお伝えすれば、お分かりになられると」

後朝の文を求めてきたのだろう。女人の住まいで契りを結んだ後、帰宅した男が使いの者に文を届けさせるのが本来の作法なのだが、向こうから使いを寄こしてくるとはなかなか興を惹かれる。女人が持つべきは男の心を楽しませる知恵であり、男をやりこめる博学ではないのだ。

それに、あれだけの滑らかな絹をまとえるのは富貴な実家を持つ証である。しかも天女のようなあの目と体つき。艶《あで》やかな髪。歯ぎしりして悔しがる中将の姿が目に浮かぶ。

「持ち帰らせる文をしたためるから、しばし待たせよ」

式部丞は起き上がると寝乱れた衣を整え、文机の硯箱を開けた。

＊

その後、待てども待てども、女人からの返事は来なかった。

それとなく催促しようにも、そもそも、どこの女人かすら分からない。

あの夜、牛車《ぎつしや》の音らしきものを耳にしたと話す使用人はいた。しかし、轍《わだち》を見たところで得られる手がかりはなく、やがて式部丞は女人恋しさに泣きくれるようになった。

在原中将は夜更けの屋敷でひとり、酒を飲んでいた。女人の噂話を好む中将にとって、同年代の官職が集まる宿直《とのい》のない夜は退屈なものである。

一昨日の宿直では、「末摘花の巻」と「帚木の巻」の話で花を咲かせた。「逃げ出したくなるほどの醜女とは、むしろ見てみたい」と盛りあがり、皇女光子への話へと及んだ。

「帝が最も愛した更衣どのに生き写しだそうだが、なんとか顔を見る機会はないものか」

「文を送っても返事すらよこさぬ高飛車な女人ですぞ」

「帝のような男でなければ、相手にせぬのです」

「帝をいつまでも独り占めされて、中宮さまも気の毒な」

「独り占めではありますまい。ご側室は次々にご懐妊じゃ。中宮さまは、我が身だけ懐妊しないのは、光子さまに更衣どのが憑《つ》いているからだと言っておられるとか」

「中宮さまは、側室たちが先に皇子を産むのではないか怯えるあまり、気を病まれているのでしょう。お気の毒なことよ」

「気の毒なことにかけては、例の醜女が抜きん出ておりましょう。末摘花と婉曲表現されても、どこの女人かは一目瞭然。しかも扇で隠していたはずの目鼻立ちを、紫式部どのの筆によって晒《さら》されてしまったのですからな」

「気の毒ではありますまい。都一番の美丈夫に忍んでこられるのは女冥利《みょうり》に尽きるというもの」

「ああ、その話は勘弁してくだされ。この在原中将、人生最大の失態をしでかしました」

一同は大笑いした。

中将には正妻が二人と妾が三人いるが、さらに妻を持とうが離縁しようが、男である中将の自由である。女人の屋敷に三晩通えば正妻となり、その後の通いをやめれば離縁成立である。女人やその親から恨まれることはあるが、罪に問われることはない。もっとも、女人が同じことをすれば許されない。和泉式部は夫がありながら他の男とも通じ、浮かれ女と眉をひそめられている。とはいえ恋多き人妻というのも興を惹かれる。いずれ文を送ってみたいものである――。

そんな昨夜のことを思い出しながら、ひとり、手酌《てじやく》をしていたとき。背後でぎぎぎと格子の開く音がし、風で燭台の火が揺れた。

何者かと、中将が振り返りざまに太刀を取ると、唐風の白い衣をまとった女人が部屋に入りこんできた。髪を高い位置で結って背中に垂らし、胸元で帯紐を結び、顔には白粉と紅と引眉をあしらっている。

「お逢いしとうございました」

女人は衣擦《きぬず》れの音も立てずに這い寄ってくると、中将に両腕を絡める。悪友どもめ、からかい半分に遊び女でも寄こしてきたか。中将は太刀を置く。

「女人から歌を送るのはあるまじきこと、されど女人から忍んではならぬという法はありませぬ」

面白い女人だ。氏素性《うじすじよう》も実家の財力も分からない女人を妻にすることはできないが、適当な住まいを与えて囲うのは悪くない。女人の髪をほどこうと中将が髪留めに手を伸ばすより先に、女人はふざけ半分に中将を押し倒す。そして馬乗りになり、両肩を押さえつけた。

「女人は男に身を委ねねばならぬという法も、ありませぬ」

ますます面白い。だが少し、男の力を見せておいたほうがよいだろう。身を起こそうとした中将だが、手足が動かない。四肢の動きを封じる押さえどころを熟知しているらしい。

「これ、ざれごとが過ぎるぞ」

華奢《きやしや》な女人の体ひとつぐらい、どうにでもできるもの。だがどうしたことか、かろうじて頭を上げられるだけで体の自由がまるできかない。まさか、唐から伝わる経絡術《けいらくじゆつ》か。どうすれば解けるのだ、どうにも動かない、どうしたことか。

「どうぞ、お叫びなさいませ。宮中を護る勇ましき中将どのが、使用人に助けを乞うてはならぬという法もありませぬ」

女人は中将にまたがったまま、切れ長の目をさらに細めた。

中将が意識を取り戻したのは、使用人たちが廊下の格子を開け始める朝方だった。既に女人の姿はなく、起き上がった中将は目を疑った。着衣がすっかり剝ぎ取られているうえに、烏帽子までむしり取られている。部屋の格子を開けた使用人たちは、あろうことか全裸を晒したうえに素髪という中将を目にし、そそくさとその場を去る。烏帽子はどこじゃどこじゃと狼狽《ろうばい》する中将は、太刀の傍らに文が置かれていることに気がついた。

〈そちは女人と契っても後朝の文を寄こさぬやつ。そもそも、たいした歌も詠めぬではないか。ゆえに、そちの衣《きぬ》をもらっていく〉

屈辱のあまり、中将の顔がみるみる赤くなっていった。

＊

紫式部は、庭園に面した廊下をしずしずと歩いていた。

梅から桜へと季節が変わるこの頃、朝の働きを終えた女房たちは花を愛でつつ、雑談の時間を過ごす。紫式部は、彼女たちの雑談にさりげなく耳を傾ける。

雑談の内容は、だいたいが『源氏物語』のことだ。夫が他の女のもとに通い、悶々とする女房は、『源氏物語』の女人たちと苦しみをともにする。あるいは、夫の愛を完全に失ってしまった女房は、光源氏の女人論を読んで反省し、老いるまでにせめてもう一度恋文を贈られたいと、はかない夢にすがる。そんな彼女たちは紫式部の姿を目にすると、こぞって新作を催促する。この女人作者にとって、これほど気分の良いことはない。

だがこの日、紫式部の耳に入ってきたのは「女源氏」という違和感のある言葉だった。紫式部は笑みを浮かべ、「わらわも入れてくだされ」と女房たちの傍らに腰を下ろす。女房たちは「式部どのはいかが思われますか?」と声を弾ませた。

「女源氏のことでございます。次々に貴公子の屋敷に忍んでは契りを結ぶ、若き女人でございます。当初は遊び女ではないかと言われていましたけれど、遊び女にしては衣が上質で物腰には品があり、文字も美しく文も巧みで、高貴な家柄の姫君に間違いなかろうと」

「初耳です。そのような女人を光源氏になぞらえられるとは、愉快なことではございませぬ。和泉式部にまさる淫《みだ》らな女人。どこの姫君かは知りませんが、口にすることすらはばかられます」

「和泉式部は男たちに翻弄《ほんろう》されておりますが、そういう男たちを女源氏は翻弄するのです。後朝の文を寄こせと使いをやり、文の代わりに衣と烏帽子を持ち去り、朝に見た相手の顔が気に入らなければ、それきりで縁を切り。醜男《ぶおとこ》の藤原式部丞どのは、女源氏にもてあそばれたと泣きくらし、式部省の人事考査に落ちてしまわれたとのこと」

紫式部は、わずかに眉間にしわ寄せる。それではまるで——。

「まるで、『末摘花の巻』にございます。あの哀れな末摘花は、皇女光子様の乳母の娘かと思っておりましたけれど、式部丞どののことだったとは」

女房たちは愉快でたまらない様子である。

「それに、都は広いようで狭いもの。どの貴公子が女源氏にどのような扱いを受けたか、噂が流れてくるのでございます。在原中将どのは、女人という女人を恋い焦がれさせる方でしたのに、なんとまあ、それこそ口にするのもはばかられる」

「わらわは、いい気味だと思いまする」

別の女房が、ほほほと口元を扇で隠す。

「中将どのは、強引に契った女人を平然と捨てるお方。そのような中将どのが、女人に手籠《てご》めにされたあげくに袖にされるとは、まことに愉快なこと」

女房たちは、中宮や帝の目がないのをよいことに、男はああるべしこうあるべしと、言いたい放題に理想の条件を並べたて、文を寄こしたことのある貴公子たちを細々《こまごま》と批評する。あげくのはてには、「夫のもとへ女源氏を差し向けてやりたい」と言いだす有様である。

紫式部の顔から表情が消えていく。

目の前で繰り広げられている光景は、まるで「帚木の巻」ではないか。

紫式部の物語から、女人は「正しい女人のありかた」を学ぶべきである。だが今、女房たちが夢中になっている「帚木の巻」は、女源氏に歪《ゆが》められた物語だ。「帚木の巻」だけでなく、「末摘花の巻」も。

「光源氏に見初められる自分を想像するより、女源氏のように生きる自分を想像するほうが、心がときめきます」

紫式部の世界は、女源氏という謎の存在に奪い取られようとしていた。

＊

紫式部は、その日のうちに藤原卿を訪ねた。

藤原卿は既に女源氏の噂を耳にしており、含み笑いを浮かべていた。

「そなたは正しい物語を書く女人。案じずとも、必ず護られよう」

「女源氏を葬ってくださいますか」

ふたりきりのときは、紫式部は扇で顔を隠すこともない。

「わざわざ手を下さずとも、みずから葬られよう」

「どういう意味でございますか」

藤原卿は、それには答えなかった。

「ところで式部よ。新作はどのようなものを書かれるのか」

「義母の面影を持つ少女に光源氏が恋心を抱き、親代わりとなり育てる物語でございます。最高峰の男がいかに女人を教育するかを、女人に学ばせるのです」

紫式部の答えを聞いた藤原卿は、「そなたに筆を与えて正解であった」と笑った。

【光を失う名も無き星たち】

「末摘花の巻」に登場する醜女が佐与だという声は、すっかり影を潜めた。女房たちは、「帚木の巻」で女人を品定めする貴公子たちを手厳しく品定めした。光源氏は身勝手だとか、男に苦しめられてこそ女人は救済を得るというのは、女人を抑えこむための方便だとか。光源氏を徹底的に叩きのめすことが、いまや彼女たちの楽しみとなっていた。

「佐与、そなたの物語は取り戻されたぞ。二度と奪わせぬ」

光子は寝床で腹這いになり、頬杖をつく。けれども佐与の心は重かった。佐与の物語を取り戻すと言った光子が、あんな手段を講じるとは、想像もしていなかったのだ。

佐与は光子を止めようとしたが、光子の行動は止まらなかった。今から思えば光子の心には、佐与では埋められない穴が空いていたのかもしれない。宮中では側室のひとりが皇子を生み、帝は政《まつりごと》も忘れて溺愛していると聞く。

風もないのに燭台の火が揺らぐ。光子は「式部丞が、生霊《いきりょう》となって出てきおったわ」とあくびをすると、不思議そうに佐与を見た。

「何を涙ぐんでおるのじゃ」

「次は、私が光子さまの物語を取り戻します」

「そなたの物語を取り戻した今、我に取り戻さねばならぬ物語などないよ」

佐与の胸は押し潰されそうになる。

*

私邸に仕える女童たちが気を利かし、紫式部の新しい写本を手に入れてきた。

佐与は、光子には言わないようにと釘を刺した。物語の写本は光子への品々とともに、帝から届けられるのが常だったからだ。皇子の誕生祝いへの返礼品が送られてきたのを最後に、帝からの届けものは途絶えている。

もっとも今の光子には、帝の愛情こそがすべてというわけではないのかもしれない。最近は都はずれの貴公子のもとに毎夜のように通い、琴や笙《しょう》を演じあったり、和歌を詠みあったりしているようだ。光子の行き帰りに同伴する牛車引きの童が言うには、光子が貴公子と奏でる音楽は夫婦の契りの調べのようだとのこと。佐与はその話を聞いて心が穏やかになった。

それからほどなく佐与は、生家の菩提寺を訪ねるべく、女房用の簡素な牛車で外出した。牛飼童が言うには、貴公子の住まいは菩提寺の近くにあるらしい。

「青柴《あおしば》の君《きみ》という方です。宮仕えではないので昼も屋敷にいます。そばを通ってみますか？」

牛飼童の提案に、佐与は同意した。

垣根が続く細い道に入り、牛飼童は牛をゆっくりと歩かせる。佐与は牛車の窓《ものみ》からそうっと様子を窺《うかが》った。

質素ながら手入れの行き届いた庵《いおり》があり、庭では三十歳前後の男と老いた女人が、十一、二歳の男童《おのわらわ》と一緒に虫かごを覗いている。妻を失って隠遁した男が、息子と使用人とで暮らしているらしい。そしてこの三人はまだ、光子が皇女であることを知らないのだろう。

光子が世捨て人の後添えになると言い出したら、帝は大反対するに違いない。けれども皇女にふさわしい男よりも、自分の生きる道にふさわしい男を選ぶ。それが光子だ。

「青柴さま、そろそろ放してやりましょう」

老いた女人に声をかけられて「はい」と返事をしたのは、男童だった。状況が飲みこめない佐与の視線に気づくこともなく、虫かごを開けた男童は、飛んでいく蝶を見送るべく顔を上げる。

佐与は目を疑った。

男童の面差しは、驚くほど帝と似ていた。

＊

今宵も光子は、外出している。

あの日、生家の菩提寺を訪ねた佐与は、庵の住人の素性をそれとなく尋ねた。男童は帝の甥《おい》で、男と老女は庵の使用人。生母は既に他界している。男童は書や音楽をたしなみ、本来は大学寮で学ぶべき子なのだが、母親の身分が低いために皇族の系譜から外され、庵で暮らしているという。

そして過日、女童が手に入れてきた『源氏物語』の新作は、義母の姪を光源氏が見初めるという物語だった。姪はまだ十歳ほどで、名前は青柴ならぬ「若紫」。光源氏はこの幼い少女を理想の女人に育て、妻にしようと考える。これを読んだ宮中の女人たちは、光源氏への嫌悪を募らせているという。義母と密通して子をもうけただけでなく、今度は年端もいかない義母の姪にまで手を出すとは、色狂いにもほどがあると。

光子は「若紫の巻」を読んではいないだろう。けれども奇《く》しくもこの物語は、女源氏に体現されようとしている。とはいえ女源氏に物語を奪われた紫式部が、再び同じ失敗を繰り返すはずがない。おそらく式部には、女源氏が光源氏と同じ行動を取った場合の、結末が見えているのだ。

「佐与さま、急ぎお越しくださいませ。光子さまが戻られたのですが……」

几帳の向こうから女房が、切迫した声で呼んだ。

部屋で横になる光子は、唐風の衣を乱れさせたまま、青白い顔をして呻《うめ》いていた。

「夕餉《ゆうげ》の鮎《あゆ》で食あたりしたと、仰せでございます。医者を呼びにやらせております」

佐与は女房から布を受けとると、光子の口元に添え、背中をさする。物陰から様子を窺ってい
た女童たちは、女房から「おまえたちのせいじゃ」と睨まれ、半泣きになってうつむく。佐与は女童たちを叱《しか》らないように言い、光子の背をさすり続けた。

鮎は毎年、光子の好物と知る帝から届けられる。けれども今年は届かなかった。そこで気を利

かせた女童たちが買い求めてきたのだが、あまり新鮮ではなかった。にもかかわらず光子は、何匹も平らげたのである。

毒を吐いてしまえば少しは楽になるのに、光子は身を曲げて、えずくばかり。ようやく医者が到着し、脈をとる。医者は表情も変えずに「ご懐妊でございます」と告げた。

神が女人に恋の享楽を許しているのは、人間を繁殖させるためである。産みの苦しみの代償として、神は女人に恋の喜びを与えるのである。

女人に命を宿させた男は、必ずしも親として生きずともよい。だが命を宿した女人は、必ず親にならねばならない。それが女人の定めなのだ。

【焼け落ちる、ふたつの星】

女源氏がすっかり鳴りを潜めているのは、子を宿してしまったせい。

そんな噂を耳にした女人たちは失望した。彼女たちが憧れていたのは、「妻」とも「母」とも「娘」とも呼ばれることのない、自由で強い女源氏だったからだ。

しかも、女源氏の正体が皇女光子だと噂する声も聞かれるようになった。吐き気に苦しむ女源氏が庵から運びだされ、牛車で光子の私邸に運ばれるのを見たというのだ。佐与は使用人たちに別の噂を流させた。庵で痛飲した女源氏が水を求めて、近くにあった屋敷の門を叩いたのだと。

本来なら、これでごまかせるはずだった。すると今度は、女源氏が足繁く通う庵に、帝に似た男童がいると言い出す者が現れた。ならば女源氏の正体は皇女光子で間違いないと。

女源氏への女人たちの失望は、嫌悪へと変わっていった。貴族の男たちも、こぞって女源氏を非難した。五つも六つも年下の相手と契るなど、女人として異常であると。そんな彼らは、光源氏が十歳ほども離れた女児を妻に選んだことについては、常識の範囲内としている。

別の声もあった。女源氏が皇女光子だとしても、腹の子の親は男童とは限らないと。そもそも女源氏が契った相手は数知れずだと。恋愛遍歴のつけを払うのはいつも女人、ああ女人とは気の毒なものよ、と。

これらがすべて根も葉もない噂であれば、佐与は帝に相談の文を送ることができた。だが文など送れる状況ではなく、帝の耳に入らないことをひたすら祈るばかりだった。

そんなある日、中宮から光子宛てに届け物があった。帝の代わりに用意したとの文が添えられたそれは、堕胎薬だった。

薬の包みをつまみあげて眺めていた光子は、鼻で笑うと放り捨てた。

「佐与、中宮をここに来させよ。代理の者ではならぬ」

光子は、日に日に大きくなっていく腹を愛おしげに撫でた。

中宮は面会を拒絶し続けたが、光子が「あのことを父君に話すぞ」と短い文を送ったところ、護衛と女房の二人だけを伴い、訪ねてきた。「あのこと」は何を指すでもなく適当に書いただけだったようだが、中宮には心当たりがあったらしい。

光子と中宮がふたりきりで対面しているあいだ、佐与は席を外した。それほど長い話ではなかったが、私邸を去るときの中宮は虚《うつ》ろな目をし、いささか震えていた。

臨月を迎え、光子は男児を産み落とした。

罰でも与えられたかのような大変な難産で、光子は何度も意識を失った。佐与の生家の菩提寺を借りての、おおやけにできない出産なので、加持祈禱《かじきとう》を行うこともできない。光子が黄泉《よみ》に連れていかれそうになるたびに、佐与が必死で手を握り、この世に引き戻したのだった。

＊

光子と佐与は、熟睡する赤子を挟むようにして横になっていた。

「光源氏にはほどとおいが、まことによい顔をした子じゃ」

光子は赤子の頰を指で押す。生後一ヶ月を過ぎ、顔立ちは帝に似始めていた。

「佐与にだけ打ち明けよう。我が契ったのは青柴だけじゃ。他の男は気絶させて衣を剝《は》いだにすぎぬ。そなたが何度も唐の女武俠伝を読んでくれたおかげで、経絡術を使えたのじゃ。恥をかいた男のほうは、本当のことなど口外できるはずもない」

啞然とする佐与をよそに、光子は笑い声をたてる。赤ん坊が泣きだし、光子はまた頰を押した。

「佐与、頼みがある。人目のないときを見計らい、この子を石影寺へ連れていってほしい。産前の療養と称して中宮がおる」

「中宮さまは、とうとうお子を授かられたのですか」

「この子は中宮が産んだことにするのじゃ。中宮の産んだ皇子は、よほどのことがないかぎり次の帝となる。中宮が望んでいるのは、自身の地位を安泰にしてくれる存在であって、父君との子というわけではない。顔も父君と似ているから、宮中の者たちも気づかぬであろう」

佐与には、続ける言葉がなかった。

「我が心より望んだのは、佐与、そなたとの子じゃ」

「え？」

「我は父君のお顔が好きだったのじゃ。そなたのような、広い額と長く赤らんだ鼻を持つ父君を見るたびに、なにゆえこの顔の主と夫婦になれぬのかと、胸が苦しゅうなった。青柴と琴で契りの調べを奏でるたびに、なにゆえ佐与とはこの調べを交わせぬのかと、泣きとうなった」

佐与は茫然と光子を見つめる。光子は赤子の額を、愛おしげに撫でた。

「そなたは、我と佐与の子だぞ。末永く、帝の座に君臨いたせよ」

赤子に添えた光子の手に、佐与は自身の手を添えた。

「光子さま、ともに仏の道に入りましょう。御仏の光を求めるのです」

「我の求める光は、仏のもとになどない」

光子は佐与と手を重ねたまま、目を閉じるのだった。

それからほどなくして、光子は都から姿を消した。

探しに行こうとする私邸の者たちを、佐与は止めた。「光子さまは光を求めに行かれたの」と。おそらく光子は、どこかで煌々《こうこう》と輝く月を眺めている。そして佐与も庭に面した廊下に座り、月を仰ぐのだった。

やがて皇族の系譜から、光子の名は、生母である更衣とともに削除された。

＊

出家し、生家の菩提寺へと身を寄せた佐与は、光子の物語を書きつづっている。女人の定めから逃れられなかった系譜に存在しない皇女の話ではなく、女人としての定めを踏み台とし、光子という人間のありかたを確立しようとした皇女の物語を。

物語を筆写する尼僧たちからは、女源氏物語という題名を提案されている。紫式部の報復を受けるかもしれないが、佐与には怖れはない。この物語を読む人に光子のことが正しく記憶され、語られることがあれば、それでじゅうぶんに意味がある。

その夜、筆を進めていた佐与は尼僧たちの悲鳴を耳にした。続けて聞こえてくるのは荒々しい無数の足音。何ごとかと筆を置いて立ち上がり、廊下に出た瞬間、佐与は太刀で斬りつけられた。

倒れゆく佐与の目に映るものは、部屋に踏みこむ武人たちが火を放つ姿であり、今しがた書いていた物語が火に包まれていく様だった。

——さよ、さよ。

この声は……母君？　更衣さま？　違う。思い出せないぐらい昔に聞いた、懐かしい誰かの声。

――さよ、来世でこそ、我らの物語を作ろう。

声のほうへと手を伸ばした佐与は、二度目の太刀で両断された。

＊

数日後、藤原卿の邸宅に招かれた紫式部は、焦げ臭い巻物を渡された。

「皇女光子に仕えていた娘が、そなたの物語を奪おうとしていたゆえ、取り戻して進ぜた。女源氏物語なるものを書き残そうとしていたようじゃ。その写本のほかは灰にしたゆえ安堵せよ」

題名を耳にした紫式部は、不快感を露《あら》わにする。

「それだけでは安堵できぬのであれば、あのふたりの首を持ってこさせようぞ。焼けただれた首と、鴨川《かもがわ》で膨らんだ首ではあるが」

紫式部は顔をしかめ、仏殿に保管されていたという巻物を広げた。

なにげなく目を通し始めた紫式部だが、手が震えてくる。

あの小娘は、なんという文才をほとばしらせているのか。紫式部の巧みな筆で封じこめたはずの皇女は、この新たな筆の力によっていかなる束縛からも開放され、自由闊達に生き始めている。この世に見切りをつけたふたりは、どこかから紫式部を見下ろし、せせら笑っているのだろう。

「式部よ、これからも女人のための正しき物語を書かれよ。正しき物語を書くかぎり、そなたは護られよう」

紫式部は顔を上げる。その眼差しは、藤原卿との決別を告げていた。

第三話

『平家物語』

——合戦場のかぐや姫

あのようなものを書かせるために、筆を許したのではない。

下界から『源氏物語』の名が聞こえてくるたびに、物語の神は苦々しくなる。

紫式部は何を血迷ったのか、『源氏物語』の方向性を変えてしまった。光源氏の恋人たちは自我に目覚め、寄ってたかって光源氏を潰してしまったのだ。

物語の神を嘆かせたのはこれだけではない。女人たちは夫への恨み節だの、男への批判や皮肉だのと、誤った物語をつづるようになったのだ。それもこれも「ごう」と「さよ」のせいである。だが平安王朝から武士の世へと変わった今、物語をつづる女人たちは姿を消し、男たちが軍記物を生み出している。男が描く男の美学の物語であり、女人はそれを引き立てるために存在する。

物語の神は「ごう」と「さよ」を『平家物語』に放りこむことにした。約五十年前に繰り広げられた源氏と平家の戦を題材にしたものである。

物語の神はふたりの設定を改めた。「ごう」は、扇をひらひらさせて舞うだけの白拍子に。「さよ」は筆ではなく弓矢を持つ女武将に。女を売りにせねばならない「ごう」と、男同様の生き方を求められる「さよ」にとって、苦悩の物語となるだろう。

【源《みなもとの》 義子《よしこ》と白拍子】

かがり火を焚《た》く軍営で、木曽義仲《きそのよしなか》軍との合戦を終えた源頼朝《よりとも》軍の武将たちは美酒に酔っていた。

今日は頼朝軍の圧勝だったが、小隊を率いる源義子は青白い顔をし、杯《さかずき》を見つめている。

十八歳を迎えた義子の初陣《ういじん》だった。頼朝の母違いの妹である義子は、子ども時代から弓術や馬術を仕込まれ、兵法を学んできた。死臭が漂う山里や死骸が浮かぶ川も目にしてきたし、そうした場に身を投じる覚悟も固めていた。だが初めての実戦を終えた今、義子は自分の無能さに落ちこんでいた。そんな義子を尻目に武将たちは盛りあがる。

「今日の戦勝は、景季《かげすえ》どののおかげじゃ」

「いや、高綱《たかつな》どののご武勇があればこそ」

義子は今日の戦を慎重に進めるつもりだった。川の流れ方が不自然だったのだ。敵軍が上流を堰止《せきと》め、源氏の隊が渡るときに一斉放流する策だと読んだのだ。

だが、梶原《かじわら》景季と佐々木高綱というふたりの若武者が我先にと川へ突き進んだ。案の定、上流から激流が押し寄せてきた。だがふたりは巧みに馬を操って川を渡りきり、他の武人たちも雄叫《おたけ》びを上げて続いた。義子だけ、ぽつんと岸辺に取り残す形で。遠回りしてようやく対岸に到着したときには、戦の勝敗はおおかた決まっていた。

合戦後、義子は小隊全員を集め、軍規を守ってほしいと言った。すると景季の父である梶原景《かげ》時《とき》は「互いの名馬を競いあっただけ。義子様を蔑《ないがし》ろにしたわけではござらぬ」と薄笑いした。

「たかが馬、されど馬、男の名誉をかけた競い合いは女人には分かりますまい。それに、あの勢いで対岸に渡っていなければ、今回の戦には勝てませんでしたぞ」

反論できなかった。

義子が頼朝から預けられた兵は、徒歩《かち》の郎党を含めて約二千名。敵陣の後方から攻撃をかける補助部隊《からめて》だ。隊がまとまっているのは、頼朝からの信頼が厚い古参の景時が牛耳っているからだ。他の武人たちも、頼朝が妹の義子を隊長として配属したから、形式的に従っているにすぎない。

今夜の酒宴は、義子の初陣勝利を祝うために開かれたものだ。だが実際は戦に華を添えた若武者ふたりのための宴《うたげ》であり、義子は上座を与えられながらも蚊帳《かや》の外に置かれていた。ときおり、どっと笑い声が湧きおこる。ふんどしの締め具合や遊女の品定めといった話で、義子には入ることのできない話題だった。

「ところであの巴御前《ともえごぜん》とやらは、噂に違わぬ猛女でござりましたな」

男たちは、木曽義仲の愛妾だった女武将の話に花を咲かせる。単身で馬を飛ばす巴御前は大柄で顔つきは獰猛、筋骨隆々とした身にまとう鎧は鉄でできていた。返り血まみれの巨大馬にまたがって大薙刀《なぎなた》を振り回し、突進してきたふたりの猛者《もさ》を両脇で抱えこむようにして受け止めるや、一瞬で首を捩《ね》じ切《き》った。その姿は闘神そのものだった。

「義仲に代わって軍勢を立て直すのだろうが、女人が大将を務めるならば、あれぐらいの実力と風格がなければのう」

義子は杯を手にしたまま、うつむく。小柄な義子は女人用の甲冑《かっちゅう》――胸部にゆとりを持たせて腰部を絞ったもの――を着用し、弓もひとまわり小ぶりなものを使っている。

「巴御前とは、閨《ねや》で戦を交えてみたいものじゃ」

「大事な箇所を捩じ切られますぞ」

男たちはしょせん、きわものの大女として面白がっているだけなのだ。

「これ！　今宵は義子様の初陣を祝う宴であるぞ。酌をしてさしあげぬか！」

景季が声を荒らげると、武士たちは酒を手に義子のもとへと向かう。

「いえ、私は酒は……」

「酒すら飲めない者が、男と同等に戦えるとお思いか？」

飲みなされ飲みなされと囃《はや》したてる男たちを、景時が制止した。

「義子様はまだ十八、わしらが酔い潰したとあれば頼朝どのにお叱《しか》りを受けようぞ。義子様にはもっとしっかりした体を作っていただかねばならぬ。これ、飯を持ってまいれ」

景時が手を打ち鳴らすと、村の女が飯びつを抱えてぞろぞろと現れ、義子の前に並べた。

「飯はさっき、食したので……」

村の女たちは一斉に蓋を開ける。義仲軍の生首がずらりと入っていた。

義子は口を押さえて逃げ出し、男たちは大爆笑した。


女人は男の上に立ってはならない。女人はそのようには作られていないからである。巴御前は許容範囲内である。男なみの身体能力を持ってはいるが、愛する男のために弓矢を手にしたにすぎず、陣頭にしゃしゃり出るわけではない。甲冑に身を包んでも、女人は男と同格にはなれない。女人には分相応の生き方があるのだ。

頼朝の体を借りた物語の神は杯を傾けた。

酒宴の場を離れた義子は、木に寄りかかって嗚咽《おえつ》した。

武人として生きる女は幸せと思いなされと、弓術の指南役に言われたことがある。都にいる平家の女人たちはいまだに十二単《ひとえ》と長い髪で動きを制限され、和歌の世界に閉じこめられている。だが武人の女には男と同じ武具や馬が与えられるのだと。

義子はすすり泣きを耳にする。あたりを見回すと、木立の陰で身を寄せ合う女こどもたちがいた。着の身着のままで逃げてきたらしい。夫や息子を戦に取られ、家を焼き払われ、野盗に怯《おび》える女たちは、通りがかった義子の小隊に付いていったほうが、まだしも生き延びられると考えたのだろう。わずかな食べ物を分けあっているが、体と引き換えに手に入れたに違いない。

ひっくひっくと泣く者がいる。骸《むくろ》を前にした、幼さの残る瞽女《ごぜ》だった。師匠がここまで連れて逃げてくれたのだが、病で力尽きたのだという。義子は埋葬すると手を合わせた。そして酒宴の配膳を済ませた村の女たちを呼び、ここにいる人たちに温かいものをふるまうよう頼んだ。

十歳になるまで都の寺で育てられた義子は、女人が書いた物語をよく読んだ。そこでは、雅《みやび》な男たちが気まぐれな恋で女人を苦しめていた。雅の時代から戦の時代へと移り変わり、女人の前に現れる男も、和歌を詠む京の男から弓矢を持つ東国の男へと変わりつつある。だが、男に苦しみを与えられる女人の定めは変わらない。


食事を終えた女こどもが、焚き火を囲んで眠り始めた頃。

六人の野盗が現れた。女こどもが逃げてきたと聞き、器量の良い者をさらいに来たのだ。

草むらに白拍子が横たわっていた。月明かりに浮かぶ顔は十七、八歳というところか。舞の最中に焼き討ちにでも遭ったのか、白い水干《すいかん》に紅色の袴《はかま》、長い髪に立烏帽子《たてえぼし》を付けたままである。男と同じ装いをしてみたところで、しょせんは女。白拍子は春ではなく芸を売ると自負しているが、男の寵愛《ちょうあい》と庇護がなくては芸を続けることすらできないのだ。

野盗のひとりが水干の襟《えり》に手をかけ、別のひとりが袴の裾《すそ》をまくりあげる。目を覚ました白拍子は演舞用の太刀《たち》をつかむやいなや、目にも留まらぬ速さでふたりの首をはねた。

返り血を浴びながら立ち上がった白拍子は烏帽子を整え、後ずさる四人に向きあった。

「白拍子がなにゆえ、男の装いをするか知っているか？　坊主に女犯《にょぼん》の言い訳をさせるためではない。太刀を自在に操るためじゃ」

野盗どもも太刀を抜く。太刀を舐《な》めた白拍子は「皆殺しじゃ」と目を輝かせた。

おのれ「ごう」め。『平家物語』の描写を逆手に取ったか。

『平家物語』での白拍子のいでたちは「水干、袴、立烏帽子、太刀」を定番としているが、「太刀」はあくまでも外見描写の一部にすぎず、用途は物語中では特筆されていない。作者が記述していない事柄をどうしようと登場人物の勝手というわけだろう。

せいぜい得意がっておれ。男による男のための物語に女人がしゃしゃり出ればどれほど無様《ぶざま》なことになるか、とくと味わわせてやるとしよう。

鎌倉の頼朝から義子に指示の文《ふみ》が届いた。平氏軍を一《いち》ノ谷《たに》で追討せよというものだ。その次は屋島《やしま》で戦い、最後は壇ノ浦で平家を滅亡させせよと。敵軍の動きを先読みしているというより、源平戦の展開を把握しているかのような文面だった。

頼朝とはいまだ会ったことがない。十歳で都を離れて東国の寺に預けられていた義子に、小隊を与えるので平氏軍と戦えという指示が下されたのも、文を通じてだ。

「では私たち補助部隊《からめて》は丹波路《たんばじ》から平家陣営の背後に回り、お兄上の大手軍は山陽道から真正面から敵陣に向かう段取りで、細部を詰めましょう」

「山陽道を通れというのは、頼朝兄のご指示か？」

腹心たちをはべらせた範頼《のりより》は、義子に疑い深そうな目を向ける。五歳違いの異母兄で、主要部隊を任されている。しかも義子の部隊を牛耳る梶原景時と懇意である。

「お兄上にも、同じ指示が出ていると思うのですが……」

「指示の話をしているのではない。わしらに標的になれと言うのかと聞いておるのだ」

二手《ふたて》に分かれて敵陣を挟み撃ちにする場合、正面から攻める大手軍が敵を引きつける役割を担うのは基本中の基本だ。にもかかわらず範頼が神経を尖《とが》らせるのには理由がある。彼は前回の合戦で乱闘騒ぎを起こし、頼朝に厳重注意を受けている。加えて合戦の報告に不備があり、頼朝から差し戻されている。これ以上の失態は許されないのだ。ちなみに、報告で最も高い評価を受けたのは景時だった。義子がまとめた報告の文を丸写しして頼朝に送ったようだ。

「どうなのだ、わしらに標的になれと言うのか？」

「合戦《やあわせ》開始は七日の卯《う》の刻と定められています。それまでの道中、平家に標的にされることはありませぬ」

「断言できるのか？　奇襲があればそちが責任を取るのか？　女人に責任が取れるのか？」

「四日から六日は清盛どのの法要が行われるゆえ、頼朝兄が七日に定めたのです。それに公家《くげ》の習慣を重んじる平家は暦を重視し、四日から六日は移動が禁忌とされています。無視する者も一定数はいましょうが、五万の大手軍に影響が出るほどとは考えられません」

「影響が出たらそちの責を問うからな。せいぜいわしらに遅れを取らぬよう出立せよ」

「大手軍の出立はいつでございますか」

「二十八日の子《ね》の刻じゃ」

「星と月の位置がよくありません」

「これだから女人は困るのだ。なにかと暦や星読みに振り回される」

範頼が嘲《あざけ》ると、義子の隣に座る景時も「女人は糞をする日まで陰陽師にお伺いをたてるそうですぞ」と便乗する。武将たちからも容赦ない笑い声が上がった。

「そうではなく……月の齢《よわい》から計算すると、その日の子の刻には月は没しています。高光度の星の群れも月に合わせて動きますから、ほぼ完全な闇夜となりましょう」

範頼は「コウコウド？」と聞き返した。範頼の腹心が主に耳打ちする。範頼は「それぐらい知っておる」と余裕の表情を浮かべた。

「闇夜なら、沿道の民家を焼いて松明《たいまつ》代わりにすればいいだけのこと」

「おやめくだされお兄上。山里で火災を起こせば広い範囲で炎の旋風《つむじかぜ》が発生します。炎から逃《のが》れられたとしても、旋風の激しい熱で甚大な人的被害が生じます」

「生半可な女人よ。我が隊の災いとなるのは炎の風ではなくそちの臆病風じゃ」

範頼の配下たちが大笑いする。

「慎重に進軍なさってくださいい。一ノ谷の手前ではおそらく平家が歩兵部隊を――」

「もうよい！　補助部隊《からめて》の隊長といえども、そちはしょせん傀儡《くぐつ》ぞ」

義子が黙ると、範頼や景時たちは活発な意見交換を始めた。女人の隊長など最初から存在していなかったかのように。


義子は隊を率いて出発することになった。だが予想どおり、景時と衝突した。

「女こどもを同行させるですと？　一ノ谷には三日間で行かねばならんのですぞ」

「丹波国に入れば母のいる寺があります。あの者たちの保護をお願いするつもりです」

「女人はわざわざ助けずとも、体さえあれば飯にありつけますぞ」

景時とその配下が、意味ありげに笑う。

「されど、戦を起こす私たち武人に責任がないとは言えません」

「ならばそうされよ。この隊の責任者は義子様ですからの」

景時は義子の隊を去り、範頼の大隊へと移っていった。しかも義子の兵の半数が景時についていってしまった。途方に暮れる義子に追い打ちをかける報告が入った。

「一里先で土砂崩れでござる。迂回路を寝ずに進めば三日で着けぬこともござらぬが、義子様は是が非でも女こどもを同行させるのだろうと、隊の者が口々に申しておりまして」

慇懃《いんぎん》にそう告げたのは井口良兵衛という武人である。景時の連絡役として重宝されていたが、範頼の大隊へは移らなかった。

「女人ならではの情の深さは、まこと貴きもの。ただ、足手まといな女こどもは景時どのなら同行させぬはずだと不平を言う者も少なくなく。いや、どのような選択をなされても某《それがし》は義子様に従いますぞ」

そのとき、身を寄せ合う女人のあいだから、白拍子が歩み出てきた。

「道先に困っているなら、わらわが案内をいたそうぞ」

義子と同じ年頃で、血染めの水干と袴に立烏帽子という装束《しょうぞく》をまとっている。怪我はしていないようだが、目には挑むような光を湛《たた》えていた。

「わらわは丹波や播磨《はりま》の地理に通じておる。二日で行ける道を案内いたそう」

東国出身の兵たちは、初めて目にする京の白拍子に目を奪われる。義子も白拍子を見つめる。この女人と会ったことがある。けれども、いつ、どこで。

「いかがいたすのじゃ、案内はいるのかいらぬのか？」

すると良兵衛が「この者は平家の回し者かも知れませぬぞ」と耳打ちした。「回し者だった場合、義子様のお立場はどうなりましょう。いや、某は義子様のご選択に従う所存ですぞ」

義子はこの白拍子を馬に乗せることにした。

この隊を陥《おとしい》れることは、行き場のない女こどもが生きる道を奪うことだ。同じ都の女人であるこの者に、そうする理由はないだろう。

源氏の大旗を高々と掲げる旗指《はたさし》の武人を先頭に、義子と白拍子が二人乗りする馬、良兵衛たち騎馬の武人や徒歩《かち》の郎党が続き、その傍らを女こどもがとぼとぼと歩く。景時とともに範頼のもとへ去った兵は千二百人。それでも八百人ほど残っていたのだが、十人、二十人と離脱していく。そのたびに良兵衛は義子に報告する。「逃げそうですぞ」ではなく「逃げましたぞ」と。

「義子様、見せしめに何人か斬られてはどうです。慈悲の心は女人の美徳なれど、下々《しもじも》に示しが付かぬのではござりませぬか？　いや、某は義子様のお立場を案じているだけでござりますぞ」

離脱者を目こぼしすれば、男なら「器が大きい」と一目置かれるが、女だと「だから女人は甘い」と軽んじられる。見せしめに斬れば男なら怖れられるが、女だと「生意気な」と憎まれる。いずれにしろ、離脱など考えない者だけで隊を固めたほうが指揮を取りやすい。

一ノ谷までの道中、平家は何箇所かに兵を潜ませているだろう。暦を無視して奇襲をかけてくる兵は、全体の一割だろうか。いかに切り抜けるか。いかに犠牲を最小限に抑えるか。思案しているうちにさらに十人、二十人と離脱していく。

義子は二百人まで減った場合を想定して策を練る。最後まで残る可能性が高いのは東国から同行してきた農村出身者で、軍馬ではなく農耕馬を扱ってきた者たちだ。甲冑を付けてはいるが、武家出身者からは見下されている。それでも離脱しないのは養うべき家族がいるからだ。暮らし向きを良くするには戦で功績を上げるしかない。

「わらわも、そなたのように武将になりたかったのう」

義子の後ろに腰かける白拍子は、義子の甲冑をぽんぽんと叩く。

「ゆえに白拍子どのは武人の太刀を佩《は》いているのですか？　演舞用の白鞘巻《しらさやまき》ではなく」

「この太刀は狩ったものじゃ。目標の千本まであと少しぞ」

白拍子は腰の太刀をがちゃりと鳴らす。

「太刀を求めに出向かずとも、太刀を持つ者が下心丸出しで来てくれる。女人の役得じゃ」

「白拍子どののほうが武将に向いていそうですね」

千本が本当かは分からないが、度胸の据わりかたから推すに、それなりに心得があるのだろう。

「そなたにこそ武将の資質があるぞ。わらわは多くの武将を見てきたゆえ、目は肥えておる。そなた、かなりの書を読んでおろう？」

義子は何も答えない。自分には書を読むしか能がないだけなのだ。

「わらわにも書を何より好む友がいた。女人を女人としか見ない者は、その友の本質を見抜くことができなんだ。だが本質を見抜いた者は恐れた。とはいえ、その友の名も顔も思い出せぬ」

白拍子は、ひとりごちるように話し続ける。

「隊長どのよ、おのれが弱みだと思うておることは存外、強みになったりするのだぞ」

義子にも遠い昔に友がいたように思う。弱い自分に常に寄り添ってくれた、同じ年頃の女人が。

女こどもの歩みが目に見えて遅くなってきたので、義子はしばらく休憩を入れることにした。

その後、さて出発しようとしたとき、良兵衛が報告にやってきた。

「旗指が逃げたようですぞ。旗指なしでの進軍は、ご神体のない神輿《みこし》のようなものですぞ」

良兵衛は媚びるような目つきで、自分に旗指をさせろと要求する。大旗を掲げて先頭を進む旗指は隊長よりも目立ち、隊でも一目置かれる存在だ。良兵衛が範頼の大手軍に移らず義子の隊に残った理由もそこにあるのだろう。競争相手の多い場所で埋もれるより、競争相手の少ない場所で上位に立とうというわけだ。

するとやにわに白拍子が馬の背に立ち上がり、ゆるりと舞い始めた。

「わらわが案内がてらに旗になろうぞ。武人ではなく白拍子が旗指をしていれば、敵も意図を読みかねて迂闊《うかつ》に奇襲などかけてこぬ」

白拍子は常人離れした平衡感覚で舞いながら、透きとおった声で歌い始める。義子も兵たちも見とれ、女こどもも目を奪われている。良兵衛は気に入らぬ顔をしていたが、義子と目が合うと卑屈な笑みを浮かべた。


義子たちが丹波路の寺に着いたのは日暮れ頃で、老住職は「よくお越しくださいました」と義子との再会を懐かしみ、女こどもを保護してほしいとの義子の頼みを快諾した。

義子は、自分が来たことは母には内密にしてほしいと言った。不要な心配はかけたくないのだ。

義子の母は宮中の雑仕女《ぞうしめ》で、縁あって源氏武将の側女《そばめ》となり義子を産んだ。戦に翻弄されてきたが、今はこの寺で静かに暮らしている。だが母の話をしたとたん老住職は顔を曇らせた。

「それが……お母上はひと月ほど前からお姿が見えられぬのです」

「え？」

「お母上だけではありませぬ。亡き清盛どのの愛妾たちもお姿が見えなくなったとか」

祇王《ぎおう》・祇女《ぎじょ》の姉妹と仏御前《ほとけごぜん》という三人の白拍子だ。清盛の気まぐれな愛に傷つき、そろって山寺に籠《こ》もったと聞いている。清盛は女人への不誠実さを詰《なじ》られたようだが、その清盛も既に亡い。今になって三人が消される理由も、姿を隠さなくてはならない理由もないはずだ。

「他にも忽然《こつぜん》と消えた女人たちがいると聞いております。履物や、箸をつけたままの飯や、捌《さば》きかけの魚を残したまま。老若貴賤問わず女人ばかりが神隠しにあうのでございます」

老若貴賤を問わずというなら、野盗や人さらいの手口とは違う。

「気がかりですが今は先を急がねばなりません。戦が終わりましたら再訪いたします」

義子は後ろ髪を引かれる思いで寺を後にする。山門に並ぶ女こどもは義子に何度も頭を下げた。

山門の石段のふもとでは兵たちが円陣を描き、その中心では白拍子が舞っていた。白拍子がおどければどっと笑い、くるりと指先で太刀を回せば感嘆の声と拍手が上がる。

馬具を手入れしていた良兵衛が、円陣に向かって大声を出した。

「時間がないのに何を呑気にしておるかっ。義子様は苛立《いらだ》っておいでじゃっ」

面食らう義子に、兵たちは不服そうな視線を向けつつ解散する。そもそも時間が切迫する原因を作ったのは義子様ではないかと言いたげに。

「いささか出すぎた真似をいたしましたようで。されど男は男の指示にしか耳を傾けぬことも、ございますゆえ」

良兵衛は義子に頭《こうべ》を垂れ、ちらりと視線を上げた。


すっかり日が暮れたなか、義子の隊は白拍子の道先案内で草むらを進み続ける。だが次第に隊列から遅れる者が出始める。良兵衛から報告が入った。

「暗くて道が見えぬとの声が続出してござります」

義子の後ろに腰かける白拍子が「星がこれだけ出ておるのに暗いはずがなかろう」と反論する。

義子は濃紺色の空を仰ぎ、明るい星がいくつ見えるか良兵衛に問うた。良兵衛は怪訝《けげん》そうに義子の視線に続き、「五、いや六」と答える。義子は兵たちにも数えさせた。多くの星を数えた者たちに義子は、懐中に携帯用の仏像や経文を入れているか尋ねた。手のひらに収まるほどの厨子《ずし》を携える者が四分の一を占めた。その者たちに義子は指示を出した。

「そなたたちとはここで分かれます。南下し、大手軍に合流してください。平家が己《おのれ》の都を作ろうとしたときの道が工事途中のまま残っているゆえ、たどっていけば合流できます」

僭越《せんえつ》ながら、と良兵衛が口を挟む。

「星や神仏にお伺いを立てるのも結構でござりますが、これ以上の兵を減らすのはいかがかと」

「夜目の利く者だけで進軍します」

兵の多くは平時には山仕事や武家の下働きをし、鳥獣を狩って食する習慣がある。医心方《いしんぽう》や黄《こう》帝内経《ていだいけい》でも、猪肉や鶏卵は夜盲を緩和すると証明されている。ただ仏への信仰心が厚い者は肉食を避けるため、星と見えたものが目の病によるものとも考えられる。義子は良兵衛にそう話した。

「最低でも二百の兵があれば大手軍の補助は果たせましょう。そして兵はまだ三百あります」

「某も、そのように考えてござりました」

良兵衛は卑屈な上目遣いをした。

さて次の場面は『平家物語』の大いなる見せ場となる「一ノ谷の合戦」である。「義経」たちが急勾配《こうばい》の坂を一気に駆け降りる「鵯越《ひよどりごえ》の逆落《さかお》とし」は、男にしか生み出せない大胆かつ華麗な奇策、名場面中の名場面だ。だが「義子」に名場面は生み出せない。「さよ」の基本設定は「女人の定めに逆らわない人物」だからである。女人の定めとは、男の発想ができないことである。ゆえに「義経」ならぬ「義子」が「鵯越の逆落とし」に登場すれば、次のようになるのだ。

夜も明けやらぬなか、義子の隊はいよいよ一ノ谷へと迫っていた。この険しい山道さえ登りきれば、平氏の大陣営を俯瞰《ふかん》できる。一ノ谷は険しい山崖を背にした海岸にあり、源氏の補助部隊《からめて》に背後を取られるとは、おそらく平氏側は予想していない。

「一番に登りきった者には義子さまが褒美をくださるぞ！」

今や、先頭に立つのは良兵衛である。義子は兵たちに抜かれるばかりだ。

こんなときに月の障《さわ》りが来るなんて。障りが重いときでも馬にまたがれるよう、義子は訓練を積んできた。痛み止めの薬草も携帯しているが、眠くなるので服用できない。それよりもつらいのは、月の障りを知られないようにすることだ。さもないと「だから女人は」と嘲《あざけ》られる。

下腹痛やだるさに耐えつつ、悪路《あくろ》を登ろうと四苦八苦していると、木立の陰から猟師とおぼしき老人と若者が現れ、虎皮の鞘に納めた太刀で自分の肩を叩きながら「とうてい人馬は越えられぬ」と笑った。「正確に言えば、女人には越えられぬ」

ぬかるみと岩だらけの坂道を仰ぎ、義子は馬を励まし続ける。白拍子の姿は、一ノ谷の裏山に差しかかる頃に忽然と消えた。太刀の鳴る音が聞こえなくなり、手綱《たづな》を握る義子がふと振り返ったときには、既に姿がなかったのだ。落馬した形跡はなく、白拍子が消えたことに気づいた者もいなかった。道案内はもともと一ノ谷までだったのだが、感謝と別れの挨拶は告げたかった。せめて名前だけでも尋ねたかった。


太刀を振り回して得意げに登場したのもつかの間、「ごう」は他の女人たちと同じように消えた。これぞ、男による男のための物語ならではの力なのである。女人とは哀れなものよ。


義子がようやく山頂にたどり着いたのは、夜が白々と明ける頃だった。山頂では三百の兵が既に、平氏陣営を見下ろす位置についている。馬にまたがった良兵衛が義子に近づいた。

「全員いつでも矢を放てますぞ。どうぞご命令のほどを」

「兵を配置せよなどと、そなたに指示しておりませせぬ」

「されど義子様のご到着を待っていたらきりがないとの声が、あまりに大きくなりましたゆえ」

義子はぐっと恥を堪《た》え、平氏陣営を俯瞰できる崖まで馬を進める。

数万の平氏軍に埋め尽くされた海岸を見渡すと、悪い予感が的中した。東に見えていなくてはならない大手軍の合図の狼煙《のろし》が、いまだ見えないのだ。義子の臆病風を嘲った範頼は平氏軍を侮《あなど》り、案の定、潜伏していた歩兵部隊に阻《はば》まれたようだ。

義子の「やはり」は次の瞬間、「なにゆえ」という動揺に変わる。西方から源氏の旗を立てた騎馬の五人が、雄叫びとともに平氏陣営に突進したのである。おそらくあの暗闇の晩に、補助部隊から大手軍に移動させた者たちだ。

虚を突かれた平氏の兵との乱闘が始まり、事実上の合戦《やあわせ》開始となる。大手軍はいまだに一ノ谷に入られずにいる。補助部隊が山頂から矢で応戦したところで焼け石に水だ。

「さあご命令を、義子様」

良兵衛は馬を寄せてくる。義子に策を出させた後、戦死扱いにして葬るつもりなのだ。策が成功すれば自分の手柄にし、失敗すれば義子の判断に従ったまでと言えばいい。死人に口なしだ。

「さあ、孫子にはどう書かれてござりますか？　学のある義子さま」

「こうじゃ」

女人の声がしたと思いきや、良兵衛は馬ごと崖下へと突き落とされる。二本の太刀を担いだ白拍子がそこにいた。

良兵衛の絶叫と馬のいななきが崖下の雑木林へと吸いこまれていき、やがて消える。義子の後方で待機していた兵たちは混乱と動揺を露《あら》わに、無言で後ずさった。

なんとしぶとい小娘か。よかろう。神が監修する男の物語にどこまで楯突けるか見てやろう。

白拍子は崖下を覗きこむと、「そなたも行け、隊長どの」と馬上の義子を見上げた。

「猟師どもが言うには、餌を求める鹿がこの崖を駆け降りるそうじゃ。鹿も四つ足、馬も四つ足。ならば馬も降りれぬことはなかろう？」

「白拍子どの、なぜこのような場所に。ここは武人でない者が来る場所ではありませぬ」

「はて？　わらわはそなたと一緒に山道を登ってきたではないか」

「え？　どこにいたというのです」

「妙なことを言う。ずっとそなたの後ろにいたではないか。あの猟師どもが隊長どのにはこの山道は越えられぬとほざいたゆえ、わらわは馬の背を軽くしてやろうと降りたであろう。ほほほ、越えられぬのは重みのせいではなく女人ゆえじゃとほざきよったから、猟師どもはこうなった」

裾を泥まみれにした白拍子は、血のついた虎皮の鞘に収められた二本の太刀を満足げに眺める。どういうことなのだ。白拍子はたしかに、一ノ谷の裏山に差しかかる頃に消えたのだ。

合戦場の雄叫びは大きさを増していく。大手軍の狼煙はいまだに上がらない。夜明けの海上からは平氏の舟が八百、千と迫ってくる。

義子は崖下を覗きこむ。三百の兵がここから奇襲をかければ、平氏を多少は攪乱《かくらん》することができるだろう。いや、三百は無理だ。兵のうち二百は徒歩の郎党。騎馬は残りの百。垂直に近いこの急勾配で馬を操れる者など、いったい何人いるだろう。

白拍子は太刀で自分の肩を叩きながら、義子に薄笑みを向ける。

「やらねばこれだから女人は使えぬと言われ、仕損じればやはり女人は駄目だと蔑まれるだけじゃ。迷うことなどあるまい」

意を決した義子は顔を上げると、待機する兵たちに向きあった。

「私の後に続いてください。ともに功名を上げましょう」

崖の縁へと馬を進める義子に兵たちは騒然となり、後ずさる者が続出する。白拍子が「女人に負けても良いのかえ？」と兵を煽ると、息巻く者たちが進み出てきた。

七十人ほど集まったところで義子は手綱を握りしめ、崖を見下ろす。鹿も四つ足、馬も四つ足。だが鹿の蹄《ひづめ》は足場の悪い場所に適した形をしており、馬の蹄は平地向けだ。それに甲冑を付けた武人を乗せた馬と、鞍《くら》すら付けていない鹿とでは動きも重さも異なる。重さが異なれば地面に引き寄せられる力が異なり、そうなると――。

「下手の考えなんとやらじゃ」と白拍子が義子の馬の尻を打つ。均衡を失った義子は悲鳴を上げるまもなく、崖下へと落下していった。

【女人、おのれの分を知る】

一ノ谷の合戦は源氏の大勝となり、頼朝は貢献した武将たちを昇進させた。

大手軍を率いた範頼は、梶原景時をはじめとする武将たちと協力して大勝利に導いたと評価され、三河国を与えられることになった。一ノ谷への到着が遅れた原因は平氏軍への油断に他ならなかったのだが、遅れが生じたのは慎重に進軍したからだと評価に繋げられた。

景時は息子ともども多くの敵将を討ち取ったことで、四つの領国の守護職へと昇格した。崖下で馬の下敷きになり、息も絶え絶えの状態で発見された良兵衛は、危険な逆落としに率先して挑んだとして褒美を与えられた。一命を取り留めた馬にも称号が授けられた。

範頼が手柄を上げることができたのは、義子が大手軍到着まで時間稼ぎをしたからだが、義子には「女人にしては上出来」との言葉が与えられただけだった。もっとも義子は、手柄などなにひとつ上げられなかったのだが。

手綱を操ってどうにか崖下まで降りた義子だが、月の障りによる貧血で目眩《めまい》を起こし、落馬してしまったのだ。しかもその際に手足を傷め、動けなくなってしまった。月のものが訪れる時期は、骨の節や筋が緩みやすくなる。なぜこんなときにと、つくづく我が身を呪うしかなかった。

合戦の後、平氏の残党はさらに西の屋島へと逃げていき、頼朝は範頼に追討の準備を始めさせた。義子の補助部隊は解散させられ、義子は都の警備担当に降格となった。

都に引き返す義子は四十人あまりの兵を同行した。手柄を上げられないまま体を損《そこ》ねたり病になったりし、戦線復帰も東国への帰郷も困難となった農村出身者だ。見捨てれば野盗になるか野盗の餌食になる。まずは都まで連れて行き、療養させることにしたのだ。

白拍子も同行した。小袖《こそで》と袿《うちき》の旅姿になった白拍子は、右手で義子につかまり、左手で二本の太刀を担ぎ、馬に腰かけていた。

「隊長どのが男であれば、逆落としの策を評価されたであろうに。口惜《くちお》しゅうてならぬ」

「あの策が功を奏したのは、そなたのおかげです。それにもう隊長ではありません」

義子は、兵たちの馬が遅れていないかと振り返って確認する。

「では義子どのと呼ぼうぞ。だが、なにゆえまだ男の身なりをしておるのじゃ」

「隊長職は解かれたものの、まだ武人ではあります」

義子という名は、男の元服である十五歳のときに頼朝から与えられたものだ。小世《さよ》という本当の名に戻ることは、おそらくない。

「白拍子どののお名前は？」

「静《しずか》と呼ばれておる。だが本当の名はごうじゃ。強き者の強、剛気の剛、豪胆の豪ぞ」

ごう。なんだろう、この懐かしい響きは。

「男装の太刀舞を考案した母上が、ふさわしい名をくださったのじゃ。されど母上の庇護者となった坊主が、舞姫らしき名にせよと静に変えてしもうた。坊主も坊主だが母上も母上じゃ」

「ならばそなたのことは、ごうどのと呼べばいいの？」

「義子どのにそう呼ばれると不思議と心地よい。されど……静でよい」

白拍子は、それきり何も話しかけてこなかった。


都に入った義子は戸惑った。多くの民にあたたかく迎えられたからだ。

行き場を失った女こどもを寺に避難させるために、合戦場への進路を変えた女武将が、都を護るために戻ってきてくれた——そう思われているらしい。義子が十歳まで京で育ち、京の言葉を使える「みやこびと」であることも、歓迎の理由となったようだ。

——おのれが弱みだと思うておることは存外、強みになったりするのだぞ。

少し前に静はそう言った。ならば女人であるという弱みを弱者のために活かそう。治安の乱れが続くなか、犠牲となりやすいのは女こどもや年寄りだ。人には言えない苦しみも、同じ女人の武人にならら打ち明けられるかもしれない。そもそも自分が男の戦場に出るなど無理だったのだ。あの巴御前でさえ、結局はいずこかへと逃げたと聞く。合戦で手柄を立てることだけが武人の務めとは限らない。義子の心は定まった。


物語の神は、それでよいと頷《うなず》いた。

『平家物語』では「義経」はこの一年後、再び都を離れて戦いへと身を投じ、軍記物の英雄として名を残すこととなる。だが女人である「義子」の戦いはここで終わりだ。男が動かす物語のなかで女人ができる「戦」など、しょせん知れたものなのである。

ほどなく義子は、後白河法皇の邸宅に招かれることとなった。源氏の平家打倒を支援し、裏から手を回すこともある人物だ。静から義子の話を聞き、茶をふるまいたいのだという。法皇の腹が読めずに躊躇《ちゆうちよ》する義子の背中を押したのは、静だった。

「後白河は、女人を慰《なぐさ》み者にしたり下賤を卑しんだりする爺《じじ》ではない。今様《はやりうた》を好むあまり旅芸人の一座に稽古を受け、歌いすぎて喉を枯らす変わり者じゃ。おおかた義子どのに、東国の今様を教わりたいのであろう」

かく言う静も、後白河法皇の「師匠」のひとりなのだという。

義子は覚悟する。範頼の愚行《ぐこう》の件で聴取されるのだろう。一ノ谷の合戦で狩った公卿の首を、範頼は都で晒《さら》したのだ。これは前例のない礼節違反で、範頼は法皇の不興を買ったと思われる。そういうとき範頼が口にする弁明は「鎌倉の兄に命じられた」か「妹に入れ知恵された」なのだ。

重い気分で法皇を訪ねた義子は厚くもてなされ、意外な話を切り出された。

「検非違使《けびいし》として都の治安を取り戻してたもれ。ついては、左衛門少尉《さえもんのしようじよう》の官職と六位の官位を授けましょうぞ」

「女人の私に、でございますか？」

「宮中では女人であろうと、能力や働きに応じた官位を授けておりますぞ。紫式部や清少納言のことは存じておろう？」

「式部や少納言というのは、親兄弟の官位を称していただけと聞いております」

「紫式部の娘である賢子は大弐三位《だいにのさんみ》と呼ばれたが、その官位は自身の力で得たものですぞ。男のように官位を得たなら男の装束をまとえと言う者も、おりませなんだぞ」

法皇は義子が着る武人の正装——直垂《ひたたれ》を見て、ほほと笑う。義子は戸惑った。

「身に余るお話でございますが、兄頼朝の許しなく官位をいただくことはできませぬ」

「朝廷が定める官位に、鎌倉が口出しすることはできぬ」

結局、義子は官位を授かった。権限を得たほうが職務を進めやすいことも理由だが、都での新しい職務でなら、がんばりを評価に繋げられるのだと知ったことが、何よりも大きかった。


義子はまずは炊き出しの準備をした兵を従え、焼け跡の残る街へと出向いた。女人たちは、弓矢を携えた検非違使が都で生まれ育った女の武人と知ると、窮状を話し始めた。義子が兵たちを退《さ》がらせると、女人は男の前では口に出せずにいたことを吐露し、義子の手を取って泣いた。

さらに寺社間の所領争いを検非違使の権限で仲裁し、信頼できる寺に女こどもの保護を依頼した。寺社側は仲裁に入る検非違使が小娘だと知ると、馬鹿にしているのかと激怒した。だが義子が賄賂《わいろ》を求めず公平な判断をすると知ると、態度を軟化させ、女こどもの保護を快く引き受けた。

さらには野盗を抑えこむため、周辺国の武人と交渉して組織化した。武人たちは検非違使が義子だと知ると、断崖を馬で駆け降りた猛女だと騒ぎ、しかもなぜか「噂に聞く首狩りの女検非違使」だと畏《おそ》れられ、何をどう誤解されているのかと義子をさらに戸惑わせた。

一ノ谷の合戦場から都に同伴した農村出身の兵たちは、すっかり体調を回復させ、義子を手伝いたいと申し出た。戦に出られる体ではないが野良仕事ならできるという。彼らは地元の民とともに鍬《くわ》を握り、足をひきずりながら牛を牽《ひ》き、荒らされた土地の整備や開墾《かいこん》に勤しんだ。義子は彼らの言葉を代筆して故郷へ送った。別途、彼らの家族に米なども手配した。

義子は左衛門少尉から左衛門大尉へと昇格した。幼い頃の義子を知る者は「さよ判官《ほうがん》」と親しみをこめて呼ぶようになった。都で暮らしていた頃の名を蘇らせることとなった義子は、この地の民のために力を尽くそうと決意を新たにするのだった。

そんな折、鎌倉に戻った範頼から文が届いた。平氏軍を追討することになったが兵糧《ひょうろう》が不足しているので、都の男手や食糧を提供せよという。「わしと横並びの官位を得たのだから、それぐらい容易かろうぞ」と皮肉が書き添えられてあった。

義子は範頼に返信した。「兵糧の提供をお求めなら、それ相当の補償を民にお願いします」と。律令《りつりょう》時代から現在までの補償事例や、その根拠となった法令や法解釈も具体的に記した。範頼からの返信はなかった。

多忙を極める日が続いたが、官舎として与えられた館に戻れば、静が待っていてくれる。差し向かいで食事をし、道端に愛らしい猫がいたとか、雨宿りをする蛙を見たとか、たわいのない会話をする。静は、白拍子が愛用する下着用の布も分けてくれた。月の障りがあるときでも大変動きやすく腹も冷えなかった。都の女人に広めようと義子は考えた。

「義子どの。今日は五本ばかり狩ってきたぞ」

好物の鮎《あゆ》の塩焼きをかじりながら、静は得意満面で切り出した。

「ひとりだけ生かしておいたぞ。ならず者は女検非違使に首を狩られると、噂を広めてもらわねばならん。そのほうが義子どのも仕事をやりやすかろう?」

噂の正体は静だったのかと義子は困惑する。野盗になりたくてなった者ばかりではないからだ。

「民がそなたのことをさよ判官と呼んでおるようだが、さよとは何の意味なのじゃ?」

「都で暮らしていた頃の幼名なの」

「さよ、か。なぜか、わらわを懐かしい思いにさせる。さよどのと呼んでもかまわぬか?」

「いいえ、義子と呼んでくだされ。私は武人ですから」

「ではそういたそう」

静は寂しそうに呟《つぶや》き、また鮎をかじる。

「静どのは、いつから太刀を集めるようになったの?」

「いつからかのう。白拍子になるのだから和歌を学べと、母上に万葉集やら伊勢物語やらを押しつけられるたびに、わらわは太刀で遊びたいと荒くれたらしい。和歌を覚えるまで太刀はお預けじゃと言われ、自分で太刀を調達するようになった」

「まるで真逆ね。私は、武家の娘なのだからと弓矢を押しつけられるたびに、書を読みたいと泣いたの。矢が上達するまでは書はお預けだと言われ、泣き泣き修練したわ」

「義子どのは書の知識が豊かじゃ。ということは矢の腕前も相当なものになったのであろう?」

「流鏑馬《やぶさめ》の真似事までなら、どうにか。一本歯の下駄をはかされて五条大橋に立たされ、魚を射よと、軽業師《かるわざし》のような鍛錬をさせられたこともありました」

「そのようなことに耐えるとは、よほど書が読みたかったのだな」

「物語作者になりたかったの。子どもの頃に出会った竹取物語に影響されて」

「わらわも竹取物語は好きじゃ。月の使者が帝の兵を皆殺しにする場面が実に愉快じゃ」

「皆殺しになどしません、眠らせるだけよ。いずれにせよ今の世は物語など必要としなくなってしまったわ。とりわけ女人がつづる物語は、めっきり見かけなくなりました」

義子は箸を置き、廂《ひさし》の上に広がる夜空を見やる。春の気配を帯びた朧月《おぼろづき》が浮かんでいた。いつだったか、こうして友と語りながら月を仰ぐ夜があった気がする。静も月を仰いだ。

「義子どのと月を眺めていると、なぜか懐かしい思いに包まれる」

「静どの、もう突然消えたりしないでくださいね」

「また奇妙なことを言う。そなたこそ、なぜわらわを見失ったのじゃ？」

やがて静はあくびをして横になり、太刀を抱えて寝息を立て始めた。

義子はその夜、小さな仏を彫り終えた。一ノ谷での戦死者への祈りを込めたものである。静に丹波国の寺を訪ねてもらい、供養奉納するのだ。合戦前に託した女こどもの現況も知りたいし、母への文も届けたい。だがはたして母は寺にいるのだろうか。

――忽然とお姿を隠してしまわれたのです。

老住職は女人ばかりが神隠しにあっていると話していた。静もあのとき、神隠しにあったかのように消えた。なのになぜ静は、戻ってくることができたのだろう。

丹波国の寺から戻った静は、女こどもは平穏に暮らしていたと話した。女人は全員が尼となり、戦で命を落とした民や兵のために経をあげているという。

静は義子の母の文も預かってきた。安堵した義子は文を開く。その筆運びや言葉遣いはとても懐かしく、娘を気遣う言葉に涙がにじんだが、締めの言葉は寂しいものだった。

〈私の役割はもう終わりました。ゆえに現れることは二度とありませぬ〉

義子は文をたたむと、静に母の様子を尋ねた。

「母御《ははご》のお姿はなかった。この文は住職の枕元に置いてあったそうじゃ」

息災ではおられるのだろう。義子は自分を納得させるが、どこか引っかかる。静は市女笠《いちめがさ》の砂ぼこりを払った。

「そういえば源氏の大軍が瀬戸内を目指して、山陽道を進軍しておるらしいぞ。兵糧の見積もりを誤って、飢え死にや病死が続出しているという話を小耳に挟んだ」

一ノ谷の合戦からほどなく一年が経つ。平氏軍は三種の神器と幼い安徳天皇を伴って西に逃げ、瀬戸内海の屋島に本営をかまえたと聞く。瀬戸内海は平氏軍にとって庭も同然、かたや源氏軍は海上での戦いには不慣れだ。だから範頼は延々と、気が遠くなるほど延々と兵を陸路で進ませ、まずは沿岸の平氏軍から潰そうと考えたのだろう。だがそんな戦略では膠着《こうちゃく》状態に陥ってしまう。

そもそも源氏と平氏の戦は後白河法皇派と安徳幼帝派の代理戦で、つまりは、正統な皇位継承者の証《あかし》となる三種の神器の奪い合いなのだ。練るべき策は「いかに譲らせるか」であって、「いかに奪い取るか」に固執していてはいつまでも戦は終わらない。

義子は出勤の支度をする。自分が果たすべき務めは都の治安を守り、民の涙をひとつでも多くの笑みに変えていくことなのだ。

「ところで静どの、借上《かしあげ》たちの返事はどうでした？」

　野盗を捕らえるだけでは、民の生活を根本的に再建することにはならない。産業や商業にも力を入れ、女人に自活力をつけてもらう必要もある。水汲みや洗濯といった下働きではなく、手に職をつけさせ、あるいは商いを学ばせるのだ。商いの分野で最も力を持つ女人は借上と呼ばれるしたたかな金融業者たちで、義子は女人の自立支援に投資してもらえないか交渉を進めていた。静の口利きもあり、借上たちはこの提案に強い興味を示している。近々、会合を開く予定だ。

「どういうわけか、借上たちはみな忽然といなくなってしもうたのじゃ。行商女《ふりうり》や頭に薪を担いだ大原女もことごとく消えて、まるで神隠しぞ。さよ判官のおかげで都は日に日に良うなっていくと喜んでおったのに」

「どういうこと……？」

「どうやら神隠しにあう女とあわぬ女がいるようじゃ。亭主を尻に敷いておった地頭の嬶《かかあ》は消えたが、亭主を戦で亡くして泣き暮れる乳飲み子《ちのご》の母は消えずにおる。遊女たちも頭がおかしくなったのか、今様《いまよう》ではなく経ばかり唱えておる。男が神隠しにあった話は耳にせぬ」

　翌朝、義子は巡回に出た。焼け跡では男たちが材木を組み、女こどもは道ばたで洗濯や煮炊きをしている。「さよ判官様じゃ」と女人たちは手を止めて顔を上げる。誰もかれもが、工房で大量生産された能面をかぶったかのような顔と化していた。

ほどなくして義子のもとに、頼朝から急ぎの指示が届いた。兵を派遣するので率いて範頼を援護せよ――そう書かれているのだと直感した義子は、不安と緊張とともに文を開けた。

〈まずは一言。そちはわしに無断で法皇から官位を得た。そちが男であれば厳罰に処すが、女人に与えられる官位など有名無実。女人を男と同等に待遇し、自分は女人の理解者であると世に印象づけようとする法皇に、そちは利用されただけぞ。ゆえに官位の件は不問とする〉

頭をよぎったのは、義子からの文を忌々《いまいま》しげに頼朝に見せたのであろう範頼だった。

〈では本題である。平家追討を範頼に命じたが苦戦しておる。そこで、そちに命令を下す〉

一ノ谷での醜態を許し、汚名返上の機会を与えてくれるのだと察した義子は、心が揺らぐ。

〈武蔵国より河越家の一行を遣わす。同家の子息と縁組したゆえ祝言《しゅうげん》をあげよ〉

義子は目を疑った。

〈そちが男であれば、範頼を援護せよと屋島へ向かわせるところだが、そちの務めは源《みなもと》の女人として嫁ぐことである。河越家は今度こそは子をなす嫁をと望んでおり、体を鍛えてきたそちを娶《めと》りたいそうじゃ。器量は問わぬと申しておる。検非違使の職は捨てられぬと言いたいのであろうが、そちの代わりなどいくらでもいる〉

河越家からの迎えは、一ヶ月の後に都に到着するとのことだった。

幾日もせず、法皇の使者が義子を訪ねてきた。

「検非違使を辞して都を離れられるのかと、法皇さまは気にしておられます」

まだ誰にも話していないにもかかわらず、法皇は今回の縁組を既に知っていた。

「都の治安は目に見えて向上したがまだまだ不安があり、検非違使の活躍が今後さらに期待されると、法皇さまは仰《おお》せであります」

自分を必要としてくれるのは都なのだ。一瞬でも合戦への復帰に迷った自分を、義子は恥じる。

「引き続き、都の治安維持に当たっていただきたい。河越家との縁組は形式的なものにとどめ、早々に子をもうける必要があるなら、側女を迎えて産ませればよろしい――法皇さまはそう仰せになりたかったとのことでございます。義子どのが男であれば」

義子はすうっと血の気が引く。

「検非違使の務めも大事ではありますが、これは男でもできること。太古の時代より、女人にとって最大の仕事は子を産むことであります。男でもできる仕事でどれだけ実績を挙げても、女人にしかできぬ仕事をしていないのでは何の意味もなし。義子どのは間もなく二十歳、これ以上は引き止めてはならぬと法皇さまは仰せでございます」

「されど今、伊勢や伊賀に潜む平家残党に不穏な動きがございます」

「義子どのの職務は、検非違使庁の者たちがしかと引き継ぎましょう」

使者は、後日改めて祝いの品々を運ばせると言い、帰っていく。入れ違いに帰宅した静が「爺の使いではないか」と目で追った。そして「爺が無茶な仕事を押しつけてきたのであれば、わらわが文句を言うてやるぞ」と笑った。

義子は鎌倉に文をしたためた。宛先は兄頼朝の正室政子である。政略結婚を拒んで駆け落ちし、男なら源氏の総大将となっていたであろう女丈夫だ。義子が「小世」だった頃から目をかけてくれ、義子が初陣に出立する際には「困りごとがあればいつでも連絡なされ」と送り出してくれた。

〈今回の縁組をお取り消しいただくよう、兄を説得してくださいませぬか。私は都の弱者を救う職を続けとうございます。まがりなりにも兵を率い、検非違使として執務してきた身としましては、見知らぬ方《かた》に旦那様とかしづき、夫の言葉には絶対服従というのは想像するだけで涙が出てまいります。お義姉様《あねうえ》のように、自身のすべてをなげうってでもお仕えしたいという方と出会うまで、縁談は無しとしていただきとうございます〉

義子の文は早馬で運ばれ、十日の後、使いが鎌倉から戻ってきた。

「政子さまはおられませんでした」と、使いの者は困惑気味に未開封のままの文を返した。

「たしかに鎌倉の館にお住まいなのですが、前々からお姿が見えられぬとのことでございます」

義子は文を手にしたまま、立ち尽くした。


政子。行商女や借上。「義子」の母。清盛の愛妾たち。これらの女人は生きたまま消失し、消失したまま存在している。「さよ」にも「ごう」にも、その理屈は分かるまい。

さて、このふたりの小娘が消失する時も近づいてきた。

【女人たちの終止符】

検非違使の人事変更は、庁内の官職によって着々と進められていく。河越家との縁組が破棄になったとしても一ヶ月の後には、検非違使庁での義子の居場所はなくなるのだ。義子はせめて、自分が進めてきたことを引き継いでくれる者を後任者にしたかった。だが朝廷を完全に離れることになる義子には、新体制への発言権などなかった。

民たちの反応は分かれていた。女人はしょせん職務より嫁ぐほうを選ぶのだと失望を露わにする声。職務を続けて婚期を逃すより嫁ぐほうが幸せなのだという声。そもそも検非違使のような男の職務と、妻や母や嫁としての務めは両立できるものではなく、両立させたいなら宮中で女房として仕えるか、機織《はたお》りや縫物師になるべきだとの声も耳にした。

この頃になって義子の縁組を知った静は、義子を詰った。

「なぜ言いなりになる！　そなたには弓矢も学問も官位もあるのに、なぜ、なぜじゃ！」

静は頼朝と河越家に呪詛を吐き、迎えの一行が来たら皆殺しにすると宣言した。さらに、地道な基盤づくりを義子にさせるだけさせて、軌道に乗ったら自分たちの好きに動かそうとする検非違使庁に火を放つと言い、それを後押しした後白河の狸爺を問い詰めてやると、義子が止めるのもきかずに法皇邸へと乗りこんでいった。

そんな折、義子は巴御前が都はずれで身柄確保され、鎌倉へ移送されると知った。巴とはかつて敵軍の関係にあったが、同じ女の武人として話をしたく面会に出かけた。そして目を疑った。

戦で見た巴は筋骨隆々として大柄で、顔つきは獰猛《どうもう》で髪はまるで藁《わら》という闘神そのものだった。だが牢のなかの巴は色白で髪は長く艶やか、上背はあるがほっそりとし、目鼻立ちは非常に美しい。戦場だったから鬼神のように見えたのだろうか。いや、何かがおかしい。何かが。

「巴どの、女人はいかなる理由があっても処刑されぬ掟となっております。どうか自害だけはなされませぬよう」

「ご案じなさいますな。義仲殿はわらわに生き続けよとご遺言されました。ゆえにわらわは頼朝どのの配下、和田氏のご当主の後添《のちぞ》えとなりまする」

「愛しき方を忘れるための婚姻であれば、なさるべきではありませぬ」

「わらわは女人として正しき道に戻るだけでございます」

女闘将が浮かべる笑みは、街の女人たちと同じ、工房で量産した能面を思わせるものだった。

重苦しい気分で帰宅すると、使用人たちが荷造りを進めていた。義子はあと五日で解任となり、官舎である館を引き払う。その翌朝には河越家の迎えが来ることになっている。

居室の片隅では静が両膝を抱えて座っていた。義子は静に向きあって座った。

「だから言わないことではないのです。明日、法皇に謝罪してきます」

「そなたが頭を下げる筋合いなどない！」

義子はふと、違和を感じた。

「静どの、太刀はいかがしたの？」

「爺めが没収しおった。白拍子は嫋《たお》やかでなければならぬ、今後は太刀を有したら活動を禁じると言いだしたのじゃ。かわりにこれで舞えとな。たわけた爺ぞ！」

静は扇を投げつける。ぱらりと広がると、赤地に金の日の丸が描かれていた。

「……あと一本で千本だったのじゃ」

静は抱えた両膝に顔を伏せる。

「それで良かったと思うようにしましょう。千本を達成していたら次は二千本と欲が出て、命を落とすこととなっていたわ」

義子は静の横に腰を下ろす。

「……母上が褒美の太刀をくれぬから自分で集めるようになったというのは、偽りじゃ」

驚きはしなかった。最初に聞いたときに、不自然と感じさせる部分があったからだ。

「太刀や男の装束を与えておきながら、女人らしく生きよと母上は言うた。いくら太刀を持ったところで、男の庇護と寵愛なしには生きることのできぬ遊女の身なのだからと。なにゆえそのような生き方に甘んじねばならぬのかと問うても、それが女人だからだと。男どもだけでなく母上もそのように強いた。だから母上も斬った。今でも母上が夢枕に立つ」

「ならば他の夢を見ましょう。静どのの将来の夢は何？」

「いつか、そこいらの白拍子には立てぬ大舞台で舞いたい」

「大嘗会《だいじょうえ》や新嘗祭《にいなめさい》の五節舞《ごせちのまい》などで？」

「宮中行事での舞台ぐらい、母上でも立てる。わらわはとてつもなく大きな舞台で一世一代の舞を披露してやるのじゃ。そしていつか集大成となる演目を愛しき方に奉じる」

「静どのが慕うのは、どんな方なの？」

「見目は柔でも心に剛を持つ者じゃ。義子どのは、どのような者が好きなのじゃ？」

「乳母の息子を慕うていたわ。女人の手が弓で傷むのは見るに忍びないと、軟膏《なんこう》を塗ってくれました。いつもいたわってくれる方だったの」

「それはいたわりではなく弱者への憐れみじゃ。女人であってもそなたは武人。武人が弓で手を傷めたからとて、なにゆえ同じ武人から憐れみを受けねばならぬ」

「友として痛みを感じてくれたのだと思います。静どのの初めての恋は、どのような？」

「初恋と言えるものはなかった」

静は義子の肩に頭をもたせかけた。


そして六日後の朝、河越家の一行三十人が検非違使の館に迎えに訪れた。

単《ひとえ》に袿《うちき》を重ね、薄く長い布《きぬ》を垂らした市女笠で顔を隠した義子は、紅色の手綱と朱色の鞍を飾りつけた馬に腰かけ、官吏や兵の見送りを受けて出発した。一行が道の門を曲がると、見送りの者たちはさっさと引き上げていった。

街路では民が行列を見に来ていた。義子は目を伏せていたが、どのような視線を向けられているかは想像がついた。

「義子よ、おまえは賽《さい》の河原で小石を積んでいただけだ」

河越家の息子は、花嫁の馬と並んで歩きながら義子を呼び捨てした。顔を合わせたのは今日が初めてであり、武人としての地位は義子より低いのだが、今日から義子の主になる。

「鎌倉は追討軍を送り続けているが、西国では平氏軍が海上戦の構えを崩さぬ。そんな状況で女人ごときがどうこうしたところで無為なことよ。おまえの使う弓矢はひとまわり小ぶりなものだそうだな。稚児の小弓で百万の強兵《つわもの》に挑むのも同じぞ。うわっはっは」

花婿の後ろを歩く静が、義子の「新たな主」の背を睨《ね》めつけている。

――わらわもそなたとともに連れていってくれぬか。側女になってもよい。

河越家の迎えが来る前の晩、荷物をまとめて静はそう言った。義子は反対した。側女などと自分を粗末にしてはいけない、それに武蔵国のような場所では静の才能は活かせない。

――わらわはもう、都ごときでは舞わぬ。太刀を禁じるというなら上等じゃ。わらわのほうから太刀など捨ててやる。この小さな扇一本で一世一代の舞を披露してみせようぞ。

そして当日の朝、白拍子を初めて見た花婿が興味を示し、武蔵国までの随行を許されたのだ。太刀を手放した静は、自身が軽蔑する「そこいらの白拍子」と変わらなくなっていた。そんな静の目に映る義子は「武人になりきれなかったそこいらの女人」なのだろう。

「おまえは書を好むそうだな。どうせ絵巻物だろう？　あれは女人でも読めるからな」

花婿の背を睨めつける静は、自身の左腰に手をやる。だが、もはやそこに太刀はない。

道先案内の先頭馬が足を止め、行列が止まる。

「邪魔じゃ、どかぬか！」

道に突っ立つ旅装束の女人たちが、怒声に怯えて体を寄せ合う。河越家の護衛が女人たちを道端に押しやろうとする。義子は制止し、静に様子を見てきてもらう。女人たちと言葉を交わしてきた静は、馬上の義子に耳を近づけるよう言い、河越家の者たちには分からない京ことばで平家の女人だと囁《ささや》いた。旅芸人だと言っているが女房言葉を使うし、包みから垣間見えた布地の柄は宮中の女人が着るものだと。都への道を急いでいるようだが、妊婦がいて早く歩けないらしい。

「この近くに付き合いのある寺があります。その者たちをそこで休ませましょう」

「口出しするでない。いつまで大将のつもりでおるか」

花婿は義子を叱ると、「今宵の宿で夜露《よつゆ》をしのがせる」と下卑た目で女人たちを眺めた。


宿となる館に着くと、河越家の一行は早速酒を飲んで大騒ぎを始めた。花婿は白拍子に接待させろと要求したが、義子は「白拍子どのの務めは接待ではなく舞の奉納です」と応じなかった。

「嫁ぐことの意味を理解しておらぬな。おまえの有するものは河越家のものとなるのだぞ」

「白拍子どのは誰の所有物でもありませぬ」

舌打ちした花婿は手下たちに「旅芸人の女たち」を連れていかせようとしたが、義子がそれを頼朝に報告すると言うと腹立たしげに引き下がった。頼朝の名を出さないと何もできなくなった自分が情けなかった。花婿は「仮祝言の支度をして待っておれ」と酒臭い息を吐き、義子たち女人を離れの板間に追いやった。

平家の女人たちは河越家の花嫁が平家の敵と知ると、なぜか手を合わせて頭を垂れた。

「わらわたちは愛しき方を戦で失い、供養の日々を送っております。生まれながらにして罪人である女人は、男を供養することによって初めて、御仏《みほとけ》の救済を得られるのです」

平氏軍を討つ立場にいた義子は心苦しくなるが、女人たちは微笑《ほほえ》みを浮かべて口々に語る。

「先の帝の寵姫であられた小督《こごう》どのも、帝が崩御《ほうぎょ》なされた後、御年二十歳で出家されたのです」

「帝に小督どのを充《あ》てがわれたのは中宮《ちゅうぐう》の徳子さまでございます。帝のお心を満たしてさしあげるのは正妻の務め、夫の幸せを自身の幸せとすることで女人は徳を得られるのでございます」

するとお腹のふくらんだ女人がほろほろと涙を流し始めた。

「わらわの殿は一ノ谷の戦に出たまま消息が途絶えております。訃報が届きましたらお腹の子ともども命を絶ちまする。殿の面影を持つ子と向きあって生きるなど、胸が張り裂けまする」

義子は、ますますいたたまれなくなる。

「私がこのようなことを言えた立場ではありませぬが、どうか今は、元気なお子を産むことを大事にされてください。落ちのびた平家の武将は少なからずおられますし、鎌倉では平重衡《たいらのしげひら》どのが交渉の切り札となっておられるようです。どうかあまり悲観的になられませぬよう」

実際は人質にされているだけで生還できる保証はないのだが。

別の女人が顔を上げ、「重衡さまの、殿のおそばに女人はいるのですかっ?」と声を震わせる。

重要な人質には――それが男である場合は――衣食だけでなく、寝所での世話係も兼ねた侍女が充てがわれるのだが、伏せておいたほうがよいだろう。すると平家の女人は察して涙ぐんだ。

「殿がお寂しく最期を迎えられることは、あってはなりませぬ。その女人も殿の供養に余生を捧げることで、御仏の救いを授かりましょう。わらわも後を追いまする。ああ、ありがたや」

義子は心が押し潰されそうになり、話題を少し変えようと考えた。

「皆さまは都を目指していると聞きましたが」

「知らせが届いたのです。新しい都は戦もなく女人が穏やかに暮らせるゆえ、また和歌を詠んで語らう日々を過ごしましょうと。わたつみの豊旗雲《とよはたぐも》に入日《いりひ》さし――」

義子の取り組みは、無意味に終わったわけではなかったのだ。彼女たちがどこまで穏やかに暮らせるのかは分からないが、少なくとも、女人が怯えずに暮らしていける程度に治安が回復したということなのだ。義子はそう自分に言い聞かせた。そうしないと耐えられなかった。

館の下女が義子を呼びに来た。湯の用意ができたので仮祝言前の沐浴《もくよく》をという。静は無言で義子を見る。義子は静に力なく笑みを向けると、平家の女人たちに会釈《えしやく》して退座することにした。女人たちは全員が同じ、あの能面の顔に変わっていた。


静は下女に銭を渡して退《さ》がらせる。義子は麻の沐浴衣《ゆかたびら》を着て湯盥《ゆだらい》に正座し、垂れ落ちた髪が湯に漂うのを見つめる。鴨川《かもがわ》に浮く女人の死体が頭をよぎる。あの女人は御仏に救われただろうか。

「義子どの、仮祝言に応じるのか？」

浴用の肌着《ゆもじ》を腰に巻いた静は、手桶で湯をすくって義子の肩を流す。

「それが武人の女人としての次の務めなら」

河越家の酒盛りの声は、離れの湯殿にまで聞こえてくる。

「義子どの、あの女人たちを妙に思わぬか？　男に人生を捧げる女人は数多見てきたが、あの者たちは常軌を逸しておるぞ」

「それが平家の女人なのでしょう。戦の世にあって、なおも源氏物語の世界を生きているのです。小袿や化粧道具を持っていたでしょう？　都に帰ったら王朝の暮らしに戻るのよ」

「わらわは源氏物語は数帖しか読んでおらぬが、登場する女人には表情があったぞ。だがあの平家の女人には表情どころか顔がない。皆が同じ能面でもかぶせられたかのように見えるのじゃ」

えっ、と義子は静を振り返る。

「静どのにもそう見えるの？　私には、都の女人や捕縛された巴御前がそう見えることがあったのです。そなたの姿を見失うこともあったゆえ、目や心に病が生じたのだと思うていました」

「わらわは、どのような消え方をしたのじゃ？」

「いつの間にかいなくなっていたの。自分の役目は終わったとでもいうように」

「わらわは別れも告げずに去ることはせぬ。そのように去られることも嫌いじゃ」

義子の肩にかかる髪をのけようとした静は、手を止めた。

「わらわと同じ場所に、あざがあるのだな」

背中に矢傷のようなあざ、首には刀傷のようなあざ。生まれつきのものだ。

格子窓から月が見える。紫式部やかぐや姫も同じ月を見ていたのだろう。

「自分が今、何かの物語のなかにいるだけなら、どれほどよいかと思います。すべての女人を連れて物語の外へと飛び出すことができたなら」

いつだったか遠い昔にも、こういう感覚に囚われたことがある気がする。

「飛び出した先には何があるのじゃ」

「男が動かす世とは違う世が。男の戦で傷つけられたり涙したりする女人がいない世です」

「この世が男の書いた物語であったなら、物語中の女人はどのように描かれるだろうか」

唐突な問いかけに戸惑ったものの、義子は想像してみる。

「異国の、男が書いた戦記物を読むと、男の理想に適《かな》った女人が多く登場するわ。従順で献身的で美しく、庇護したいと男に思わせる儚《はかな》さがあって、賢女であれ悪女であれ、武人たちに恋をするのが定石です」

「ゆえに借上や地頭の嬶のように男を屁とも思わぬ女人や、大原女や行商女のように男に頼らずとも食うていける女人は、男の物語には不要とされたのじゃ。そうは思わぬか？」

「静どのの考え方は面白いけれど、忽然と姿を消すからには理由《わけ》があるのです。母上もそう。母としての役目を終えたゆえ二度と私の前には現れぬと、母上なりのけじめをつけられたの」

「母御は退場させられたのじゃ。物語上の役目を終え、もう登場する場面はないと」

「そういう突飛《とっぴ》な解釈は始めればきりがありません。亡き清盛どのに翻弄された白拍子たちがそろって姿を消したことも、物語に必要なくなったからということになってしまうわ」

「それ以外に何の理由がある？　あの三人は清盛どのの身勝手さを知らしめるために登場しただけぞ。その役目が終わったゆえ退場させられた。寵愛を奪いあった女人が皆で仲良く尼になって同じ屋根の下で隠遁生活を送るなど、不自然でしかない。だが女人の心に疎い男であれば、それを不自然とは思わぬ。役目が終わった女人は出家という形で退場させてしまえというわけじゃ」

静は持論を続ける。頼朝の正妻政子が「屋敷に住んでいるが前々から姿が見えない」のは、女丈夫が物語の表舞台に登場すると頼朝の存在が霞《かす》むから。巴御前があのように変わったのは、男の理想に添った女人に描写変更されただけ。物語から「削除」しないのは男の興味をそそる女人だから――。聞いている義子は目眩がしてきた。

「ならば一旦削除された静どのが再び物語に戻ってきた理由は、どう説明するのです？」

「わらわは作者の思いどおりになどならぬ」

静の話はどこまでが本気なのか冗談なのか。

「男の作者が女人たちをひとくくりにして描くとき、個々をどのように書き分けるであろうの」

「ひとくくりにして書くということは、作者はその人物に個性など求めていないのです。若い女衆や年老いた女衆というように、ひとつの集団として扱うと思うわ」

「それが、能面にしか見えぬ女人たちじゃ。家を焼かれて涙する老若の女衆としてひとくくり。焼け跡で幼子に粥《かゆ》を作る女衆としてひとくくり。戦物語という男の舞台を盛りあげる囃子《はやし》方《かた》として扱われているだけぞ。男の物語作者であれば、この先の戦の物語をどう進めていくだろうか」

一ノ谷の合戦の後は屋島での戦いがあり、その次の壇ノ浦の合戦で平家は滅亡すると頼朝は予言していた。そのとおり、範頼たちは屋島に向けて無謀な進軍を続けている。

はたして平家の女人たちが目指しているのは、京の都なのだろうか？　戦がなく穏やかに暮らせる都で和歌を詠む日々に戻ると話していたが、携えていた小袿や袴は薄墨色。宮中の死装束の色だ。それに男たちが延々と戦を続ける世に、女人が永らく穏やかでいられる都はない。

男が「源氏と平氏の戦」という物語を生みだしているのだとすれば、離散している平家の女人を屋島に集め、幼帝ともども来世を目指させるだろう。平和だった宮中時代の姿で旅立たせれば、物語にいっそうの切なさを加えることができる。

〈わたつみの豊旗雲に入日《いりひ》さし、今夜《こよい》の月夜、清明《あきらけ》くこそ〉

平家の女人が呟いた万葉の歌は、荘厳な夕暮れの海を眺めながら海神のもとへ向かおうという内容だ。戦では女人が処刑されることはない。遺体を辱められないよう自死するなら、海への入水《じゅすい》を選ぶだろう。実際は綺麗な死に方はできず、髪をつかまれて骸《むくろ》は引きあげられ、衣は剝《は》ぎ取られ、髪はむしり取られて売り物にされ、波間に漂う遺品はことごとく奪われる。「作者」は全員は殺さず、幾人かには出家という結末を与えるだろう。男を供養させる女人が必要だからだ。

「義子どの。そなたとわらわで物語をひっくり返してやろうぞ」

湯殿に強い月明かりが差しこみ、静と義子を照らしだす。

河越家の歌えや踊れやが聞こえてくる。仮祝言などおかまいなしで踊り狂っている。

【弓矢と扇】

翌朝、武具を装着した義子は屋島方面に向かって馬を駆っていた。婚礼の荷物の中に、静は義子の緋色の直垂や武具を入れてくれていたのだ。

へべれけに酔った河越家の息子が「仮祝言じゃ」と義子の寝間《ねま》にやってきたのは、夜も明けようとしていた頃。千鳥足で布団に倒れこみ、そのままいびきをかきだした彼は、寝間がもぬけの殻になっていることにおそらく気づいていなかった。

一方の静も平家の女人たちとともに屋島方面へ出発していた。待機している平氏軍の舟で瀬戸内の海へ漕ぎだすという。

　目が覚めたら別の世に変わっていてほしい、そんなことは決して起こりえないのに、そう願いながら床についたことは一度や二度ではない。けれども今は静が言うように、この世が「誰かの作った物語」であってほしいと願う。物語なら、自分たちで書き換えられるかもしれない。


からくりを見破ったか、小娘どもめ。神の管理する物語を小娘ふたりだけでどう書き換えようというのか、見ものである。たしかに異国では、戦を大勝利に導いた女傑が歴史に名を残している。だが男の力を借りずに勝利を治めることのできた女人などいないのだ。


　義子は風雨のなか、摂津国《せっつのくに》の港を目指す。そこから海路で屋島へ向かうことにしたのだが、潮の動きを読み違えると万事休すとなる。

　自分が「義子」ではなく男だったら、この戦の世はどのような「物語」になったのだろう。もっと早くに戦を終結させることができただろうか。あるいは、より多くの戦を引き起こしていただろうか。軟膏を塗ってくれた幼なじみのあの方とは、友ではなく戦友《とも》になれたかもしれない。木曽義仲も最期は巴御前ではなく、幼なじみだった男の戦友と迎えることを選んだのだ。

　ずぶ濡れになって港に着くと、百数十隻の舟が繋《つな》いである。船番に一艘手配してほしいと頼んだが、途中で嵐になると渋面された。しかも義子が男ではないと気づくと「不浄の女人にはなおさら出せん」と追い払おうとした。

「これはこれは義子どの、もう離縁されましたか」

近くの松林に数千人の兵を待機させた梶原景時だった。範頼の大手軍には同行しなかったらしい。失敗に次ぐ失敗で範頼が頼朝に泣きつき、戦略が変更されたのだろう。

「私は屋島に向かいます」

「船頭も兵もなく、その可愛らしい弓矢だけで。これは頼もしい」

義子は舟へと向かうと腰刀で綱を切り、馬を残して乗りこむ。波頭の立つ夕刻の海へと漕ぎだした義子に船番は「気でも違っとるのか！」と叫び、景時は大笑いした。

「舟に逆艪《さかろ》を取り付けねば、引き返したくなっても引き返せませぬぞ！」

引き返すつもりなどない。海に漕ぎだすのは初めてだが、水流の激しい川でなら何度も経験がある。東国で暮らしていた頃は昼夜問わず、乳母の息子と胆沢《いさわ》川へ出向いたものだ。


小娘どもが書き換えられるのはせいぜい結末への道順であり、結末自体を変えることはできないのだ。屋島の海では平氏軍の舟が集結しつつある。三種の神器を携えた幼帝と、幼帝の手を取る祖母と母。幼帝とともに死出の旅に随行すべく支度を済ませた女房たち。それを護衛する平家の武将たち。

平家側の舟には白拍子姿の「ごう」がいる。太刀を握ることがなくなった手に小さな扇を一本持ち、ちゃちな弓矢を携えた義子がやってくるのを待っている。

砂浜に舟が乗りあげたのは夜明け頃のこと。船酔いと寒さで波打ち際で倒れていた義子は、海女たちに助けられた。義子が源氏の武人だと知った彼女たちは、合戦場には行くなと引き止めた。女人ひとりが平家の兵をひとりふたり射殺《いころ》したところで、何も変わりはしないのだと。だが義子の揺るぎない決意を知ると、竹水筒と馬と簡単な地図を用意し、送り出してくれた。

物語の神は屋島の源氏軍と海上の平氏軍を大増量した。『平家物語』は屋島の戦での兵数を具体的には記していない。したがって一万にしようが十万にしようが物語の神の勝手なのである。


屋島の合戦場に到着した義子は、茫然自失した。

海岸は見渡すかぎりが源氏の白旗で埋め尽くされ、海上は赤の軍旗を掲げる平氏の舟が水平線も見えないほど溢れかえっている。一ノ谷での兵数は源氏平家それぞれ八万ほどだったが、今は五十万、いや百万、いや日本じゅうの男を集結させたとすら思われる数で目算などできない。源氏と平氏も前代未聞の兵数に困惑し、攻めあぐねている様子だ。

「何をしゃしゃり出てきた義子！　己の無能さをまだ自覚できぬか！」

数人の配下を従えた範頼だった。兵糧を読み違えた失態が響いているのか、部下たちの前で義子を叱責することによって自身の指導力を誇示しようとしている。

「源平の戦を終わらせにまいりました」

義子は海上の平氏軍と向き合い、波打ち際へと馬を進める。平家の舟から野次が飛んだ。

「一ノ谷の姫君大将ではないか！　赤い鎧《おべべ》でお出ましか！」

「女人は人形遊びでもしてなされ！　源氏の戦はおままごとじゃのう！」

平家の舟から笑い声が上がる。源氏の兵たちも黙ってはいない。

「合戦場は女人の遊び場ではござらぬ！」

「合戦に女人は不要じゃ！」

そのとき、沖合から一艘の小舟が源氏軍のほうへと漕ぎだしてきた。舳先《へさき》に立つのは立烏帽子と紅白の装束をまとった白拍子。風と波に揺れる舟でも凛《りん》と姿勢を保つ白拍子は、胸元から小さな扇を取り出すとさっと広げて右手で掲げ、射落とせるものなら落としてみよと手招きしてみせる。範頼は「女人《おぬし》のせいで平家に嘲られたではないか」と顔を赤くし、「あの扇を射落とす者はおらぬかっ！」と怒声をあげた。那須与一《なすのよいち》が名乗りをあげた。東国では知らぬ者のいない弓の天才である。


物語の神は「ごう」の舟を沖のほうへ遠のけた。これだけ離せば「義子」の小ぶりな弓では届かない。那須与一だけが射落とせるのだ。この男は『平家物語』に華を添える主要人物のひとりである。扇を見事に射落として開戦の火蓋を切り、壮大な戦物語はいよいよ盛りあがりを見せるのだ。そこに小娘ごときの入りこむ余地などない。

沖に引き戻されるように後退し、海岸との距離を大幅に開ける舟を見て、那須与一はたじろいた。しかも風は海から陸からと秩序なく吹き続け、豆粒のような扇は揺れるばかりで定まらない。

「あれだけ遠くては無理でございます！ 神仏に課せられた試練としても、あまりに無慈悲」

「たわけっ！ 源氏を末代《まつだい》まで笑いものにする気か！」

範頼と与一をよそに義子は海へと馬を進め、肩に担いだ矢筒から一本抜き、針穴のようにしか見えない扇の日の丸に照準を合わせる。範頼は「どこまで恥をかかせるか！」と義子を罵り、源氏軍からも平氏軍からも怒声や嘲笑が上がる。

——弓矢の鍛錬と引き換えに物語を与えられてきたなら、今度はその弓矢で物語を作るのじゃ。

あの月明かりの夜、湯殿で静はそう言ったのだ。

南無八幡大菩薩。もう御仏は信じない。信じるのは照準の先にいる戦友だけ。

義子は目を閉じて風の動きを読む。陸から追い風が吹いた瞬間、目を開けて矢を放った。

静の掲げる扇が、ぱあんと弾かれて舞いあがった。兵たちは静まり返り、範頼は呆然と義子を見る。海岸からも海上からも絶叫に近い歓声が轟いた。

白拍子はとんっと高く跳ねると、舞い落ちてきた扇をつかみ、ひらりと舳先に着地する。波に揺れる舳先で凛と立つ白拍子は、緋色の袴を翻してくるくると舞う。歓声は波を砕かんばかりに響き、地鳴りのような拍手が沸き起こった。

平氏軍は舟の縁を鼓《つづみ》がわりに京の歌を大合唱し、負けじと源氏軍は鎧を太鼓がわりに東国の民謡で応戦する。平氏の武将たちは舟の上で悠々と舞を始め、源氏の兵は馬にまたがったままエラヤッサと踊る。舟の底からは平家の女房が続々と姿を表し、歌に合わせて扇を振る。幼帝も歌に合わせて跳びはねる。

「合戦ぞーっ、合戦ぞーっ！　源氏と平氏の歌合戦ぞーっ！」

静は百万人に届くであろう観衆を煽り、一世一代の大舞台で舞い続ける。


このとき京では行商女の威勢のよい声が蘇り、どこからともなく姿を現した借上たちが続々と女人支援の会合に集まり、復活した地頭の嬶が亭主を締めあげ、正気に戻った遊女たちは読経をやめて今様を歌い始めた。「その他大勢」の女人の顔からは能面が剥がれ落ち、空を仰いで「明日は晴れじゃ」と笑う者がいれば、「明日こそ晴れじゃ」と涙を拭う者もいた。

鎌倉に移送される巴御前の衣は盛りあがる筋骨によって弾け飛び、口元には鬼神の笑みが浮かぶ。そして丹波国の寺では義子の母が山門の外へ現れ、厳かに手を合わせた。

物語の神はぎりりと歯ぎしりしたが、やがて大笑いした。小娘どもはこれで物語を書き換えた気になっているのだ。


【物語の後始末】

頼朝は家臣たちに、義子の捜索と身柄確保を命じた。長年に亘《わた》る源平の戦いを「屋島の歌合戦」で終結させた後、義子は白拍子とともに姿を消したのだ。

捜索の手は、平家や幼帝の新天地となった各地の山里にまで伸びた。だが義子はそれを先読みしており、そうした場所には決して立ち寄らなかった。

「屋島の歌合戦」以降、民は歌祭を開くようになった。源氏を象徴する白組と平家を象徴する紅組に分かれ、歌を競いあうのだ。今様狂いの後白河法皇も飛びつかずにはいられなかっただろうが、三種の神器が海の底へと沈んだ今はそれどころではないだろう。歌合戦で跳びはねた拍子に、幼帝が海に落としてしまったのだ。これを知った法皇はただちに海底を探させたが、草薙剣《くさなぎのつるぎ》だけは見つからず、ひそかに刀鍛冶に作らせていると聞く。

「そなたと物語を作り、こうして追っ手をかわす旅は、なぜか無性に懐かしく感じる」

市女笠姿の静は、同様の装束を着た義子の手を引き、九州を目指す。頼朝の配下らしき者と遭遇することもあったが、彼らは化粧を施した義子の顔も化粧を落とした静の顔も知らなかった。

「次はいかような物語を作ろうか、姉上」

名前で呼びあうと追っ手に悟られるかもしれないので、ふたりは姉妹を装っている。

「物語作者の夢は捨てていないのであろう？　本当になりたかった者になるべきじゃ」

なりたかったもの、そうね。義子はひとりごちる。

「なにゆえ物憂《ものう》い顔をする。捕らえられたら河越家に送られると嘆いておるのか？　いや、頼朝は今度は醜悪なひひじじいと縁組させるかもしれぬ。案ずるな。わらわが侍女として同行し、亡き者にしてやる」

静は自身の左腰に手をやるがそこに太刀はなく、きまり悪そうな顔をする。義子は帯にさしていた赤鞘の腰刀を外すと、静に差し出した。

「千本目の太刀の代わりになるかしら。私だと思うて持っていてちょうだい」

静は受け取ったものの、怪訝そうに義子を見る。「そなたとの縁《えにし》への感謝として」と義子が微笑むと、静は顔をほころばせて腰刀を抱き締めた。

「博多で貿易船に乗り、蒙古まで行ってみようぞ。船が転覆したら、そのときはそのときじゃ」

静と義子は街道を歩き続ける。ふたりを照らす満月は陰り始めていた。


化粧を施した義子の人相書きが出まわるのに時間はかからなかった。河越家の息子が人相を語ったのである。結局、博多の港を目の前にして、義子と静は身柄確保されたのだった。

＊

義子は鎌倉へ連行され、静は京に留め置かれた。外部との連絡もままならず、義子は妙なところに嫁がされたのではないかと悶々とする静のもとに、鎌倉から迎えが来た。頼朝の正妻政子が静御前の名を聞き及び、舞を見たがっているのだという。義子も待っていると知った静は、まだ嫁がされてはいないのだと安堵し、これまでの集大成とする舞の鍛錬に励んだ。

扇と赤鞘の腰刀と、借上から横流ししてもらった異国の美しい本を携え、静は笛太鼓の奏者を伴って鎌倉へと出発した。「道中、都一番の白拍子に害が及ぶことがあってはならぬ」と政子からのお達しがあったようで、静たちはひと月の後に無事に到着した。

休養用に与えられた館で時間をかけて身支度をした静は、舞台となる鶴岡八幡宮《つるがおかはちまんぐう》へと向かった。京から当代随一の白拍子が来るとあり、鳥居の外まで見物人で溢れていた。

金屏風《きんびょうぶ》が立てられた朱色の舞殿はかがり火に照らしだされ、その真上には満月が輝いている。舞殿の両脇には正装した武将や源氏側近が並び、上座には頼朝と政子とおぼしき者が座っている。

静は今宵の舞を捧げる相手を探す。

いた。義子は舞殿の上で微笑んでいた。

静に付き従って舞殿に上がろうとした奏者たちは義子に気づいて後ずさるが、頼朝の配下に急き立てられ、準備に取りかかる。静はしばし義子を見つめ、舞殿へと上がった。ここで涙をこぼせば頼朝の思う壺だ。

笛と鼓の伴奏が始まり、静は寿《ことほ》ぎを歌いながら滑るように足を踏み出した。その声はまさに月明かりに輝く清流。足先から指先まで優雅で隙のないその舞はまさに、伝説に登場する月の天女。武将たちも見物人たちも鳥肌を立てて見入るばかり。だが感動の嘆息はほどなくざわめきへと変わった。白拍子が寿ぎとは無関係な和歌を歌い始めたのである。

「しづやしづ〜しづのをだまき繰り返し〜」

静は舞いながら義子を見つめる。静どの静どのと何度も呼んでくれたそなたの声が懐かしい。そのような姿になる前に、もう一度「ごう」と呼んでほしかった。

「昔を今になすよしもがな〜」

過去を現在に蘇らせることができれば、どれほどよいだろう。楽しく語りあったあの日々を、今日に代えてくれぬか義子どの。そしてせめて一度だけ「さよ」と呼ばせてたもれ。だが首だけとなった義子は、もはや言葉を返してはくれない。

なぜ微笑んでいるのじゃ、さよどの。とてつもなく大きな物語を作った達成感か？　それとも男と同等に斬首されたからなのか？

別れも告げずに去られることは嫌いじゃと、わらわは言うたのに。そなたの側女になってもよいと言うたのに。

高らかな鼓の音が歌の終わりを告げる。静は厳かに扇を畳んで胸元に収めると、腰刀を取り出す。頼朝に向けて鞘を抜いた瞬間、無数の矢が静に浴びせられた。静は義子の首に手を伸ばそうとして二、三歩歩き出し、そのまま事切《こときれ》れた。

【物語、再び】

あてもない旅を始めた、年若いはなれ瞽女がいる。

鼓《つづみ》を打ちながら歌うのは平家物語。そこで語られるのは義子という女武将である。聞く者たちは笑う。義子ではなく義経だぞ。色白で小柄で声が高く、弓も小ぶりなものを使っていたから女人と間違われてきただけだ。名将の梶原景時は、死ぬときにこう言ったそうではないか。自分たちの大将が女人でなかったということならそれでよい、我が人生に不満はないと。

瞽女は言う。私は源義子と会ったことがある。そして義子の働きをこの耳で聞いてきた。

義子と白拍子の物語を歌いながら、瞽女は今日も歩き続ける。

第四話

『仮名手本忠臣蔵』

——四十七女とかぐや姫

【可留《かる》と軽《かる》】

浅野内匠頭《たくみのかみ》の未亡人である瑤泉院《ようぜんいん》は、淹《い》れたてのお茶を飲むとほっと息をついた。

「討ち入りが計画倒れに終わって良かったのです。実行に移されていれば、さらなる悲しみが生じていました。男児は連座で刑に処され、残されたおなごも自害していたでしょう」

吉良《きら》邸への討ち入りを決意した四十七人の浪士は、江戸で秘密裏に準備を進めていた一年半のあいだに相次いで亡くなった。赤穂《あこう》で生まれ育った者は江戸の水で腹をやられ、高齢者や体の弱い者は江戸での流行病《はやりやまい》や栄養失調に負けたというのが、医者の説明だった。

だが彼らが討ち入りを決意していたことは世間の知るところとなり、腑抜け呼ばわりされずに済んだ。しかも仇討《あだう》ちは噂にとどまることになったため公儀のお咎《とが》めも免れた。浪士たちは無念だっただろうがこれでよかったのだと瑤泉院は言う。

「殿にはあれほど、何を言われても堪《こら》えねばなりませんと申しあげておりましたのに」

内匠頭は以前から吉良上野介《こうずけのすけ》に侮辱されてきた。江戸城内の刃傷沙汰《にんじょうざた》では吉良にも非があり喧嘩両成敗とされるべきなのだが、内匠頭だけが即日切腹でお家お取り潰しになった。一方の吉良は将軍と懇意なこともあって口頭注意にとどまり、今は隠居生活を満喫している。

内蔵助《くらのすけ》をはじめとする家老衆は藩士やその家族、領民が路頭に迷わずにすむように、粛々と残務処理を進めた。血気はやって仇討ちを再優先していたらどうなっていたことかと瑤泉院は言う。

「ところで竹月院。内蔵助どのの三回忌を終えたら還俗《げんぞく》し、再嫁してはどうです。そなたは世間の目を欺くための道具にされただけですし、年相応の相手と好きおうて結ばれなされ」

「そういうわけには……浅野家はお取り潰しのままで、再興してはりませんし」

竹月院は内蔵助の後妻だ。夫が急死した後、髪を切って可留《かる》という俗名を捨てた。年はまだ十八である。

「気にしなくてもよいのです。もう少し待てば、キヨが再興の道をつけてくれます」

キヨは浅野家にいた若い女中だ。お家お取り潰しの後、大名の乳母宅に奉公にあがったのが縁で、次期将軍と噂される子息の寵愛《ちょうあい》を得ることになった。将軍就任と嫡男《ちゃくなん》出産が実現したら浅野家再興を願い出るそうだが、富くじをあてにするようなものだ。

「とにかく好きに生きなさい。大石どのの菩提《ぼだい》は、りく殿に弔ってもらえばよいのです」

りくは内蔵助の前妻だ。四十七浪士の多くは、妻子が巻き添えを食らわないように形式的に離縁した。内蔵助も「若い妾ができた」と言って身重の妻を子どもたちとともに実家に帰した。そうして内蔵助のもとに連れてこられたのが、京の筆問屋に奉公していた可留だったのだ。

だが親子ほども年が離れた内蔵助とは夫婦の感情など湧かず、可留は前妻やその子らの生活の匂いが残る屋敷で過ごしながら、戻りたいという感情に駆られていた。奉公先でも故郷でもなく、ともかく自分の戻るべきところに戻りたい。それがどこかは、きっとあの月だけが知っている。そんな思いで空を仰《あお》いだ夜は数えきれない。

「うちは再嫁は考えてへんのです。今みたいに暮らしていけたらじゅうぶんどす」

可留は現在、古い蔵を改築して住まいにしている。朝は畑の世話に汗を流し、昼は裁縫指南をし、夜は仮名《かな》文字の草子《そうし》――挿絵がふんだんに盛りこまれたやさしい読みもの――を楽しむ。月明かりのもとで物語に浸っていると、不思議と心が落ち着くのだ。

「それに瑤泉院さまも、こうして京を訪ねてくれはりますし、不服はあらしまへん」

「そなたのことは年の離れた妹だと思っています。それに軽《かる》が、竹月院のところに遊びに行きたいと駄々をこねるのですよ」

瑤泉院は板間《いたま》を見やる。寝転がって手鏡を眺めているのは、子のない瑤泉院と内匠頭の養女の軽で、竹月院と一歳違いだ。先々は婿を取って家督《かとく》を継がせるつもりだった。

軽の胸には原因の分からないあざが無数にある。祈禱師は前世で矢を浴びたのだと言う。瑤泉院が軽を京に連れてくるのは、上方《かみがた》の名医に診させるためでもあるのだ。竹月院の首まわりにも生まれつきのあざがある。斬首されたような赤あざだ。

「竹月院、あとで軽に町見物をさせてやっておくれ。軽はそなたと出かけることを何よりも楽しみにしているのです」

軽は寝転がったまま、ぷうと屁を放った。

「姉さま、どう？　このかんざしは似合うておる？」

小間物屋で、軽はあざみの花かんざしを髪に添えてみせる。手代が売れ筋の蓮花《れんげ》を勧めると、軽は「私が付けるものを決めるのは私じゃ」と一蹴する。竹月院は両方の顔を潰さないよう、値段もほどほどの柘榴《ざくろ》のかんざしを選ぶ。

戦の世が終わって百年になる。政治の中心は京から江戸へと移ったが、京は大坂とともに上方と呼ばれ、文化や流行の発信地として存在感を示している。

買ったばかりのかんざしをさした軽は「次はどこに行く?」と竹月院と手を繋《つな》ぐ。

「草紙屋に行きましょ。今日は新作が入荷される日やさかい」

井原西鶴や八文字屋の新作を追いかけるのも楽しみだが、無名作家の掘り出しものを探すのはそれ以上に楽しい。

平安の世では物語の多くは女たちの手でつづられていた。だが戦の世に入ると男たちが筆や紙を独占して合戦の様子や武将の生涯を記録し、「物語」は不要なものとされた。そんな戦の世が終わって泰平の世が訪れると「物語」は息を吹き返した。人々は手軽に楽しめる物語を求め、だれかれなく物語を書くようになり、上方には書店や版元が続々と誕生している。

軽のお気に入りは『たけとり血風録』という作者不詳の草双紙だ。『竹取物語』を題材にしたもので、帝の兵隊が月の使者と戦う場面に力を入れている。「帝の『み』の字は皆殺しの『み』」と鼻歌まじりに凄まじい挿絵を眺めてばかりいるが、読む習慣を付けてくれるのならそれでいいと瑤泉院は許している。

草紙屋の暖簾《のれん》をくぐると、なじみの老店主が「おこしやす」と顔を上げた。

「今日は大坂から面白い本が入りましたんや。平家物語の珍説本です」

老店主が棚から取り出したのは『をんな義経』という作者不詳の草双紙だった。

「源義経が女やったという話です。五百年も前から瞽女《ごぜ》が語り継いできた物語やとか」

平家物語には読みものと語りものがある。読みものは男の手で書かれた軍記物で、語りものは瞽女や琵琶法師が語り継いできたものだ。紙に残された物語は消失することも多いが、口頭で受け継がれる物語は形を変えながらも生き残る。

「お安うしときます。静御前が太刀の舞で武者千人をなで斬りにしたとか、それを真似たのが出《いず》雲阿国《ものおくに》やとか、書きたい放題の内容ですわ」

今は二束三文としか扱われない作品でも、何十年か後には名作に化けるかもしれない。そうした期待と予感を胸に、竹月院は草紙屋に足を運ぶのだ。

店の表が騒がしくなる。供を従えたお大尽の駕籠《かご》が通りすぎていく。老店主は「吉良はんが上洛してきましたんや。お茶会がありますさかい」と本の埃をはたいた。


駕籠に乗った吉良上野介は、通りすぎざまに草紙屋の店先を見やる。「ごう」は着飾って遊ぶだけの頭の軽い女人に、「さよ」は俗な読みものを好む無教養な女人に設定した。女人は女人にふさわしい楽しみを求めればよい。女人にふさわしからぬものを求めるから苦しむのだ。

赤穂浪士の討ち入りは、浄瑠璃《じょうるり》や歌舞伎で様々に描かれている。登場する女人たちは、忠義に生きる男たちの陰で切々と涙する。だが物語の神にも慈悲はある。ゆえに、女人が泣かずにすむ仮名草子版の忠臣蔵『やまいだれ四十七士』に、ふたりを生まれ変わらせてやったのだ。

この仮名草子では、赤穂浪士は討ち入りを果たすことなく病死する。有象無象の書き手が生みだす仮名草子は玉石混淆《ぎょくせきこんこう》で、『やまいだれ四十七士』はまぎれもない「石」だ。作中では遺された女たちが茶会を開いて男たちの想い出を語り、誰が茶会に来たか来ないかとくだらないことで悩み、内匠頭の墓参と称して江戸へ物見遊山《ものみゆさん》に出かける様子が長々と書かれ、物語と称することじたい厚かましいのだが、女人の習性を正しく観察している点は評価に値する。

八百年にわたり、神が動かす物語のなかで悪あがきを繰り返してきた小娘たちよ。この仮名草子に封じこめてやろう。おまえたちにとってもそれが幸せなのだ。そしてこの草紙ごと塵《ごみ》として消えるがいい。

それにしても、瞽女や琵琶法師を見落としたのは手抜かりだった。まあよい。『をんな義経』などという低俗な話は、長く読み継がれるものではない。

【姦《かしま》しきお茶会のはじまり】

「軽があのように熱心に草紙を読むとは。竹月院、よいものを見繕《みつくろ》ってくれました」

春の日差しが注ぐ縁側で、軽は『をんな義経』を飽くことなく読んでいる。

「姉さま、この文字はなんと読むのじゃ?」

軽が『をんな義経』を手にやってきて、挿絵に書かれた漢字を指す。竹月院は困惑した。

「うちは難しい字はよう読めしまへん」

瑤泉院が横から「しょぎょうむじょう」と読み、「世の儚《はかな》さです」と助け舟を出した。

数えの六つで奉公に出された竹月院は漢字があまり読めない。奉公先で読み書きを手習いしたが、その際に与えられたのは貝原益軒《かいばらえきけん》の女訓《じょくん》を仮名で説いたものだった。近々、女子向けの教育書として刊行されるらしい。

「水汲《みずく》みや針仕事をしていただけだったのですから、読めなくとも仕方ありませんね」

「今からでも漢字を覚えて、平家物語などを読めるようになりたい思うてます」

「およしなさい。難しい本を読むようになったら学問への欲が湧き、ご政道に意見しようという気を起こすでしょう。それはおなごの道に外れること。今のままのそなたでじゅうぶんです」

軽がまた「これは何と読むのじゃ？」と『をんな義経』を広げる。瑤泉院が「首級《しゆきゆう》」「膾《なます》」と読んで意味を教えると、軽は目を輝かせて挿絵を凝視した。


京で五日間を過ごした軽はもっと遊びたいと駄々をこね、瑤泉院だけ先に備後国《びんごのくに》に戻った。京の水が合うならしばらく過ごしてみてはどうかと医者の口添えもあったのだ。

軽は茶会を開きたいと言った。赤穂の女が五人ばかり、前々から京に来たがっているのだという。竹月院も一緒にと誘われたが遠慮した。あのときのような疎外感に包まれるだけだ。

内蔵助の一周忌を済ませた頃、奉公人時代の仲間のお茶会に誘われたことがある。だが恋や流行りのかんざしに夢中な彼女たちと、恋すら知らないまま後家《ごけ》になり、尼頭巾をかぶって髪飾りとは無縁になった竹月院とは、旧交を温めようとしても話が合わなくなっていた。

それでも軽は竹月院も一緒にとねだる。少し顔を出すぐらいならと、竹月院は苦笑いした。

ひと月の後、旅装束の五人が訪ねてきた。

「堀部弥兵衛《やへえ》の妻、わかと申します」

「弥兵衛の娘で堀部安兵衛の妻、ほりと申します」

「奥田孫太夫《まごだゆう》の妻、ちづと申します」

「ちづと孫太夫の娘で奥田貞右衛門《さだえもん》の妻、ときと申します」

「大高源吾《おおたかげんご》と小野寺幸右衛門《こうえもん》の母にて、小野寺十内《じゅうない》の姉であり岡野金右衛門《きんえもん》の叔母、貞立尼《ていりゅうに》にございまする。よくお招きいただきもうした。一度伺わねばならぬと思うておりましたのじゃ」

赤穂浪士の遺族たちだった。

筆頭格は六十六歳になる貞立尼だ。討ち入りを控えた身内を十名近く病で失い、写経の日々を送っている。堀部家の大奥方は杖をつき、若奥方が支えている。奥田家の大奥方は痛々しいほど細身で、実娘である若奥方は幼い男の子の手を引いていた。

竹月院が想像していたお茶会とは、なんだか違うものになりそうだった。

「内匠頭さまのご切腹からまもなく二年。おなごたちは心をひとつにせねばなりませぬ」

五人は竹月院と軽に向きあってイグサで編んだ座布団に正座する。

「そうですね。遺族が心をひとつにして合同法要をしたら、亡くなった男はんらも喜ばれるんやないかと、うちも思うてます」

とりあえず竹月院は彼女たちの長旅をいたわり、会話に応じる。

「はて、合同法要とな？　おなごが心をひとつにして行うべきは討ち入りでありますぞ」

「え？」

「お家や主君に命を賭《と》すのが男の操なら、その男たちに命を賭すのがおなごの操。本懐を遂げられずに死した男たちに代わり、おなごが団結して吉良の首を取らねばならぬ」

竹月院は何の冗談かと耳を疑ったが、五人の目つきは真剣だ。

「あの……瑤泉院さまは、討ち入りしていたらもっと悲しいことになっていたて言わはってます。それに、お家再興の望みも消えたわけやおへんし」

「お家の再興と主君の仇討ちは別もんです」と奥田の若奥方。

「夫が恩義があったのは内匠頭さまで浅野家じゃありません」と堀部の若奥方。

「討ち入りできる男がいなくなった以上、おなごが立ち上がらねばなりませぬ。そもそも内蔵助どのがもっと早く決断されていれば、男たちは一花咲かせて死ねたのです」と堀部の大奥方。

「後妻ゆえに事情は知らぬだの、年若いゆえ理解できぬだのとは言わせませぬ」と奥田の大奥方。

「義の道を貫かんとする男に尽くさぬおなごは操を捨てた淫婦も同然でございますぞ」と貞立尼は竹月院の頭巾を睨《にら》む。丸刈りにせず肩の位置で切り髪にしただけでは操の立て方が足りぬわと、目が無言で恫喝《どうかつ》している。

「竹月院どの、これが何かお分かりか」

奥田の大奥方が風呂敷包みを開け、前に置く。男物の脇差《わきざし》だった。

「仇討ちを果たした暁には伝家の宝刀で見事に果ててみせると、夫は切腹の稽古をしておりました。それが道端に倒れて命を終えるなど、どれほど無念であったことか」

奥田の大奥方が袂《たもと》で目を押さえると、他の四人も涙を押さえる。しばし嗚咽《おえつ》した女たちは、竹月院の横で柏餅を平らげる軽を見た。

「お軽さま。そなたさまのお父上は素晴らしき主君でございました。赤穂にゆかりのない部屋住みの者でも、忠義があれば引き立ててくださった。この御恩は忘れませぬ」

「うん、良き父《とと》さまであったよ。蛇の生皮の剝《は》ぎ方や猪の生き血の抜き方を教えてくれた。江戸城から戻ったら猿の頭の落とし方を教えてやろうと仰《おっしゃ》っていたのに、もう習うことができぬよ」

奥方たちは「おいたわしや」と袂を濡らし、貞立尼は竹月院のほうへと膝を進めた。

「四十七士の遺族《おなご》全員に討ち入りの招集をかけられませ。それが筆頭家老の嫁の務めにございますぞ。討ち入りが決定するまで私どもはここから動きませぬ」

気圧《けお》された竹月院は、正座したまま後ずさった。


吉良の体を借りて京に滞在する物語の神は、吉良の正室である富子が江戸から寄こした文に目を通すと、行灯《あんどん》で焼いた。

〈赤穂浪士の後家五人が京に向かっていると、関所より報《しら》せが参りました。京には内蔵助の後妻がおり、瑤泉院と養女も訪れているとのこと。件《くだん》の五人は、浪士のなかでも過激派と言われた者どもの遺族ゆえ、仇討ちを蒸し返すつもりやもしれませぬ。早めに江戸にお戻りなさりませ。お

まえさまは赤穂の恨みを買っておられることを忘れてはなりませぬ。おまえさまはおなごを侮りがちでございますが、おなごというのは何をしでかすか分からぬ生きものなのです〉

笑止。討ち入りに加勢できる男など残っておらず、女だけでどうこの首を取れるというのだ。

困った竹月院は拙い筆で瑤泉院に文をつづった。読みやすく達筆な返信が届いた。

〈ほりべや　ていりゅうには　かんがえかたがらんぼうなので　竹月院はこわかったでしょう
わたくしがそちらに行くことができればよいのですが　むずかしいゆえ　ていりゅうにたちを
おもいとどまらせてくれる　おなごたちに　わたくしからこえをかけましょう〉

ひと月の後、二十代から六十代までの後家が四人、竹月院の住まいを訪ねてきた。

「次席家老吉田忠左衛門《ちゅうざえもん》の妻にて沢右衛門《さわえもん》の母、りんでございます」

「潮田又之丞《うしおだまたのじょう》の元妻、ゆうでございます」

「木村岡右衛門《おかえもん》の妻、とめでございます」

「寺坂吉右衛門の妻、きくでございます」

竹月院が出した菓子を誰も口にしない。茶会ではなく議論に来たという意思表示らしい。

「はて寺坂のご内儀。なぜそなたがおりますのじゃ？　寺坂どのは幼い頃より内匠頭どののお世話になりながら、切腹が怖くなって逃げたと聞いておりますぞ」と貞立尼が睨む。

「遺族のお世話とお家再興のために働く者が必要ゆえ、おまえは伝令役として生き残れと大石どのに命じられただけでございます。ですよね？　竹月院どの」

「えっ？」

女の「いくさ場」では矢ではなく、とばっちりが飛んでくる。

「生きて伝令となれと命ぜられながら水あたりで命を落としたのでは、成仏できずにおられるはず。ならば嫁のそなたが討ち入りし、夫のご無念を晴らすべきですぞ。他の皆さま方もじゃ」

すると他の討ち入り反対派が斬り返す。

「武家のおなごは強く生きよという夫の遺言に背いて、命を粗末になどできましょうか」

間髪容れずに賛成派も斬り返す。

「夫に代わって忠義を果たすのは武士の嫁の務め。命を粗末にすることにあらず」

「ご公儀が討ち入りの正当性を認めなければ、息子たちも連座で刑を処されまするっ」

「早々に再嫁した者が何をお言いじゃ！　おなごにとって夫は主君。忠臣は二君に事《つか》えずと申しますぞ」

「離縁して再嫁せよとの前夫の命令に従えば淫婦でございますかっ？　感情まかせの討ち入りはならぬ、そなたを巻きこむことはできぬと私を離縁した前夫の優しさ、ああ切なや切なや」

「片腹痛いわ、そなたが離縁されたのはお父上が原因であろうが。女中に色ぼけして金を持ち逃げする親の娘など、離縁せねば世間体が保てぬわっ」

舌戦を様子見していた次席家老の奥方が、「貞立尼どの。まずはお茶をいただきなさいな」とゆったりと切り出した。奥方はお茶を口に含み、美味しゅうございますと竹月院に目を細め、そっと湯呑みを置いた。

「貞立尼どの。わが三男は討ち入りを遂げることなく病に倒れましたが、四男や娘は討ち入りがなかったおかげで平穏に暮らしております。あの世の夫もそれでよいと申しましょう。皆さまとてお子を持つ身でございます。遺された母や妻の務めが何かは、お分かりでございましょう？」

「その務めこそ、男に代わっての討ち入りじゃ」

「なんと意固地な婆さま」

「婆さまに婆さまと呼ばれる筋合いはないわ」

軽はというと女たちの論争などどこ吹く風で、庭の桜の木に登って鳥の巣を覗いている。母親の横で正座している奥田の坊やは、軽に手招きされると庭に走りだそうとした。若奥方が素早く捕まえ、息子を座らせると手をぺしりと打つ。坊やは泣きべそをかき、凜と正座する若奥方は軽を見る。何かを懐かしむような目をしていた。

埒《らち》の明かない状態が何日も続き、貞立尼一派は「討ち入りが決まるまで動かぬ」と竹月院宅の東側を陣取って竹槍や薙刀《なぎなた》の訓練を始め、次席家老派も「貞立尼たちの好き勝手はさせませぬ」と西側に寝具を運びこませて居座りを決めこむ。肝心の浅野家の跡取り娘は芝居小屋だの甘味屋だのと遊びほうけるばかり。途方に暮れた竹月院は瑤泉院に助けを求める文を送った。

【山科《やましな》のお茶会議】

遺族の女全員に招集をかけて総会議を開かせると、瑤泉院は返事してきた。文には竹月院への気遣いや、軽のあざの具合を尋ねる言葉とともに、内蔵助の前妻りくは無責任だと批判する言葉が書き連ねられていた。

七夕を過ぎて祇園祭が盛況を迎える頃、欠席を伝える返信が六通届いた。

〈既に断食に入っており、筆より重いものは持てなくなりました。夫の十内《じゅうない》と交わした和歌の編纂をしながら命尽きとうございますので、不義理をご寛恕《かんじょ》くださりませ〉

〈おなごたちで仇討ちをというお誘いを受け、這《は》ってでも上洛《じょうらく》したいのですが、病床から出ることができず断念せざるをえません。私に代わり、無念をお晴らしくださいませ〉

〈私は夫の遺した**摂関家由来**《せっかんけ》の弓を守りながら、静かに余生を送りとうございます。なにぶん**摂関家由来**の弓を預かる身でございますから。みなさまのご健勝を祈念申しあげます〉

〈既に内匠頭さまは主君でもなんでもございませぬ。あのときも夫の数右衛門と、どれほど言い争いましたことか。どうぞ私は含めず、みなさまで良きように〉

〈大石どのは、減俸された額をもとに分配金を精算なさいましたので、京への旅費が捻出《ねんしゅつ》できませぬ。まずは金子《きんす》を正妻の私と妾の両方に五十両ばかりお送りくださいませ〉

〈おなごだけで討ち入りを果たすとの決起宣言に、胸を躍らせております。亡き伊助に代わり、私が討ち入り日記に書き足しますゆえ、是非ともがんばってくださいませ〉

次席家老の奥方が「みな関わりたくないのですよ」と言う。貞立尼は「総会議までは総意は分からぬ」と憤然と文を畳み、堀部と奥田の大奥方は「摂関家摂関家と黒々と嫌味な」と憤った。

祇園祭が盛況のうちに終わり、お盆が近づく頃。旅装束の女が次々に訪ねてきた。位牌《いはい》を抱えた年増女や、子どもの手を引く所帯やつれした女、遺品の脇差しを携えた女が、のべ三十二人。連絡がつかなかった女は九人だった。

　四十七浪士の多くは身内や親戚関係にあり、その妻や母たちも実家が縁戚同士だったりする。所狭しと板間に集まった女たちは「お久しゅうございます」「坊やも大きくなったこと」「すっかり白髪が増えまして」と手拭《てぬぐ》いで汗を押さえながら再会を懐かしむ。だが赤穂出身でなかったり、夫や父が武士の身分を金で買ったりしただけの女たちは、手荷物を抱えたまま板間の片隅で所在なさそうにしている。三十歳すぎの女が、蚊遣《かや》りを焚《た》く竹月院に「もし」と声をかけてきた。安い白粉《おしろい》の匂いを漂わせている。

「三村《みむら》さんの奥さんは来られないんでしょうか？　来られると思ったから私も来たんですけど。私、神崎与五郎《かんざきよごろう》の女房おかつと申します」

　竹月院は「初めてお目にかかります」と挨拶し、瑤泉院から聞いた話を思い出す。

　貧しかった神崎与五郎と三村次郎左衛門は討ち入り前に病死し、妻たちは姑《しゆうとめ》を養うために身売りした。女郎《じよろう》の身でありながら通行手形を持って京まで来たということは、瑤泉院が裏から手を回したのだろう。こういう遺族がいると知っていたならどうしてもっと早くに手を差し伸べなかったのかと疑問に思うのだが、瑤泉院にも事情があるのだろう。

　身支度を済ませた貞立尼一派が東の廊下から現れる。次席家老の奥方一派も西の廊下から現れる。懇談していた女たちは夫や息子の肩書の順に着席した。

「本日お集まりいただいた理由は、皆もご承知のこと。単刀直入にお尋ね申そう。皆さまがたには武家のおなごたる矜持《きようじ》はおありか」

　貞立尼一派と次席家老の奥方一派は、三十二人の遺族と向きあって座る。竹月院は軽とともに板間の隅でなりゆきを見守ることにしたが、あいかわらず「夫の代わりに一番槍を！」と「生きて夫の供養を」の睨み合い、「そなたの親も夫も内匠頭さまには恩義があるはず」と「浅野家さまにはありましたが内匠頭さまにはありませぬ」の平行線である。

　竹月院はふと、天井を見上げた。

　視線を感じる。お化けのような大きな目が天井裏から、いや、屋根のもっと上からこっちを見ている気がする。こういう視線を感じるのは初めてではない。隣に座る軽が竹月院の視線をたどり、不思議そうにあくびをして金平糖《こんぺいとう》をほおばった。

　賛成派と反対派の綱引きは埒が明かず、多数決を取ったが半数に分かれて結論が出ず、軽は近所の少年たちと蟬取りに行ってしまい、結論は明日に持ち越すしかないというとき。玄関から「遅れましたが、ごめんくださいませ」と女の声がした。

　ようやく三村の奥方が来たと神崎の奥方は顔を上げ、遺族たちは「賛否を決める一票」が来たとばかりに玄関のほうを見やる。竹月院は出迎えに行った。

「おこしやす。今、足桶《すすぎ》をお持ち——」

　土間に両膝をついた竹月院は、来訪者の顔を見上げて息を吞む。

　そびえるように立つ三十路の大女。内蔵助の前妻りくだった。

【女心と秋の空】

「瑤泉院さまからお咎《とが》めの文を頂戴しまして。私も気にはしとったんです。けれど離縁された元嫁がしゃしゃり出たら、可留さん、ああ今は落飾《らくしょく》して竹月院さんですわね、あなたさんの立場を潰すことになりますから」

「うちは名ばかりの嫁にすぎまへん。どうぞお上がりやす」

幼い息子と娘を連れたりくは「但馬《たじま》の菓子です。皆さまで」と、ずしりと重い風呂敷包みを竹月院に手渡すと、みしりと床板を鳴らして廊下に上がる。板間に集まる遺族は、みしみしと音を立てて現れたのがりくだと知るとざわめき、最前列に座るように口々に呼びかける。だがりくと幼子たちは板間の入口で両手を付き、深々と頭を下げた。

「のこのこと今頃参りまして、皆さまに合わせる顔がございませぬ。私は内蔵助の嫁を十五年務めて五人の子を産んだ身。年若い後添《のちぞ》えに任せっきりにするとは無責任じゃと瑤泉院さまにお叱《しか》りを受け、参じました次第でございます」

貞立尼や次席家老の奥方は「お顔を上げられませ」「ささ、こちらに座られよ」と手招きする。再度遠慮したりくは三度目の声かけで慎《つつ》ましやかに立ち上がると、子どもたちの手を引いてずしずしと最前列に進み、どしっと腰を下ろす。貞立尼が話を切り出した。

「早速ではあるが、おなごの討ち入りに賛同なさるか？　そなたの一声で決まるのじゃ」

「私ごときが口出ししましたら、あの世の内蔵助と主税《ちから》が嘆き悲しみましょう」

内蔵助の長男主税は十六歳だったが、討ち入り計画の消滅とともに燃え尽きたという。竹月院は主税とは面識がないままで、同席の子どもを見るのも今日が初めてだ。

「討ち入りの意志を表明されてこそ、内蔵助どのと主税どのの供養《くよう》になりますぞ」

貞立尼が力強く声をかけると、次席家老の奥方もいたわるように言葉をかける。

「おなごが男に代わって討ち入りなどすれば、男はどれほど恥をかかされましょう」

りくは「竹月院さん」と、板間の隅に控える後妻に声をかけた。

「お使いだてをしてすみませんけど、先ほどの手土産を皆さまに」

竹月院は気が回らなかったことを詫び、預かった風呂敷包みを抱えてお勝手へ向かう。重箱によもぎ羊羹《ようかん》が四十七切れ入っていた。とりあえず三十二人分、一切れずつ分けることにした。

竹月院がせっせとお茶運びをするいっぽうで、りくは集まった女ひとりひとりに声をかけて回っている。「三味線《しゃみせん》指南を始められたからと、なにを恥じられますか。長唄《ながうた》が好きだった旦那さまの供養になりますよ」と笑顔で励ましたり、「分配金を目減《めべ》りさせてはならぬと、この細腕で甘酒売りを始められたとは」と手を取って涙ぐんだりし、場の空気をなごませている。

羊羹を配り終えた竹月院はお勝手に戻り、呼ばれないかぎり顔を出さずにおくことにした。そもそも竹月院のような女中あがりは武家の女の集いには受け入れられないのだ。

一刻ほど過ぎた頃、手配しておいた料理屋の仕出しが届いた。貞立尼と次席家老の奥方はりくと膳を並べてしみじみと語りあい、他の遺族も箸を動かしながらりくの語りに耳を傾け、ときおり笑い声も上がる。そっと様子を窺《うかが》っただけの竹月院には話の内容は拾えなかったが、りくには話術の才も備わっているのだろう。

　語らいは女たちに時を忘れさせるようで、幼子たちが母親の膝枕で眠りこける頃になってもお開きになる気配はなかった。竹月院は、残しておいた十五切れの羊羹を切り分けてお茶を出し直そうと考えたが、重箱を開けると七切れしか残っていなかった。軽が食べたのだろう。いつ蝉取りから帰ってきたのかと突き当たりの納戸《なんど》に様子を見に行く。

　貞立尼や次席家老の奥方たちに住まいを占拠されて以降、竹月院は納戸に自分の寝具を移している。すると軽も自分の寝具を運びこんできた。「ひとり寝が嫌なんてお軽さまは稚児《ちご》みたい」と竹月院が笑うと、軽は「添い寝が必要なのは姉さまだよ」と竹月院の喉元のあざに触れた。「姉さまは眠りながら泣いておる」と。

　たしかに竹月院はしばしば悲しい夢を見る。貴族の屋敷や東国の寺で書物に囲まれているのだが、どれもさっぱり読めないという夢だ。読めないと思いこまされているだけですよと月が語りかけてくるのだが、読めないものは読めず、みじめな気持ちで書物を閉じ、目が覚めるのだった。

　蚊帳《かや》のなかで大の字になる軽は枕元に虫かごを置いたまま、浴衣の裾をはだけて眠りこけている。そこにちょうど坊やを厠《かわや》に連れていく奥田の若奥方が通りがかり、ちらりと納戸を見やった。先日のような懐かしそうな目をし、やがて視線をそらし、坊やの手を引いて去っていった。

　お茶を出し終えた竹月院は「お子らの寝ござだけでもお敷きしましょうか」と声をかけた。不要だと言われ、「いつでもお声をかけておくれやす」とお勝手で休むことにした。窓ひとつない納戸にいると妙な焦燥感に襲われるからだ。ここから出なくてはならない、出て、戻るべき場所に戻らなくてはならないと。

だがどこに戻ればいいのか分からない。筆問屋や故郷を思い浮かべても帰りたいという思いは湧かないのだが、軽と出かける先々で心がざわつくことがある。『竹取物語』の時代に餓死者が溢れていたという鴨川《かもがわ》のほとり。『源氏物語』の主人公の邸宅があったあたり。『をんな義経』の義子が静御前と暮らしていたという堀川小路の界隈——。格子戸から漏れ差す月明かりが蚊遣りの煙ににじむ。竹月院はいよいよ落ち着かなくなる。

お勝手の壁にもたれてうとうとしていた竹月院は、女たちのがやがやした気配で目を覚ます。既に朝を迎えていた。急いで板間に向かうと、女たちは身支度を終えようとしている。竹月院は板間の入口に両手を付き、寝過ごしたことを詫びた。

「堪忍《かんにん》です。もうすぐ朝餉《あさげ》の仕出しが来ますさかい」

「私らはお暇《いとま》します。長い間まことに世話になりました」と次席家老の奥方が微笑《ほほえ》む。

「長らく世話になりもうした。お軽さまが目覚められたらよろしゅうお伝えを」

貞立尼も会釈《えしやく》するが、竹月院に向ける視線にはこれまでとは異質な厳しさがある。遺族たちの雰囲気から賛成派と反対派の溝が埋まったように感じられるが、竹月院に向ける眼差しには昨日まではなかった反感と蔑《さげす》みの色がある。

「では皆さん、そろそろ失礼いたしましょう」

手甲脚絆《てつこうきやはん》の旅支度を済ませたりくに続き、遺族たちも相次いで立ち上がる。りくは竹月院にのしのしと歩み寄ると、男よりも大きな手で竹月院の両手を握りしめた。

「心ばかりですけど」とりくが手を離すと、竹月院の手には数枚の小判があった。

「いただく理由があらしまへん」

「とんでもない」とりくは親しげに竹月院の肩を叩き、子どもたちの手を引いて玄関へと向かう。

貞立尼の一派も続き、次席家老の奥方もにこやかに竹月院に会釈して続く。

「あの、みなさん、せめて朝餉だけでも」

立ち止まろうとした子どももいたが、母親にぐいっと手を引かれ、転ぶようにして玄関に向かう。草鞋《わらじ》を履き終えた女たちは形ばかりの一礼をし、竹月院宅を去っていく。皆から遅れて草鞋を履き始めた神崎の奥方に、竹月院は声をかけた。

「行き違いで三村はんの奥方はんが来はったら、何かお伝えしておきましょうか」

神崎の奥方は「いいえ。様子を見たかっただけですから」と、草鞋の紐を結びながら冷ややかに笑った。

「三村さんは一番貧しかったでしょ？　奥さんは切見世《きりみせ》の女郎にまで身を落として」

同じ女郎でも、遊郭で働くのと場末の切見世で身をひさぐのとでは雲泥の差がある。

「あの奥さんは私の心の支えだったんです。私は三村の奥さんよりはまし、あの人ほどはみじめじゃないと。あの人が来てくれていれば、私が最下位にならずに済んだのに」

竹月院は戸惑い、行くあてを尋ねた。「皆さまは光陰寺に行くようですから、私もちょいと行ってきますよ」と言った。都はずれにある鄙《ひな》びた尼寺で、内蔵助の亡母が寄進していたらしい。

合同法要を行うことにしたのだろうが、軽を置いてけぼりにするのはいかがなものかと思う。察したらしい神崎の奥方が「寺で討ち入りの準備を始めるんですよ」と嘲《あざけ》るように言った。

「えっ？　なんで、そんな結論に」

「どうしてでしょうね」

神崎の奥方は小判を持つ竹月院の手に目を向けると意味ありげに笑い、去っていった。

＊

〈どうしようもありません　りくどのが　せきにんをおえばよいのです　りくどのがわたしたお金は　みなの宿代でしょう　きがねなく　うけとればいいのですよ〉

瑤泉院からの返信である。竹月院は、全員一致での討ち入り決定に変わってしまった戸惑いと今後の不安をつづったのだが、瑤泉院からは答えらしい答えは書かれていなかった。武家の女にしか分からないことを書いても無意味だからだろう。

竹月院は光陰寺にそっと様子を見に通った。たすきがけし鉢巻《はちまき》を締めた女たちが貞立尼たちの指導のもと、薙刀や竹槍を振っている。次席家老の奥方はりくと並んで寺の廊下に正座し、庭での修練に立ち会っていた。

軽は討ち入り決行と聞いても他人事《ひとごと》のように面白がるだけで、歌舞伎役者を追いかけたり、浄瑠璃一座となじみになって芝居を満喫したりとお気楽だ。だがある日のこと、光陰寺の植込みの陰から様子を窺う竹月院の目に軽の姿が映った。秘密の宝物でも見せるかのように女たちに襟元《えりもと》を開いてみせ、耳打ちをし、表情を変える相手を見てきゃっきゃと笑う。軽が光陰寺に顔を出していたとは知らなかった。帰路につきながら竹月院は疎外感を募らせた。

日暮れどきに戻ってきた軽は、夜になったら月媛《つきひめ》神社に行こうと竹月院を誘った。町娘のあいだでひそかに話題となっている、こぢんまりとした神社だ。備え付けの紙に願いごとや悩みを名前とともに書き、銅銭を包んで池に沈めると、文字が溶けて月の神に届くのだという。竹月院も奉公人時代、皆と同じように良縁を祈願したことがある。生まれる前からの深い縁《えにし》で繋がる方がいる気がするので、その方と現世でも縁が得られますようにと。その半年後に引き合わされたのが内蔵助だ。だから竹月院は、あの神社を再び参拝したいとは思わない。

「お友だちと行かはったらどうどす。うちは今さら良縁祈願する立場でもおへん」

「これでも行かぬと言う？」

軽は自分の襟元を開けてみせる。名医でも治せなかったあざが、ほとんど消えかかっている。

竹月院は思わず軽の胸元に触れる。皮を張り替えたかのように、なめらかだった。

「光陰寺に籠もっているおなごたちに見せたら、みな目を丸くしておったよ」

「瑤泉院さまには知らせはったんどすか？　ああ、どんだけ喜ばれましょう」

軽は「きゃきゃっ」と笑い、竹月院の首元のあざを指でたどった。

「今宵は中秋の名月だよ。願掛けをするには絶好の夜じゃ」

「うちのあざは、このままで、かましまへん」

「姉さまの戦いのための願掛けだよ。あのおなごたちを姉さまは敵に回したのじゃ」

「知ってます。あの朝、寝過ごして不手際《ふてぎわ》をしましたさかい」

「きゃははっ、それが理由ではないよ。姉さまは、はめられたのじゃ」

意味が分からずにいる竹月院は、軽に手を引かれるままに立った。


満月が輝く月媛神社は手提灯《てぢようちん》がなくても歩けるぐらい明るく、家族同伴の町娘だけでなく、頭巾で顔を隠した女たちも参拝に訪れている。銅銭を包んだ紙をそっと投げこみ、沈んだのを見届けると長々と手を合わせ、人目を避けるようにして去る。

女が男の戦に翻弄される世は終わったとはいえ、竹月院は縛られずに生きる女と出会ったことがない。筆問屋の一人娘《いとはん》は商いの目端《めはし》が利いて算盤《そろばん》にも長《た》けていたが、女に大店《おおだな》を継がせることはできないと、縁戚の次男坊を婿に迎えた。自分より劣る婿を「旦那さま」と呼ぶ一人娘は、焼き型で押し固められた人形焼のよう見えた。

農村から年季奉公に来た娘たちのことも思い出す。母恋しさに泣いていたはずが、いつしか母や祖母を哀れんで泣くようになった。村の女は男と同じ働きをさせられるうえに、赤子の世話や飯炊きや洗いもので休む暇もなく、食事にありつけるのも男たちの後だ。だが奉公人は男と女の仕事が区別されていて、飯も男の残りものではないと。

そんな彼女たちは斡旋人《ひとぬし》から「奉公期間中は恋愛しない」という、男の奉公人には課せられない誓約をさせられたりしていたのだが、それでも母や祖母を差し置いて自分だけが恵まれた暮らしをするのは申し訳ないと言っていた。そのうち何人かは若旦那《ぼん》に手を付けられて腹が膨らみ、筆問屋を追い出された。

「勝ち組のおなご」と言われているのは浅野家の女中だったキヨだ。次の将軍候補に寵愛されるキヨは、やがて大奥の一員になるだろう。だが寵愛を失ったり世継ぎを産めなかったりすれば退場あるのみだ。寵愛を失っても御年寄《おとしより》や御中臈《おちゅうろう》として権力を持つ女もいるが、その資格があるのは旗本や上級武士の娘だけだ。

男はおなごよりも生きづらいのだぞと、内蔵助に諭されたことがある。武士は主君やお家のために死ななくてはならず、自由気ままに生きているように見える旅がらすでも、渡世《とせい》の義理や仁義に命を賭けなくてはならないのだと。だが竹月院は思う。男はある程度、自分の歩く道を自分で決めることができる。女が歩く道は男や家に示された道だ。

女にとって生家は仮りそめの家で、帰るべき家は婚家だと、手習いのときに教えられた。竹月院はときどき、自分が「可留」という名に生まれて「竹月院」の名で生きていること自体が仮りそめではないかとの思いに囚われる。

「ほら姉さま、奥田と堀部の奥方たちが来たよ。三番家老の奥方もおる」

竹月院の隣にしゃがむ軽がささやく。ふたりがいるのは池を見下ろせる竹林の物陰だ。

「鳥居の横で様子見してるのは吉田の奥方たちだよ。次席家老の奥方まで来るとは、あざが消えた話がよほど響いたのじゃ。沈めた紙をわれらに読まれるとも知らずに」

竹月院は驚いて軽を見る。軽は袂から小さな薬壺を取り出した。

「二滴ばかり紙にかければ文字が浮かび上がるよ。芝居小屋の手妻師《てづまし》から習うたのじゃ」

「ひとさまの願掛けを覗き見するなんて、よろしゅうおへん」

「討ち入りに反対してた者らが賛成に宗旨替えしたのは、姉さまと同じ穴のむじなだと思われたくなかったからじゃ。姉さまは母《かか》さまに文を送ったろ？　討ち入りが決まったりしたら、内蔵助からせしめた金を出さねばならなくなると」

「そないなこと書いてしまへん。頭の隅にも思ったことすらあらしまへん」

そもそも内蔵助に渡されたのは、現在住まいにしている廃屋同然だった古い蔵だけだ。

「りくどのがそう言うたのじゃ。皆さまにはじゅうぶんな金を分配したかったけど、内蔵助は後妻に鼻毛を抜かれてしもうて、離縁された元嫁は口出しができなんだと」

竹月院は耳を疑うばかり。

「それゆえ皆、宗旨替えをしたのじゃ。自分らはまがりなりにも武家のおなご、がめつい奉公人あがりではないと。手土産の羊羹も余った分は姉さまの腹に収まったと、りくどのが言うていた」

「なんで、そないなひどい嘘を」

「竹を割ったような性格というおなごほど、油断のならぬものはないよ。五月の鯉の吹き流しどころか、腹の底まで真っ黒じゃ。五万の兵を率いる武将よりも三十人のおなごを手懐《てなず》けるおなごのほうが強者だよ。噂をすればなんとやらじゃ。頭巾で顔を隠しても、あの図体で丸わかりではないか」

りくと貞立尼は池に歩み寄り、銅銭を包んだ紙をぽちゃんと投げこむ。そして手を合わせると池に深々と頭を下げ、ふたり並んで引き返していった。

「討ち入り成就《じょうじゅ》でなくて、姉さまに罰が当たれと願掛けする者もいるよ。飴売りや下働きをせねばならなくなったのは、欲どしい奉公人あがりが赤穂藩の余剰金をせしめたせいじゃと。されども姉さまはまがりなりにも筆頭家老の正妻だよ。立場をわきまえさせてやれ」

「いえ……。皆さんにそう思わせる原因が、うちにあったんや思います」

「りくどのは最初から姉さまを潰す気で来たのじゃ。内蔵助が早死したのは若い後妻に鼻毛を抜かれたからで、長男主税の心が折れたのはそんな内蔵助を見たからじゃと」

根も葉もない話。竹月院は嫁いだ日から後家の状態だ。内蔵助は作戦会議と称して遊郭に入り浸るばかり。竹月院の初夜はぽつんとひとり、月を眺めるだけのものだった。

「母さまがりくどのにあてた文に書いてあったのじゃ。若い後妻が立場を失いかけている今こそ、りくどのの出番であろう、しっかりせよと」

竹月院は言葉を失う。瑤泉院は前妻の責任を問うふりをして、りくを焚きつけたのだ。瑤泉院は本心では討ち入りを願っていたのだろうと竹月院は以前から感じていた。白紙に戻った討ち入り計画が再燃したと知れば、今度こそ絶対にと悲願するのは当然だ。竹月院は瑤泉院に利用されたことよりも、利用しても気づくほどの頭はあるまいと軽んじられたことが悲しかった。

「姉さま、ほら！　おなごたちが次々に願掛けに来たぞ」

軽は袂で口元を隠し、声を押し殺して笑った。

物語の神が江戸の屋敷で杯を傾けていると、正室の富子が文を手に現れた。忍びからの報告で、四十七浪士の後家や老母が尼寺に集結し、討ち入りに向けて薙刀や竹槍を振っているという。

討ち入り準備に励む女人も愚かしいが、富子も輪をかけて愚かしい。百人以上の男が警護する吉良邸に、女人だけでどう討ち入りできるというのだ。史実では吉良邸は突然の夜襲に攪乱《かくらん》されたが、ここは神が管理する「物語」の世界である。討ち入り当日の流れを神は把握している。そもそも今は一時的に物語の流れが変化しただけであり、『やまいだれ四十七士』の結末が「女人の江戸遊山」であることに変わりはない。

「本当におまえさまには落ち度はなかったのかと実家が気にしている」だの「おなごに討ち入りされたら世間が何を噂することやら」だのと富子は日々ますます口うるさく、吉良が疎ましそうにするとさらに口うるささを増す。それゆえに史実では吉良は富子を離縁するのだ。富子には我が身の行く末など見えていないであろうが。


丑三《うしみ》つ時《どき》を過ぎ、参拝者が姿を見せなくなった頃。たすきがけをして裾をからげた軽は膝まで池に浸かり、ちゃぽんちゃぽんと願掛けの紙をざるに拾いあげていく。池のほとりで竹月院はあたりを窺う。人の気配は感じないのに視線は感じるのだ。池に映る薄雲のかかった月が目玉に見えるからだろうか。夜空から語りかけてくるような満月や、微笑みかけてくるような三日月には親しみを感じるのだが、薄目を開けて様子見するかのような薄雲の月には不安を掻き立てられる。

軽は池からあがってくると、竹月院の前に水の滴《したた》るざるを置いた。

「銅銭と一緒に小豆《あずき》を包めと言うたから、触るだけであのおなごたちのだと分かるよ」

軽は次々に紙を広げ、例の薬をふりかける。溶けた文字が浮かびあがるが漢字が多く、竹月院にはほとんど読めない。軽は「これは間喜兵衛《はざまきへえ》の奥方のじゃ」と言い、読みあげた。

〈一番槍は私に与えてくださいませ。夫は笑わぬ男でしたが息子たちが一番槍になってみせると申しましたときは、珍しくにっこりとしました。その息子たちも今は亡いため、私が一番槍となり、あの世で夫がもういちど笑うのを見とうございます〉

軽は紙を畳んで袂に入れ、銅銭と小豆は池に投げ戻し、次の紙を広げて薬をかけた。

「これは間瀬久太夫《ませきゅうだゆう》の奥方だな。打ち首に処されるときに粗相《そそう》をしませぬようにだと」

軽は次々に紙を広げて薬をかける。

〈亡骸《なきがら》になったときは、どなたかが足をくってくださいますように〉

〈死んでまで姑といたくないので、実家の墓に入れてもらえますように〉

〈夫は赤穂の出身ではなかったので、他所者《よそもの》は裏切るのではないかと疑われ続けておりました。嫁の私がぜひとも名誉を取り戻してやりとうございます〉

竹月院は女たちの筆跡を見つめる。さらりとした筆運びを見ていると物悲しくなる。

「姉さま、これを見よ。討ち入りが取りやめになりますようにと書いておるよ」

三番家老だった原惣右衛門《はらそうえもん》の奥方だ。貞立尼を支持し、会議の席では「家老の妻なら夫の遺志を継ぐべし」と竹月院を睨みすらしていたのだが。

〈最初の嫁が死に、次の嫁を追い出し、ようやく正妻に収まったのに亭主に死なれ、あげくに亭

主に代わって討ち入りして死ねとはなんたる定め。前の嫁がせせら笑うと思うと悔しや悔しや〉

「きゃはは、これも討ち入り取りやめ祈願だよ」

〈自分が死んで五十日経ったら再嫁せよと夫に遺言され、指折り数えておりましたのに。女盛りにもう一花咲かせるつもりでしたのに、なにゆえおなごは夫に殉死《じゅんし》せねばならぬのですか。男は嫁が死んでも道連れになってくれぬのに。貞立尼さまらが、ぎっくり腰で寝こみますように〉

軽が次に広げた紙は、奥田の若奥方のものだった。

〈のびのびしている軽さまがうらやましい。あの頃の自分に戻してください〉

そう短く記してあるだけだった。

「姉さま、貞立尼のこの呪文は何ぞ？　変な絵まで描いてあるよ」

軽が広げた紙には升目状に並んだ漢字と、案山子《かかし》を背負った豚の絵が描かれている。

「こっちの紙もじゃ。吉田の大奥方も、りくどのもじゃ。『死』だの『憎』だの書いてある。姉さまへの呪いなら倍返しにしてやるよ」

「清《しん》国の詩と違いますやろか。掛け軸や屏風《びょうぶ》に書かれてるのと似てます。漢字は仮名と違うて、それぞれの文字に意味がおすやろ？　十の文字だけで百行の意味を込められるらしいです」

竹月院は貞立尼たちの願掛け紙に小石を包み、そっと池に投げ戻した。

「覗きみたいなこと、もうやめましょ。うちでは何もできひんのです」

――できないと思いこまされているだけよ。

「お軽さま、何か言わはりました？」

――戻るべき場所に戻りたいのなら思い出しなさい。

あの女の声だ。だが見回しても人影はなく、明るさを増した月が見下ろしているばかり。

竹月院は軽に突き飛ばされた。水しぶきをあげて池に落ち、「何しはります」とずぶ濡れになって起き上がると、池に入ってきた軽が竹月院の両肩を押さえつけて沈めにかかった。

竹月院の口と鼻から息が抜けていき、文字の溶けた水がごぼごぼと入りこんでくる。肺臓に水が突き刺さり、痛みは脳天を突き抜ける。視界は漢字で埋め尽くされ、合戦の雄叫《おたけ》びのように漢字たちの名乗り声が耳の奥に響き渡る。軽を押しのけようと水を掻く両手には漢字の鱗《うろこ》が生え、叫ぼうとすればまたごぼごぼと水が入りこんでくる。

もがく竹月院は意識が遠のいていき、やがて手足をだらりと伸ばして動かなくなる。水面に揺らぐ満月だけが、意識の消えた目に映っていた。


女人はなぜこうも愚かなのか。せっかく「ごう」と「さよ」の設定を調整し、女人らしい道楽に満ちた『やまいだれ四十七士』の世界を与えてやったのに。「ごう」の精神年齢は下げ過ぎたかもしれぬ。気に入らないことをされたからと相手を池に沈めるなど、稚児以下である。

だが八百年に亘《わた》って物語の神を手こずらせてきた小娘が、池に沈められて「退場」というのも面白みに欠ける。溺死せずに、翌朝には池に落とされた記憶は消えていたということにしてやろう。

物語の神はしばし、吉良の妾との時間を楽しむことにする。人間の体を借りただけとはいえ、

富子のような嫁と同居していれば息が詰まる。

それにしても今宵の月は、光が強すぎやしまいか。

〖姫君さまのお目覚め〗

　光陰寺の庭で武術修練に励む女たちは、軽が来たことに気づくと薙刀や竹槍を下ろして一礼した。だが今日の軽は竹月院を連れており、女たちは冷ややかな表情になった。

「あらあら、あれでは不足でしたか？」

　薙刀を持つりくが、さばさばと笑う。竹月院は軽の横に立ったまま何も答えない。様子が先日とは違うと察した女たちは顔を見合わせる。竹月院は女たちを見渡すと、視線を貞立尼に移した。

「三十人ばかりのおなごが修錬したところで、百人近い護衛を持つ吉良には太刀打ちでけしまへん」

「言葉を慎みなされよっ」

　竹槍を手にした堀部や奥田の大奥方たちが目を吊り上げる。

「われらは死など怖れておりませぬ。みなが斬り捨てられようとも、誰かひとりが吉良と刺し違えれば上出来じゃ。武家の出ではないそなたには分からぬこと」

「男はんのためにいかに美しく死ぬかなんて時代はもう終わりどす。いかに命を無駄にせずに勝つかを考えることこそこれからの武士やて、山鹿素行《やまがそこう》先生も説いてはります」

奥方たちのあいだから失笑が漂う。貞立尼は眉をひそめた。

「どこでかじったのかは知らぬが、山鹿先生は忠義こそ武士の心得《こころえ》と説かれた方ですぞ」

「死ぬことだけが義やないとも説いてはります。やみくもに命を捨てるんは勇やけど義とは違うて、『山鹿語類』の臣道の巻に書いてはります」

貞立尼は呆気にとられ、りくたちと顔を見合わせる。軽がきゃきゃっと笑った。

「月媛神社のご利益だよ！　姉さまは書を自在に読めるようになりたいと、池に身を投じて願掛けしたんだよ。このひと月ばかり、姉さまは凄まじく読みふけっておるよ」

竹月院は池に落ちたときのことをよく覚えていない。ただ、強烈に明るい満月を水中から仰いでいたことは記憶にある。何百枚もの願掛け紙から溶け出した文字が、体じゅうにしみこんでくるような感覚も。

竹月院が池で溺れた翌日、軽から頼まれたと言って書店が二百冊もの書を運びこんできた。平安期の歴史書や仏教書、鎌倉期の軍記物で、軽が『平家物語』の第一巻を差し出した。読めもしないのにと戸惑いながら広げた竹月院は息を呑んだ。複雑な漢字が難なく読める。意味もすんなりと分かる。竹月院は寝食も忘れて書に没頭した。書への飢えは止まらず、心と頭はどれだけでも文字を飲みこみ続けた。

『平家物語』を読んでいると不思議なことに、しづやしづと静御前が鶴岡八幡宮《つるがおかはちまんぐう》で舞う声が聞こえてきた。『平家物語』に静御前はほとんど登場せず、舞いの場面もなく、どんな声で歌ったかなど知るよしもないのに。そんな竹月院を軽は頬杖《ほおづえ》をついて眺めていた。

竹月院は、鳥がさえずる多羅葉《たらよう》の樹を仰ぎ、白詩の『燕詩』を吟じる。

「一旦羽翼《うよく》なりて、引きいて庭木の枝に上る。つばさを挙げ回顧せずして、風に随《したが》い四散して飛ぶ。雌雄《しゆう》空中に鳴き、声尽くるまで呼べども帰らず」

りくの顔色がわずかに変わる。

「羽ばたけるようになったら勝手に飛んでいってしもて、どんだけ呼んでも親のことなんか顧みようともしいひん――。長男の主税はんは生きる気力をなくして自害したと聞いてましたけど、ほんまは生きてはるんでしょ。大石家の恥になる放蕩息子やて、死んだことにしたはる」

りくは顔を覆い、むせび泣く。竹月院はりくを見つめて言葉を続ける。

「燕《つばめ》や燕、汝《なんじ》悲しむなかれ。汝まさに返ってみずからを思うべし。思え、汝が雛《ひな》たりし日。高く飛して母に背《そむ》きしときを――。わが子に去られた親鳥も、かつては同じように親鳥のもとを飛び去ったんやて、白詩は詠《うと》うてます。せやけどおなごの鳥は武家に生まれたら内羽根を切られて、高く遠くは飛んでいくことができひんのかもしれません」

軽が言うには、りくは娘時代に剣術師範と駆け落ちをしたらしい。だが家老職の家柄がそれを許さなかった。だからりくは、放蕩な息子に目をつむらざるをえなくなった。

「四郊いまだ寧静《ねいせい》ならず、老いて垂れんとして安らかなるを得ず。子孫陣亡し尽くし、いずくんぞ身の独り完《まっと》うすることを用いん――」

杜甫《とほ》の『垂老別《すいろうべつ》』を詠い始めた竹月院に貞立尼が目を見張る。千年前の唐の漢詩で、戦に赴く老人が遺した別れの言葉だ。自分は老いたのにいまだに安らぎを得られない。子や孫はみな戦で死んでしまい、自分が戦わなくてはならない。幸いにも一緒に戦ってくれる仲間もいるし、歯も抜け落ちずに残っているが、骨は干枯《ひか》らびていく。貞立尼が願掛けの紙に描いた案山子を背負った豚は、猪にまたがる摩利支天《まりしてん》だったのだろう。兵たちを無事帰還させてくれる戦の守護神だ。

「奇跡的にひとりも死なんと討ち入りを果たしたとしても、男はんに代わっての討ち入りであるかぎり、皆さんは負けたことになるんです。男はんのためにおなごが命をなげうつのは美徳やと言いますけど、それは男はんの都合に合わせた美徳ですさかい」

何を申されるかっと、奥田の大奥方が夫の形見の脇差しを握りしめる。

「男とておなごが無念の死を遂げれば仇を討ちますぞ。それが武家というものじゃ」

「おなごの無念を晴らすためやなくて、男の体面を保たんといかんからと違いますやろか」

「それが武家というものじゃと言うておりましょう。竹月院さまに分かれとは言いませぬ」

「ひとつお尋ねしてよろしいでしょか。討ち入りの資金はどれぐらいおありですか」

貞立尼は「藪から棒になんと卑しいことを聞く」と苦々しい顔をし、二百両だと言った。みなが売れるものを売り、蓄えを吐き出し、金貸しに額《ぬか》ずいて搔き集めた血の結晶だと。

「死出の旅に帰りの路銀《ろぎん》は要らぬ。三途《さんず》の川の渡し賃があればじゅうぶんじゃ」

「渡し賃を残すどころか、三百両ほどお足《あし》が出ます」

竹月院は袂から算盤を出した。

「江戸までの路銀と討ち入りまでの逗留費で二百両と計上しはったんやと思いますけど、おなごは手形で身元や人相風体を証明しいひんと関所を通れまへん。お軽さまが旅芸人から聞かはった話やと、四十七浪士の後家らが妙な動きをしてへんかと関所に手配書が出て、これまで以上に厳重なお調べをしてるようどす。そやけど凶状《きょうじょう》持ちとは違うのやから、然《しか》るべき手回しをしたら目こぼししてくれはります。少なすぎるのは論外やし多すぎても怪しまれます。三十三人分の全行程で百二十両が相場です」

竹月院がぱちんと珠を入れると、女たちはざわめいた。

「しかも来年はお伊勢さんの遷宮《せんぐう》がありますし、それにあわせて江戸から京都までの見どころを見立番付《みたてばんづけ》で宣伝してます。それにむけて道中の宿は改装を始めますし、旅籠《はたご》なみの料金を取る木《き》賃宿《ちんやど》が出てきます。木賃宿は稼げるだけ稼ごうと大部屋で雑魚《ざこ》寝《ね》させますけど、心付《こころづ》けを渡せば二階の部屋に通してもらえます。これかて少なすぎたら足元を見られますし多すぎたらふっかけられます。宿の相場は皆さんが京に来はったときの一割七分増しで計算し直しときます」

算盤の珠がぱちぱちと鳴る。貞立尼の顔が青白くなる。

「江戸に着いたら口が固うて腕のええ研師《とぎし》を探して、得物《えもの》を調えてもらわなあきまへん。百人もの男はんらを一撃必殺にせなあきませんのやさかい。研師への謝礼は惜しんだらあきまへん。正月にはまだ早いけどお餅ですて言うて包金《きりもち》を渡してください」

概算料金七十両に包金の二十五両をぱちり。貞立尼の顔に汗がにじみ始める。

「そして吉良のご近所さんへの謝罪が五十両ほど要ります。討ち入りで大騒ぎしますとご迷惑をおかけしますさかい。浪士らの忠義心に心打たれたお隣さんがただで明かりを灯してくれるなんて、浄瑠璃か歌舞伎のなかだけの話です」

竹月院は珠を弾くと、涙を押さえるりくを見た。

「おりくさまは内蔵助さまの帳簿を預かってはりますよね？」

「もう残などありませぬよ。最後は七両ばかり不足して自腹を切ってました」

「いえ、表の金銀請払帳《うけはらいちょう》ではなく裏帳簿のほうどす。ご公儀に届けていない赤穂の塩田からの収入やとか、瑤泉院さまの化粧料を元手に増やしてはった資金の残高どす」

女たちはさらにざわめき、次席家老と三番家老の奥方はりくを凝視する。

「百五十二両三百五十四文ありましたよ。それを愚息めが遊里で……」

りくはまたもや顔を覆ってむせび泣き、女たちはますますざわめく。貞立尼が「不足分は江戸に入ってから調達すればよい。華や茶の指南でも料理屋の仲居でも、皆で働けば三百両ぐらい作れましょうぞ」とりくをなだめる。突然、女郎あがりの神崎の奥方が嘲るように笑い出した。

「貞立尼さまやおりくさまではびた一文稼げやしませんね。町人に雇われてどやされて、客に頭を下げなきゃいけないんですよ？　華や茶の師範だって月謝を払う側のご機嫌を損ねぬよう気を使わなくちゃならないんですよ？　薙刀を振る体力があっても料亭で山積みの膳を運ぶなどできやしませんよ。体は耐えられても心が耐えられやしませんさ」

夫亡き後、野卑な飯盛旅籠で働いてきた女が絞り出すような声で切り出した。

「上級武家の方々は一両でも十両でも簡単に使ってこられたでしょうけど、おなごが自分でその一両を稼ぐとなったらどれほど大変かご存じないんです。私のようにお茶やお花のたしなみも学問もなく、容貌も優れぬ年増が金子を得るためにできるのは、心がすさむような労役だけでございます。それでも手元に入るのはほんのわずか。一両を貯めるのに幾月かかることでしょう」

飴売りをしていた女も詰《なじ》るように貞立尼を見る。

「武家のおなごは後家になれば尼になれと言われますが、男はやもめになれば当然のように次の嫁を娶《めと》ります。おなごはお家が決めた縁組でもないかぎり、再婚すれば陰口を叩かれましょう。男に尽くしたいおなごが苦役しようが出家して弔いの余生を送ろうが勝手。されどなにゆえに、一律でそのように強いられねばならぬのでしょうか」

貞立尼は地面に立てた薙刀を支えに女たちを睨《ね》めつけ、「それが武家のおなごの定めじゃ。定めは定めなのじゃ」と声を震わせる。すると女たちから次々に悲痛な声が吹き出した。

「武家に生まれとうて生まれたのではございませぬっ」

「おなごに生まれとうて生まれたのではありませぬっ」

「家臣の嫁とて夫を亡くせば、世間は一介のおなごとしか見ぬのです」

いつしか東の空に満月が姿を現していた。

〖おなごたちのお目覚め〗

結局、討ち入り計画は中止となった。

どうがんばっても三百両もの大金をひと月で作れるはずがない。金貸しだって「財力のある親族」という担保のない女には一両だって用立ててはくれない。いくら誇り高い志を持っていても、先立つものがなければ叶えられやしない。竹月院の算盤が突きつけた無慈悲な現実に、女たちの心はへし折られてしまったのだ。

大奥入りの日も近い元女中のキヨに相談しようと提案する者もいた。だがまだ嫡男を産んでいないキヨの立場では、十両ほど都合をつけてもらうのが精一杯だろう。ちなみに竹月院が貯めこんでいるという噂は消えた。女郎の世界で金銭への嗅覚を鍛えてきた神崎の奥方が、竹月院の懐《ふところ》具合を見抜いて女たちに話したからだ。

竹月院は瑤泉院に報告の文を送った。あれほど苦手だった筆が流れるように動いた。

〈諸々ご報告が遅れました非礼をご寛恕頂きたく候《そうろう》。貞立尼さまやおりくさまを交えて討議を重ねましたる結果、仇討ちは中止の運びとなりまして候。つきましては光陰寺にて合同法要を執り行います故、瑤泉院さまには是非とも御参席頂きたく候〉

神社のご利益で軽のあざが完治したことと、自分が自在に読み書きできるようになったことも報告した。いつも十日で文を返す瑤泉院だが、半月経っても返事はなかった。

そんな折、歌舞伎の山村座が江戸から巡業に来た。「もし四十七士が吉良の首を取っていたら」という筋書きを鎌倉時代の仇討ち話になぞらえて作ったのだが、公儀のお咎めを受けて書き直したら、お粗末なものになってしまったのだそうだ。山村座は軽から竹月院のことを聞き、当事者にしか生み出せない原案を書いてほしいと言ってきた。漢字が読めるようになったばかりなのに西鶴や近松の真似なんてとてもできないと固辞したが、軽に「姉さまなら書けるよ」とおだてられて文机《ふづくえ》に座らされると、不思議と懐かしい気持ちに包まれるのだった。

構想を練るために宵の境内《けいだい》へと出向くと、次席家老の奥方が月を眺めていた。竹月院に気づいた彼女は、「あの算盤は討ち入りを断念させるための策だったのですね」と微笑んだ。

「せめて歌舞伎のなかで無念を晴らしてやってください。男の無念だけでなく、このたび集まったおなごたちの無念も」

帰宅した竹月院は文机に向かった。男たちの無念は吉良の首を掲げて凱旋《がいせん》する結末にすればまとめて晴らせるだろうが、女たちが抱える苦悩は様々で複雑で、どう仇討ち物語に絡めていけばいいのか、どうすれば歌舞伎のなかで昇華させればいいのかと悩まされる。

筆を置いて夜空を仰ぐと、月が微笑んでいる。月を眺めて考えにふける竹月院を、両足を投げ出して座る軽が眺めている。

＊

嵐山の紅葉が色づき始めた頃、光陰寺の中庭に設営した舞台で歌舞伎が披露されることになった。題目は『いろはうた忠臣蔵』仮名の数が四十七であることに由来する。

濡れ縁には竹月院を含めた三十四人が数珠《じゅず》や位牌を手に座している。夫の役職順に座順が決められたので竹月院はりくと並んで座ったが、どちらからも何も話さなかった。軽は舞台裏の楽屋を見物に行き、瑤泉院は結局来なかった。

幕開きを知らせる拍子木《ひょうしぎ》が響いて松の廊下が現れ、序段が始まった。内匠頭が無念の切腹を遂げるまでを描いた部分だ。劇中で実名を出すのはご法度《はっと》だが今日は特別である。父や夫が内匠頭に恩を受けた奥方たちのあいだから、すすり泣きが漂い始める。

舞台は二段目へ進み、四十七人が生きていたらどのように心願を成就したかが描かれる。舞台の中央では内蔵助を演じる役者が腕組みしてあぐらを組み、苦悩の表情を浮かべている。舞台の右袖から三人の役者が現れ、内蔵助に討ち入りを迫る。左袖からも三人が現れ、冷静になれとなだめる。役者たちは見事な早変わりで一人が三役も四役も演じ分け、鑑賞する女たちは自分の「夫」や「息子」が登場すると涙ぐんだり、懐かしそうな眼差しを向けたりする。りくも「主税」が「内蔵助」と真面目に語らう様を見ると頬を涙で濡らし、手拭いで鼻をかんでいた。

場面が変わり、男たちが苦悩する姿が描かれる。討ち入り計画を秘密にしたまま、訣別《けつべつ》の準備を始めなくてはならない。ある者は酒に溺れ、ある者は妻に「そなたさえいなければ」と吐き捨て、ある者は唐突に離縁状を残して去っていく。舞台左側では「妻」や「母」を演じる女形たちが忍び泣き、右側では浪士役の役者たちが客席に向き合って心のうちを告白し、詫びの言葉やこれまでの感謝を語る。鑑賞する女たちはむせび泣き、貞立尼は袂でそっと目元を押さえた。

またもや舞台は変わり、最後の段へと移る。江戸に集結した四十七人が貧苦の潜伏生活に耐えた後、見事に討ち入りを果たして凱旋するまでが描かれる——はずだったのが、どうしたことか、始まったのは、竹月院が書いたものとはまるきり違う展開だった。まず登場したのは、伝令役に命じられながら水あたりで命を落とした寺坂吉右衛門と、寸暇を惜しんで書を読みながら歩いたため、つまずいて死んだ奥田孫太夫である。

質素な夕餉《ゆうげ》を取る寺坂の横で若い女がかいがいしく世話を焼き、寺坂は鼻の下を伸ばして椀を受け取っている。次の瞬間、寺坂は腹を押さえて倒れ、拍子木がチョチョンと鳴り、「あのおなご。五日も前の生牡蠣《なまがき》を汁物に入れおった」と呻《うめ》き、黒子たちに舞台袖へと運ばれる。

続いて奥田が書を読みながら反対側の舞台袖から現れ、どぶ板を踏み抜いて昏倒、書だけは離すまいと弱々しく手を伸ばす。拍子木がチョチョンと鳴り、「あいや無念、最後まで読みとうござった」と事切れる。手元の書がぱらりと開き、春画が現れた。

女たちは凍りつき、竹月院は頭が真っ白になる。江戸での潜伏生活を送るうちに田舎出の浪士たちは良からぬ遊びを覚えるようになり、討ち入りに備えて膝を治すと言って飯盛女《めしもりおんな》のいる湯治場に通ったり、妻や母が着物を売って作った金子で妾にかんざしを買ってやったり。何人もの浪士が美人局《つつもたせ》に引っかかり、内蔵助に言うわけにもいかず、赤穂の妻や母に「薬代をお送りいただきたく候」などと文を送ったり。その内蔵助は「仇討ちもできない無能な腰抜け」のふりをして世間を欺くために遊郭に入り浸っていたというが必ずしもそうでもなく、長男主税がひいきにしている芸者に手を出し、主税は自棄《やけ》を起こして去っていく。

七変化の役者たちはこれぞ男の江戸生活と言わんばかりの享楽絵図を展開し、浪士たちは飲みすぎ遊びすぎのあげく、「あいや無念」と倒れていく。そしてチョチョンと拍子木が鳴り、あっさりと幕は引かれた。

女たちは沈黙するばかりだった。それぞれに思いあたる節があるのだろう。

〽あ〜、今になって知りとうなかった〜見とうなかった〜

舞台袖から歌声とともに現れたのは、喪服姿にお歯黒《はぐろ》の軽だった。

〽あの人のために忍んだ日々は何だった〜お家のために耐えた月日は何だった〜

竹月院は軽にやめるように視線で訴えるが、軽はお構いなしに歌い続ける。

〽戻れるものなら戻しておくれ〜あの日々に〜私が私だったあの日々に〜あの日々に〜

くるりと回って小袖姿の娘に変わった軽はお歯黒のない歯を見せて笑い、またくるりと回ると稚児姿となって鞠をつき、またくるりと回ると初々しい稽古着姿をまとい、長く艶やかな総髪《そうはつ》を揺らして薙刀を振る。もはや歌舞伎とはいえない代物を、貞立尼も次席家老の奥方も、女たちの誰もが無言で見つめていた。

「いつまで続きましょうね、竹月院どの」

りくが軽を見つめたまま言う。竹月院が「お軽さまを止めてきます」と腰を浮かすと「舞台のことじゃなくてお軽さまのお軽さまらしさです」と言った。「お軽さまもいつかは妻になり母になられましょうから」

浅野家が再興した日には軽もまた、お家や夫のために生きるようになるのだろうか。

「竹月院どの、これからはかるとしてお生きなさいな」

りくは「可留」と言ったのか「軽」と言ったのか。

舞台では、あらゆる束縛を拒むかのように軽が踊り続けている。

舞台が終わると女たちは涙に暮れていた。三番家老の奥方は前妻と前々妻を追い出して一番になったつもりでいたのだが、肝心の夫は江戸で知り合った女と再再再婚の段取りを進めていた。

神崎の奥方は女郎に身をやつして夫に金子を送っていたのだが、そのたびに夫は賭場《とば》でカモにされていた。貞立尼に忠義の心を教えこまれた一族の男たちは、ことごとくが貞立尼の想像を超えた馬鹿をやらかしていた。

「竹月院どの。あれがそなたの考えた供養ですか」

次席家老の奥方が静かな声をかける。

「いえ、途中から話が変えられてしもて……。物語の定石《じょうせき》を壊すんが歌舞伎の醍醐味やけど、今日は供養のための舞台やと知ってたはずです。お軽さまもお軽さままでです。浅野家や内匠頭さまのために命を捧げようとしてくれはった男はんらを茶化すなんて、悪ふざけにもほどがあるというもんどす。山村座とお軽さまに話をしてきます」

「その必要はありません。こたびの歌舞伎を見て討ち入りを決意したそうです」

竹月院は耳を疑う。奥方たちは涙にむせびながら訴え始めた。

「お軽さまを見ているうちに、娘時代の自分が懐かしくなったのです。快活な娘でしたのに、いつからこうなってしまったのでしょう」

「親の決めたままに嫁ぎましたが、別の人生もあったのではと思われてなりませぬ」

「男たちが討ち入りを実現させていれば、四十七人の忠臣として語り継がれたことでしょう。おなごも語り継がれてみとうございます」

「後家として朽ち果てていくより、華やかに散りとうございます」

「どうせ人生を終えるなら、ありのままの自分を取り戻してからにしとうございます」

奥方たちは取り憑かれたように訴える。竹月院は困惑し、彼女たちを見渡した。

「落ち着いてください。自分らしさや華やかさは、他のことでも叶えられるのと違いますやろか」

「自分らしく生きようとしても一族や世間が許してくれません。ゆえに皆でやるんです、おなごにはできぬと思われていることを」

「そやったら将棋や囲碁で男はんと競ったらええのと違いますか。ともかく討ち入りはあきまへん。そもそも先立つものがおへん。あと三百両ないと吉良邸の表門に立つことすら無理どす」

よござんす、三百両ぽっち私が出しましょ。そう言って歩み寄ってきた女がいた。縞《しま》柄を後襟《うしろえり》を抜いて粋に着こなし、目付きの鋭い男を五人ばかり従えている。りくが目を見開き「おくまさん」と呟《つぶや》く。女は「今は黒橋太夫と呼ばれてますよ」と貫禄のある笑みを見せ、女郎あがりの神崎の奥方は「三村さん……」と絶句する。

吉原遊郭の黒橋太夫を知らぬ者はない。お練り道中《どうちゆう》を披露すれば数千の見物人が押し寄せ、浮世絵になれば刷りが追いつかない勢いで売れる。格が違いすぎて他の遊女は嫉妬もできない。四十七浪士のなかで最も貧しく、最下層の切見世《きりみせ》に売られたはずの三村の奥方は、煙管《キセル》を取りだすと控えの若い衆に火を付けさせ、ふうっと紫煙を吐いた。

「お軽さまに文を頂戴して、ずっと陰《かげ》見《み》してたんですよ。お家や亭主のための仇討ちなんてまっぴらですけど、今の心意気で討ち入りするなら私も一丁《いつちよ》乗ろうじゃありませんか。どうせなら三百両なんてけちなことを言わずに、千両箱を十でも二十でもぶちまけましょうよ。おや皆さん、豆鉄砲を食らったような顔をしてどうしたんです」

我が身ひとつで大名をもひれ伏させる遊女の頂点に伸し上がった三村の奥方は、男たちを失ってみじめさに耐える武家の妻たちを見渡して、またふうっと紫煙を吐いた。

【赤穂四十七女の討ち入り】

書見台に置いた『やまいだれ四十七士』をめぐる物語の神のもとに、富子が現れて告げた。

京に集結していた後家たちに浅野家養女が加わった三十余人が、内匠頭の墓参と称して江戸に入ってきた。噂に聞く黒橋太夫が資金を出し、後家たちは道中の大旅籠という大旅籠で贅沢三昧。関所の役人にも心付けを大盤振る舞い、大井川の徒歩《かち》渡《わた》しでは大名行列顔負けの人足《にんそく》の数。箱根関や新居関で止めさせようとしたが、東海道の藩主はことごとくが太夫の支援者《たにまち》なので通過させてしまった。今は物見遊山や美食巡りに明け暮れ、浅草の大山屋を貸し切り、市川團十郎や坂田藤十郎といった当代一の歌舞伎役者を呼んで酒宴を開いている。

「江戸の民は赤穂の後家たちを苦々しく見ておりますが、恥知らずな後家のふりをしつつおまえさまを襲撃する機を窺っているのやもしれませぬ。おなごという生きものは何をしでかすか分かりませぬゆえ、くれぐれもお気をつけあそばされませ」

それだけ言うと富子は去っていった。夫への最後の忠告のつもりなのだろう。富子は年の瀬に実家に送り返すことになっている。

物語の神は小筆を取ると、『やまいだれ四十七士』の吉良邸の描写部分に「いかなる方法を用いても侵入不可」と書き加えた。

赤穂浪士の後家たちが江戸でお大尽遊びに耽《ふけ》っているとの噂はまたたくまに全国に広がり、討ち入り不参加の文を返した女たちや、文を返すことすらしなかった女たちの耳にも届いた。

夫の後を追うために断食に入ったから参加できないと返信した小野寺十内の奥方は、自分を恥じた。実は夫と交わした和歌をまとめるべく部屋に籠もっているうちにぶくぶくと太り、皆の前に姿を晒《さら》すことなどできなくなってしまい、出席を断っただけだったのだ。

病床から出られないと理由づけて不参加を伝えた勝田新左衛門の奥方も、後家たちが江戸に来ていると知って悶々とした。夫の縁戚である農家に再嫁した彼女は、日焼けして黒くなった顔や、泥がこびりついた爪を他の後家たちに晒したくなかったのだ。彼女は、夜なべで草鞋を編みながら自分の手を見つめるようになった。

夫の死後も婚家に残った奥方たちの耳にも江戸からの噂は届いた。舅《しゅうと》にも姑にも「そなたのように出来た嫁をもらって果報」「そなたこそ妻の鑑、母の鑑」と誉められていたのだが、そうした誉め言葉に虚しさを感じるようになった。

私はこのままの私でいいのだろうか。

女たちは、ひとりまたひとりと江戸へと出立したのだった。

＊

享楽三昧で討ち入りへの熱が冷めてくれればと竹月院は願っていたが、脱盟する者はいなかった。しかも文で不参加を伝えてきたり、文を返してこなかったりした者までもがやってきたのだ。

討ち入りの日が近づくと、女たちは文をしたため始めた。実家や婚家へ辞世の挨拶を残す者。遺していく幼子《おさなご》のために仮名で文をつづる者。来世の自分にあてた文を書く者。竹月院は瑤泉院に文をしたためた。年が明けたら軽が土産話を持って帰る旨だけ書いた。

討ち入りの一週間前からは、吉良邸突入の予行練習を始めたのだが、奥方たちの関心事は「どのように死ねば女の花を咲かせられるか」だった。雪に散る紅梅と語り継がれる死にざまはどうか、あるいは月夜の紅梅のほうが絵になるのではないかとか、どこまで本気で考えているのか、空想の世界で遊んでいるのか。

竹月院は江戸の書店に通い、『孫子』や『三略』といった兵法書を買い求めた。さすがに異国の兵法書など理解できるはずもないと思ったのだが、開いてみると不思議なことにすんなりと読める。しかも既に内容を知っているような気がする。竹月院は『大成令《たいせいれい》』や『教令類纂《きょうれいるいさん》』といった幕府の法令集にも手を伸ばした。ひとりも死なせずに済む策を練るために。とはいえ竹月院が策を練ったところで成功する保証はない。この世は男が作る「物語」なのだ。男の気まぐれで「物語」はいつどう変化するか、女には予測できないのだ。

決行前日には討ち入りの趣旨を記した口上書《こうじょうしょ》を作成した。内蔵助が遺した「浅野内匠頭家来口上」では四十七人が階級順に署名していたが、女討ち入りの署名は上下関係なく全員が手を繋ぐ形、すなわち円環状の連判《れんぱん》にした。竹月院は「四十七女の他一名」として小さめに名を書いた。

そして十二月十四日、決行の日がやってきた。

呉服屋を装った研師からは長持《ながもち》に入れた薙刀や長刀が届けられる。行商人を装った金物職人は、女の筋力でも扱いやすくした大型木槌《きづち》や鳶口《とびぐち》、大鋸《おおのこぎり》や折りたたみ式の梯子《はしご》を担いでやってくる。黒橋太夫のお抱え仕立師《したてし》や髪結いは女たちを着飾らせるのに忙しい。火消し用の羽織と名前入りの白襟を身に付けるのは全員共通だが、あとは薙刀用の袴をはこうが艶《あで》やかな小袖を着ようが、髪を丸まげにしようが高島田《たかしまだ》にしようが自由とした。ただ袂や裾は全員が仕立て直してもらった。女の着物は男の着物に比べると、動きづらく作られているからだ。

貞立尼や次席家老の奥方は、いかにも初老の後家という色を着ようとした。軽がふたりの着物を取りあげ、歌舞伎役者のような色柄を着させた。ふたりは「かように派手なものは」と狼狽《ろうばい》したが、軽が「ならば地味なのを着られ」と元のものを着させようとすると「着ぬとは申しておりませぬ」と、まんざらでもない様子で姿見《かがみ》の前に行った。

奥田の大奥方は夫の形見である脇差しを帯にはさみ、堀部の若奥方は娘時代に夫に貸した赤いしごき帯を巻き、三番家老の奥方は夫にもらった帯留めを締める。厳しい親に押さえつけられていた娘時代よりも、夫といたときのほうが自分らしくいることができたように思うと、彼女たちは懐かしそうだった。

女郎あがりの神崎の奥方は黒橋太夫の見立てた柄を断り、平凡な日常着を選んだ。平凡な日常こそが、自分にとっては最高のものなのだと。

りくは長男主税の剣道着を仕立て直して身につけ、姿見の前で物思いに耽っている。そんな母の姿を、幼い息子と娘は正座して真剣に見ている。幼子なりに何かを感じとっているのだろう。他の奥方の子どもたちも同様に、母の身支度を正座して見守っている。

竹月院は尼頭巾を取ると鏡に向かい、肩の位置で揃えた切り髪を束《たば》ねにかかる。髪を上げたせいか、草双紙『をんな義経』に描かれた「義子」の挿絵に似た雰囲気になった。そんな竹月院を眺める軽が、姿見の片隅に映りこんでいる。


夜明けにはまだ二刻《こく》ほどある頃、四十七人の女と竹月院は、留守番役の軽と黒橋太夫や旅籠の協力者一同に見送られ、小雪が舞うなか吉良邸へと出発した。松明《たいまつ》を手に先頭を歩くのはりくと竹月院、その後方を表門担当班、突撃担当班、遊撃担当班、裏門担当班が続いた。

吉良邸前に到着したのは予定よりやや遅れた、夜明けの一刻ほど前だった。膝痛持ちや腰痛持ちが何度か休憩したからだが影響はないだろう。吉良が隠れて捜索に時間がかかれば別だが。

女たちは得物《えもの》や道具を持って配置につき、りくは羽織の袂から陣太鼓《じんだいこ》を取りだす。竹月院が慌てて止めた。

「陣太鼓で合図なんて出したら、屋敷の警護らもご近所さんらも目ぇ覚ましはります。そういう演出は歌舞伎か浄瑠璃だけにしとかへんと」

りくは悲しげに陣太鼓を片付けると反対側の袂から采配を出し、振った。

表門担当班の若奥方たちは塀を乗り越えて屋敷内に入るべく、梯子をかけようとした。だがどういうわけか塀が四尺ほど高くなっていて届かない。現地の最終確認をしたのは一昨日のこと。たった二日間でこれほど改築するなどできるはずがない。

裏門担当班の女たちも狼狽を露《あら》わに駆け戻ってきた。

「裏門が塀に変わってしまっています」

竹月院は雪の舞う夜空を仰ぐ。あの視線を感じる。たしかにこっちを見下ろしている。

屋敷の外では赤穂浪士の後家たちが、追加設定した「侵入不可の塀」に四苦八苦している。吉良邸突入に挫折した女たちは、自分たちの「物語」を作ることなく夜明けを迎えるのだ。

吉良邸の塀はまるで妖怪だった。梯子を延ばせば塀も高さを増し、地面を掘って侵入しようとすると土は岩と化してしまう。刻々と近づく夜明けに焦燥する竹月院たちは、表門の脇にある小さな潜《くぐ》り戸《ど》が開く音を耳にした。提灯を手に現れたのは吉良の奥方だった。

「わが夫の首を取りに来たのでしょう。違いますか?」

吉良の奥方は勝ち誇ったように笑うと、女たちを見渡した。

「お入りなさい。夫は突き当たりの書斎におりますゆえ、煮るなり焼くなりお好きに」

竹月院は奥方たちと顔を見合わせた。

【物語の後始末】

赤穂四十七女が討ち入りを果たした翌日、版元たちはこぞって瓦版《かわらばん》を刷った。

〈赤穂浪士の妻、老母、娘、乳母、妾からなる四十七女は通用門から邸内に入ると、迷うことなく吉良上野介の居場所へとたどりつき、その場にいた若い妾もろとも召し捕った。邸内には手練《てだれ》の剣術者など用人や警護が九十余名いたが、内蔵助の後妻である竹月院に男の美学とはなんぞやと問われると手出しができなくなった。女を斬ることは男の美学に反するからである。言葉だけで猛者《もさ》どもを封じたこの後妻、奉公人あがりながら知恵者なり。四十七女は吉良の首ははねず、素っ裸にして大通りを引き回した。死より無慈悲な制裁をくだす恐ろしき女たちなり。吉良の正室富子は四十七女への寛大なお裁きを求めている。まこと美しき心なり〉

吉良邸を出た四十七女――正しくは四十七女と他一名――は内匠頭の墓がある泉岳寺に向かう前に、名もなき遊女たちが眠る寺を参拝した。集まった江戸の市民は凱旋する四十七女に絶賛の掛け声と全力の拍手を捧げた。黒橋太夫が演出した凱旋は粋で華やかで、見物客は魅了された。かたや、醜い裸を晒して引きずられる吉良は指を差されて大いに笑われた。

竹月院は、隣を歩くりくが涙を浮かべていることに気がついた。「愚息の主税が見物人のなかにいたんです。私たちに手を合わせてましたよ」とりくは清々《すがすが》しく笑った。

全裸で曳《ひ》かれる物語の神は失笑した。たしかに富子はことあるごとに言っていた。女というものは何をしでかすか分からぬ生きものだと。

女どもよ、もてはやされるのもここまでだ。公儀は今回の討ち入りを私怨による報復と断じ、女どもを磔獄門《はりつけごくもん》の刑に処すだろう。現将軍の綱吉《つなよし》は吉良と懇意なうえに儒教を重んじている。女にあるまじき狼藉《ろうぜき》は世の道と人の道を転覆させかねない重罪とみなされる。十日もすれば沙汰が下され、襦袢《じゆばん》一枚で小塚原《こづかつぱら》の刑場に曳かれゆく身となるのだ。今回の所業《しよぎよう》はいかなる形でも「物語」として残ることはない。神の意思を捻《ね》じ曲げて自分たちの物語を作ろうとする女を、物語の神は許さない。

四十七女と竹月院は奉行所近くの尼寺に身柄を預けられ、お沙汰を待つこととなった。奉行が何度か訪れて討ち入りの意図を尋ね、夫や息子の無念を晴らすためだったと言えば公儀に温情を求めると言った。だが女たちは笑顔で否定し続けた。そして沙汰が下された。

江戸郊外の別邸に移った物語の神のもとに、公儀が下した沙汰の報せが届いた。合法の仇討ちにつきお咎めなしとのことだった。浅野家の養女が事前に仇討許可を得ていたのだ。

この養女は役所を訪れた際、四十七人の助太刀《すけだち》を得て吉良に仇討ちをしたいと申請した。だが歌舞伎役者のような出《い》で立《た》ちで「きゃきゃっ」と笑うばかりのこの小娘に応対した役人たちは、浅野家の嫡女を名乗る頭のゆるいどこぞの馬の骨としか思わず、適当に作成した許可状を飴玉でも渡すかのように投げ与えて追い払ったのだ。

「さよ」が練った策であろう。おのれ「ごう」め、「さよ」を目覚めさせよってからに。まずは愚かな役人どもを罰するよう、将軍に文を書かねばならぬ。物語の神は筆と紙を持ってくるよう使用人を呼ぶ。すっと襖《ふすま》を開けて入ってきたのは、なんと「ごう」だった。

どういうことなのだ。なにゆえ一介の登場人物がここに。ありえぬ。ありえぬ。

「吉良の仇討ちは済んだが、さよの仇討《かたきう》ちは今からじゃ」

「ごう」は背中に担いだ白鞘巻《しろさやまき》の太刀を抜くと、物語の神に振りおろした。


「それではまたいつか、どうぞお達者で」

「どうぞお元気で。今度は改めてゆっくりとお茶会をいたしましょう」

旅装束姿の四十七女は、東国や西国それぞれの向かうべき道へと歩いていく。

内匠頭の墓前に吉良の首が供えられていたのは昨日のことである。誰のしわざなのかは分からない。吉良に恨みを持つ者が他にもいたのかもしれない。赤穂浪士たちはあの世で「いろいろすまぬのう」ときまり悪い顔をしていることだろう。

竹月院は西に向かう奥方たちと京まで戻るのだが、出発時刻になっても軽が来ない。また気まぐれに遊びに行ったのだろうと溜息をつく竹月院のもとに、見知らぬ子どもが「渡してきてって言われた」と書きつけを持ってきた。

〈阻《はば》む者はもういなくなった。そろそろ一緒にここを出ようよ、さよ〉

さよ？　渡す相手を間違えたのではないかと、竹月院は書きつけを子どもに戻す。紙を手にした子どもは辺りを見回し、別の若い女たちのもとへと走っていった。

それにしても軽はどこに行ったのだろう。竹月院は空を仰ぐ。晴れわたった冬の青空に、うっすらと白い月が浮かんでいる。あの視線はもう感じない。

第五話　『舞姫』

——舞わない王子とかぐや姫

〖姫君、海を渡る〗

蒸気船のデッキで辞書を読む細田《ほそだ》豊子《とよこ》は、カモメが戯《たわむ》れる声に顔を上げると、胸いっぱいに潮風を吸いこんだ。八月に横浜を出港して一ヶ月半。明日にはヨーロッパの地が見える。そして十月からはベルリンでの留学生活が始まるのだ。

下級通詞《つうじ》の家に生まれた豊子は十歳で父を亡くした。父が遺したものは膨大な書物だけだったが、豊子には英語とドイツ語とフランス語の知識を伝えていった。それから八年。新政府が欧州派遣団に同行する官費留学生を募ると、母は豊子を応募させた。

「この国ではおなごに生まれた時点で生き方が決まってしまうのです。おまえをこの国から出してやりたい。母のような生き方はしてほしくありませぬ」

下級藩士の家に生まれた母は学問を深く愛したが、それを立身出世の武器にできるのは男性だけだった。それでも学問を信じる母は、自分が断念した道を一人娘に進ませた。だが当然のことながら派遣団への応募は門前払いされた。参加できるのは原則的に良家の男子なのだ。例外的に女子を参加させる場合は、婦女子教育に力を入れるアメリカにというのが新政府の方針だった。

すると豊子の母は夫の遺品の刀を携え、娘を連れて文部省の前に座りこみ、選考試験を受けさせねばこの場で娘と自害すると主張した。女性の生き方に進歩的な考え方を持つ福沢諭吉が手を差し伸べた。文部卿を説得して豊子に試験を受けさせたところ、ずば抜けて良い成績を出した。

在プロイセン公使の知るところとなり、是非ともベルリンに来させよとのお達しが出たとなると、派遣団の名簿に加えないわけにもいかなかった。

出発の日、豊子の母は見送りせずに文《ふみ》を渡した。今後の心得《こころえ》をしたためたものだった。

「官費で学ぶことを日本のおなごに還元しなさい。この国のおなごに道を開きなさい」

豊子の目標は、貧しい子が素質を伸ばせる女学校を設立することだ。蘭方《らんぽう》医学は過去のものとなり、新政府は男子医学生をドイツで学ばせている。だが女医の育成は進んでいない。少なからぬ女性が乳房や腰巻きの内側を病みながらも、羞恥心や偏見を怖れて受診せずに命を落とすのだ。女子に医学留学が認められなくても、ドイツ語の医学書を学ぶ権利まで奪われる理由はない。

芸術に興味を持つ女子の手助けもしたい。音楽の本場であるウィーンやベルリン、美術の中心地であるパリに女子が官費留学できるのはまだ先の話だろうが、現地の教師を招致して日本でも西洋芸術を学べる環境を整えたい。

異国語を理解できるようになりたいと漠然とした憧れを持つ女子も大歓迎だ。異国の書を訳者を介さずに読めるようになり、異人の考えを通詞なしで理解できるようになると新しい世界が広がる。その喜びを拡《ひろ》めてくれる人材も育成したい。

ドンッと背中をぶつけられた拍子に、豊子は辞書を落とした。拾おうとすると革靴に手を踏みつけられた。「失敬」と薄笑いして去っていくのは同じ派遣団の森倫一郎《りんいちろう》たちだ。豊子は血のにじんだ手をハンカチで押さえると辞書のほこりを払った。

彼ら男子留学生は執拗《しつよう》にいやがらせをしかけてくる。豊子の本を海に捨てたり、豊子の眼鏡をむしりとってつるを折ったり。そんなとき豊子は母親の言葉を思い浮かべる。

「おまえは女名月と言われる十三夜に生まれたのです。満月が映る産湯《うぶゆ》を使ったおまえには、女を守護する月の神がついているのです」

子どもの頃、豊子はしばしば恐ろしい夢を見た。雲の上から大きな目玉に睨《にら》みつけられる夢だ。目玉は「おまえは一介の登場人物にすぎない」などと言って豊子を射殺《いころ》し、焼き殺し、斬首する。豊子が目を覚ますと、矢傷や刀傷のような赤あざが肩や首に浮かんでいる。

だがあるとき夢に天女が現れ、目玉に懐刀を突き立てた。天女は「これでそなたは解き放たれたぞ、さよ」と豊子を抱きしめた。以来、悪夢にうなされることも赤あざが現れることもなくなった。ただ、天女に「さよ」と呼ばれた理由はいまだに分からない。

豊子はドイツ留学という、女子として例外的な機会を与えられた。機会を与えられた以上、女だからという言い訳は通じない。男子なら見逃されることでも、女子ゆえに厳しく罰せられることだって出てくるだろう。そうなれば豊子の後に続く女子の道を閉ざしてしまうことになる。

森倫一郎たちはデッキの欄干《らんかん》にもたれかかり、豊子が涙ぐむのを今か今かと待っている。豊子は再び辞書を開き、手の痛みを堪《こら》えてゆったりと読み始めた。

マルセイユの港に到着した欧州派遣団は翌日、パリ経由でベルリンに列車移動した。男子は四人一組でコンパートメントが与えられたが、豊子は現地の女性客が座るコンパートメントに入れられた。豊子は感謝した。おかげで男子より先に、日本語の通じない環境に身を慣らしていくことができる。とはいえ、車窓の風景や会話を楽しむつもりが疲れて寝こんでしまったのだが。

ベルリンに着いた派遣団は公使夫妻への表敬を行った。夫妻は豊子の雰囲気や言葉遣いが柔らかいことを不思議がった。福沢諭吉をやりこめたと誤解していて、母親似の烈女を想像していたらしい。夫妻は豊子の眼鏡にひびが入っている理由も尋ねた。船が揺れたときに落としたのですと豊子は答えた。男子たちが目線で凄んでこようがこまいが、豊子はそう答えた。

夫妻への挨拶を終えると、男子十二人は別室でウイスキーをふるまわれ、現地の貴族や官僚たちに紹介された。豊子は夫人に中庭で紅茶をもてなされ、相沢郷《あいざわごう》という女性使用人を紹介された。戸籍名は「郷《さと》」だがドイツ語の「satt（うんざり）」を連想させるので、「Golf（入り江）」に音が近い「ごう」を好んで使っているという。

「あなたと同じ年ですし、同胞の女子として力になれることもあるでしょう」

顎の位置で切りそろえた断髪。レースの立襟《たてえり》が、彼女の上背をなおさら高く見せる。相沢郷は豊子に会釈し、豊子も会釈を返した。

「まずは眼鏡を作り直しましょう、豊子さん」

微笑《ほほえ》みに既視感を覚えるのは、眼鏡のひびのせいだろうか。

幸いにも眼鏡は即日であつらえることができ、豊子の目に映るすべてが鮮やかさを増した。馬車が行きかう大通り。大通りを彩る並木や彫像。西洋式の建物や馬車は日本でもなじみのあるものになったが、ベルリンの教会のような高い建物はないし、神や英雄の像が堂々と飾られているのも初めて見た。往来の人々は鹿鳴館《ろくめいかん》から抜け出てきたかのようで、すれ違うたびに本場のドイツ語が聞こえてくる。

そんな豊子を案内する相沢郷は日本人離れした外見のせいか、ベルリンの風景に溶けこんでいた。彼女は公使夫妻のお供で日本を離れて六年になるという。

「豊子さん、こちらには何年間滞在なさるの？」

「二年間です」

男子は学籍を与えられるが女子は聴講生扱いとなる。それでも女子としては例外中の例外だ。ドイツの大学はスイスやフランスに比べると女子に閉鎖的だが、日本よりはずっと開けている。

「慣れた頃に帰国だなんて。もう少しいらっしゃればパリ万博に行けますのに」

「二年でもじゅうぶんです。二年分しか学んではいけないなんて規則はありませんから」

「ならば最適な場所を案内してさしあげてよ」

相沢郷は馬車を呼ぶと、豊子に乗るように言った。

秋の日差しのなか、蹄《ひづめ》の小気味よい音を聞きながら馬車に揺られること約五分。到着したのはどこの宮殿かと見まがう建物だった。王立図書館だと相沢郷は言った。

豊子は瞬《まばた》きすら忘れ、うっとりと見上げた。ヨーロッパやアメリカには「図書館」という場所があると福沢諭吉の『西洋事情』で読んだことがある。豊子の家には父の遺した古今東西の書物が二千ばかりあったが、図書館にはその何千倍もの書物があり人々は自由に閲覧できるのだという。これが図書館。福沢諭吉が説明していた図書館。

相沢郷は「まいりましょう」と石段を歩いていき、豊子は胸を躍らせて後に続く。相沢郷はくるりと豊子を振り返ると、人差し指を自分の唇に当ててみせた。

「中に入ったらおしゃべりは厳禁よ。用事で発言なさるときは小声でなさって」

豊子は頷《うなず》き、自分も唇に人差し指を当ててみせた。

建物に入ると日差しは遮断され、圧倒的な量の書物が壁をなしている。豊子は胸いっぱいに空気を吸いこんだ。豊子が知る書物の香りとは比較にならないぐらい濃厚だった。

豊子は「Japanische Literatur（日本文学）」と題された本に目を留め、書架から出す。目次を開くと『源氏物語』『平家物語』といった項目が並んでいる。何千里もの海を渡ってきた日本の物語がどう紹介されているのか読み進めようとすると、相沢郷は「それに興味がおありなら向こうのブースをご覧になったら？」と、豊子の手を引いた。日本で独逸学協会が設立されたのを記念して、親日家の貴族が蒐集《しゅうしゅう》した古典籍を展示しているという。

ガラスごしに覗きこんだ豊子は感嘆した。『源氏物語』の写本や葛飾北斎《かつしかほくさい》、喜多川歌麿《きたがわうたまろ》の原画。『元興寺縁起《がんごうじえんぎ》』や『役の行者《えんのぎょうじゃ》』といった稀少な奈良絵本。よほどの好事家《こうずか》なのか、『をんな義経』や『やまいだれ四十七士』といった怪しげな浮世草子まで出展している。

豊子は『竹取物語』の写本に吸い寄せられる。室町時代のもので状態は良くないが、千年近い歳月と大海原《おおうなばら》を越えてきた日本初の物語と異国の地で対面すると、自然と涙がこみあげてくる。

相沢郷がレースのハンカチを差し出す。借りて目を押さえると勿忘草《わすれなぐさ》の甘い香りがした。

図書館を出ると夕暮れ時になっていた。庭園の時計を見た豊子は四時間も滞在していたことに驚き、相沢郷に詫びた。彼女は「豊子さんを眺めていたら飽きませんもの」と笑い、カフェで軽く何か食べましょうと誘った。

案内された豊子は運ばれてくる皿に目を丸くした。どっしりと重いライ麦パンに大量のチーズとバターとジャム。茹《ゆ》でソーセージも潰したジャガイモも発酵キャベツもてんこ盛り。とても食べきれず、しかも粉砂糖がたっぷりかかったケーキとコーヒーまでもが運ばれてくる。相沢郷は蛇が生卵を飲みこむかのように、しかも優雅に完食した。

「相沢さんはいつもこれだけのものを食べるんですか?」

「この国の標準でしてよ。でもいつも食べていたら旦那様や奥様のようになってしまうわ」

公使夫妻は西洋食の日々を送るうちに糖尿病になったらしい。それでも三時の甘い紅茶とクッキーは欠かすことがないそうだ。

「豊子さん。あなたにお渡ししたいものがありますの」

相沢郷は鞄から小さな包みを出して豊子に手渡し、開封するように促す。赤いビロードの細長い箱が入っており、開けると蓋のついたペンが現れた。

「もしかしてこれは万年筆という、噂に聞く舶来品でしょうか?」

「ここで舶来品だなんて変な言い方ですこと。そう、インクや墨をつけなくても鉛筆のように削らなくても一万年でも使い続けられる筆でしてよ」

簡単に使い方を習った豊子は、携帯している手帳に和歌を書いてみる。かすれることがなく、頭に浮かぶままの速さで二句でも三句でも書き続けることができる。

「イギリスでは泉のペンと呼ぶんですって。枯れることなくインクが出るでしょう？」

「ええ！　本当にこんな素晴らしいものをいただいていいのですか？」

「私は豊子さんの力となり、見守るためにいますの」

相沢郷は頬杖《ほおづえ》をつき、万年筆に夢中の豊子に目を細めた。

〔姫君、一人目の王子様と出会う〕

一ヶ月が過ぎた。豊子は朝三時に起床して朝食まで机に向かい、大学では聴講生に許可された上限まで講義を受け、講義のない日には図書館に行く。帰宅後は食卓の団らんで学問以外のことを学び、日付が替わるまで机に向かった後、寝床に入る。男子の留学には遊学の意味あいがあり、二年間で学ぶものを五年かけて学ぶことも許される。だが豊子は五年かけて学ぶことを二年で修めなければならない。

大学には女子寄宿舎がないので、豊子はフランクル夫妻宅に下宿している。お雇い外国人として来日したことがある化学教師の家庭だ。豊子は夫妻に頼まれて四人の子どもに読み聞かせをする。こうした絵本や児童書も女学校で使いたい。日本には、異国語は高尚な学問をする男子のものだという先入観がある。とんでもない。小さな子どもだって自在に使うものなのだ。

豊子は毎週、母に手紙を書く。コルセットに慣れないこと。下宿先の子どもたちが発音の先生になってくれること。学籍生と同じ小論文試験を受けてAを取ったこと。公使夫妻に仕える相沢郷と親しくなったこと。彼女が万年筆をくれたおかげで勉学が捗《はかど》ること――。

「お茶の時間ですよ、トヨコ」

夫人が部屋をノックする。今日は家庭教師となってくれる人が来るのだ。ラテン語と歴史学を修めてギムナジウムで教鞭をとる、夫人の甥だ。

豊子は「すぐにまいります」と返事し、インク瓶の蓋を閉める。万年筆は手元にない。大学で本を筆写していたとき、森倫一郎たちに奪われたのだ。万年筆は男が使うもので、女はカラスの羽でじゅうぶんだと。取り返そうとした豊子は突き飛ばされ、足を擦りむいた。母が知れば豊子を叱《しか》るだろう。「細田豊子には到底勝てない」と畏怖させるだけの成績を出せずにいるから、なめられるのだと。

聴講生仲間のドリスが目撃し、風紀委員会に通報すべきだと憤った。彼女は職業画家を目指すベルリンっ子だ。美術学校では裸体デッサンを必須科目にしているが、女性は受講させてもらえない。だったらより専門的に人体を学んでやろうとあえて高い壁に挑み、女性美術家協会の支援を得て大学に門戸を開けさせた。だが留学生同士の揉《も》めごとは留学生同士で解決せよというのが大学の方針で、万年筆は諦めなくてはならず、豊子は相沢郷に申し訳なかった――。

豊子は身支度を済ませ、居間に向かう。若い男性と談笑していた夫妻は、豊子に気づくと「甥のリヒャルトですよ」と紹介した。銀縁の眼鏡をかけた暗褐色《あんかっしょく》の髪の男性は、椅子から立ち上がると社交上の笑みを見せる。豊子も笑みを返して作法どおりに手を差し出し、短い握手をかわした。男子を足元にも及ばせない成績を収めなくてはと、改めて自身に言い聞かせた。

リヒャルトは土曜の午後に時間を二時間ほど割《さ》いてくれるということで、初対面のこの日も文化比較論の勉強を手助けしてくれた。これは二年次で履修するものなのになぜそんなに学び急ぐのかと、リヒャルトはいぶかしがった。豊子が女子に許された留学期間を説明すると「教養を求める女性に日本はなんと無理解なのですか」と嘆き、文献を見繕《みつくろ》ってくれることになった。

博識なリヒャルトは豊子の知識欲を刺激し、質問が止まらなくなることもあった。

「ラテン語で『月』を意味する『mensis』が複数形になると月経を意味するなど、『月』は女性に強く関連する語ですのに、なぜドイツ語の『Mond（月）』は男性形なのでしょうか？　逆に『Sonne（太陽）』は女性形です。男性が満月と新月の夜に集会を行い、女性が太陽を崇めて儀式を行った古代ゲルマン文化と関連があるのでしょうか？」

「不確かな学説に拠《よ》ってはいけません。ラトビア語やスロバキア語でも男性形ですよ」

「そうなのですか。欧州では月の模様を女性に見立てることが多いようですが、ゲルマン文化では荷運びする男性に見立てているようです。そうした物の見方とも関連性があるのでしょうか」

「月の見え方との関連性は根拠がないので答えかねますが、あなたの発想はなかなか面白い」

対話は夕食時まで続いた。最初の挨拶とは異なる力強い握手をしてリヒャルトがフランクル家を後にすると、夫人は「あの子のあんな楽しそうな顔は見たことがないわ」と喜んだ。早くに両親と死別した彼は学問の世界に籠《こ》もりがちになり、姉がわりの夫人は気にしていたのだという。

リヒャルトは翌日も訪ねてきた。夫人は「約束のない日に女性を訪ねるのはマナー違反ですよ」とたしなめた。約束した文献を持ってきたのだと詫びたリヒャルトは、馬車の御者《ぎょしゃ》に何かの箱を運びこませた。

「タイプライターを使ったことはありますか？」

豊子の前で箱を開ける。タイプライターの存在は知っていたが見るのは初めてだ。構造を観察していると、椅子にかけるよう促された。リヒャルトは機械の上部に紙をさしこみ、アルファベットが書かれたボタンを押すように言った。豊子は指元を見ながら四つばかり押してみる。ガシャガシャと鳴り、紙には『MOND（月）』の文字が現れた。

「慣れれば筆記の効率を上げることができます。打ちやすい配列になっているのです」

基本的な使い方を教わった豊子は、頭に浮かんだ言葉をドイツ語で打ってみる。〈日本の月とはベルリンでも会える〉脳と指と紙が一本の道で繋《つな》がったような不思議な感覚がする。

フランクル夫人に「お友だちがお見えですよ」と声をかけられて顔を上げると、相沢郷が部屋の入口にいた。タイプライターとリヒャルトに視線を向けた彼女は豊子に歩み寄り、「これを図書館に置き忘れていましてよ」と万年筆を差し出した。

「ああ……なんとお礼を。二度と不注意はしません」豊子は受け取り、胸に押しあてる。

「お気になさらないで。あなたを見守りたいだけですわ」相沢郷は目を細めた。

翌日の月曜日、ドリスから驚くことを聞かされた。昨日、森倫一郎たちが馬車に轢《ひ》かれて大怪我をしたという。誰かに車道に突き飛ばされたという話もあるらしい。

「ヴィクトリア劇場で踊り子を冷やかしていたそうじゃない。突き飛ばしたのは用心棒でしょうね。ついでに解剖学講座の学生も何人か突き飛ばしてくれればよかったのに」

女に必要な教養は刺繍とピアノとダンス。これは差別ではなく教育上の区別。ドリスは日々、そういう偏見と戦っている。「お互いに頑張りましょう」と立ち話を終えてドリスは講義室へ、豊子は大学図書館へと向かう。森倫一郎たちは怪我が治るまで休学するらしい。彼らがいないあいだにどれだけ成績に差を付けることができるか。この機会を活かさなくては。

そんな折、リヒャルトが暮らす教員官舎の石壁が壊れ、修理が済むまでフランクル家に身を寄せることになった。豊子は厚かましいと思いつつ、平日にも少しだけ勉強を見てくれないかとお願いしてみた。リヒャルトは「週末にピアノをご一緒してくださるなら」と了承してくれた。豊子は子どもの頃、父に伴われてイギリス人宣教師やドイツ人医師の家に通い、外国語の特訓やピアノの稽古《けいこ》を受けてきた。モーツァルトの歌劇『フィガロの結婚』をよく連弾したものだ。

だがリヒャルトは『フィガロの結婚』に批判的だった。資産狙いで嫁いだ妻と、妻を持ちながら新たな女性に刺激を求める夫が打算的な結婚生活を送る、上流階級の堕落した物語だと。

豊子は日本も似た点があると話した。家同士の釣り合いが重視され、夫が妻以外の女性を持つことは男の甲斐性、女性の数が多いほど手柄のように言われると。これにリヒャルトは嘆いた。

「婚姻とは愛に基づくべきもので、夫婦はふたりでひとつの存在、互いの足りない面を補完しあう存在なのです。概して男性は女性より強い筋力を持ち、女性は男性より豊かな情感に恵まれていますが、両者に優劣はありません。連弾の主旋律と副旋律のように」

これまで豊子が見てきた男性たちの目は——父化した母の目も——あの恐ろしい目玉と同じだった。だがリヒャルトの目は豊子を監視する目ではなく見守ってくれる目だった。

半月後、リヒャルトは学友の結婚祝賀会に招かれ、豊子に同伴を求めた。豊子は躊躇《ちゅうちょ》した。官費で学問をしている身なのに、着飾ってパーティーになど行っていいのだろうか。

豊子は相沢郷に相談しようと公使館の官舎を訪ねた。青白い壁に囲まれた相沢郷の部屋には最小限の家具が置かれ、小さな薪《まき》ストーブに火が揺らいでいた。話を聞いた相沢郷は紅茶を淹《い》れた。

「公使夫妻なら何も仰《おっしゃ》らなくてよ。踊り子にうつつを抜かす男子のことすら大目に見られたんですもの。教養ある方々との社交を禁じる理由があるかしら？　けれども公使はあなたが今後どうなさりたいかを気にされるでしょうね」

「そうですね……女学校の設立については理想があるだけで模索中なんです」

「その件ではなくてよ。リヒャルトさんと結婚なさって私費で学問を続けるのか、婚姻による国籍変更でドイツ人として帰国なさるのかという点ですわ」

「まあ、そんな飛躍したことをお考えだなんて」

「旧友や恩師が集う場に同伴するということは、結婚前提の交際相手として紹介したいということでしてよ。公使夫妻はどちらの選択をしても尊重してくださいますわ。お母さまだってきっとそう。家柄の釣り合いを重視する日本では得られない縁を、自身の教養でつかんだんですもの。あなたのお気持ちはお尋ねするまでもありませんわね。表情がつぶさに語っていますわ」

豊子は我に返って頬を押さえる。相沢郷は椅子を立つと豊子に手を差し伸べた。

「パーティーでピアノを披露できたとしても、ダンスのときに裾《すそ》を踏んでは台無しでしてよ」

相沢郷は豊子を立たせると「少しお稽古しましょう」と右手を豊子の腰に回し、左手で豊子の右手を取る。豊子は相沢郷に言われるままに背筋を伸ばし、彼女が口ずさむリズムに合わせて足を動かす。相沢郷は「肉付きがよろしくなったんじゃなくて？」と豊子の腰を軽く叩いた。

「フランクル夫人にもからかわれるんです。ゲルマン女性に近くなってきたわねって。髪や瞳の色も骨格もゲルマン女性とはほど遠いのに」

「きっとリヒャルトさんの理想でしてよ。彼の理想はあなたを幸せにするものかしら？」

相沢郷は豊子を抱き寄せたまま、ターンのステップを踏む。

「リヒャルトさんはあなたが教養を積むことや情感豊かなことを好んでいらっしゃるけれど、それは本当にあなたを評価していると言えるのかしら？」

「どういうことでしょうか？」

「パーティー用のドレスや首飾りはフランクル夫人が見繕うのでしょう？」

「ええ。ご友人がクローゼットに眠らせていたものを譲り受けてくださったんです。首飾りは夫人が結婚前にお使いだったものを貸してくださいます。流行のものではないけれど、どこに着けていっても恥ずかしくないものだそうです」

「それを身につけてリヒャルトさんと同伴することは、あなたを高めることかしら？」

「なぜそのようなことをお言いなのですか？」

「あなたの力になろうとしているだけですのに、なぜそのようなお尋ねをなさるのかしら」

相沢郷は目を細め、豊子の手を引いてワルツを踊り続けた。


十二月半ばの小雪の舞う晩、豊子はリヒャルトに連れられてパーティーに出向いた。百人以上が集う広間に足を踏み入れた豊子は、華族の集いに入りこんだかのようで一瞬怯《ひる》んだ。サーカスの小猿でも見るような目線も感じる。

リヒャルトは出席者と挨拶しながら豊子を紹介し、豊子はひとりひとりに異なった挨拶を返した。歴史学を愛する紳士には遺跡の話題を絡めた挨拶を。神話に造詣が深い婦人には星座の物語に触れた挨拶を。参加者それぞれの趣味を、分かる範囲でリヒャルトに確認しておいたのだ。植物を愛する新郎新婦には花言葉をまじえた祝福を伝えた。全員と挨拶を済ませる頃には、小猿を見るような目は歓迎の視線に変わっていて、リヒャルトも喜ばしそうだった。

テーブルに着いた新郎新婦は互いを見つめて幸せそうだった。日本では多くの場合、「もらわれる側」は今後の生き方を「もらう側」に決められてしまう。だから豊子の母は婚礼の日に、笑顔と自分の生き方を失った。

「リヒャルト先生、新婦のラウラさんは今後どのような人生を歩まれるのでしょう」

「彼女はパリで声楽を学びましたから、今後も音楽活動に携わるでしょう。積み重ねてきた才能や教養を結婚で終わらせてしまうなど、あってはなりません。才能の種は努力して育ててあげてきたからこそ花実をつけるのです。だからこそ新郎は彼女を評価し、敬意を抱いているのです」

管弦楽隊がワルツを演奏し始める。招待客が同伴者と手に手を取って立ち上がると、リヒャルトも静かに席を立ち、豊子に手を差し伸べた。豊子は共にステップを踏みながら感じるリヒャルトの、あたたかさのなかに居続けたかった。

そして帰路につく馬車のなかで、豊子は婚約指輪を渡された。

数日後、豊子は婚約報告を兼ねたクリスマスカードを母に送ると、リヒャルトとともに公使夫妻を訪ね、今後の計画を話した。留学が終了したら入籍し、家庭に入ってから女学校を設立したいこと。リヒャルトも渡日して協力してくれること。夫妻は良い選択だと賛同した。堅実で建設的で日本にとっても有意義であり、文部卿も喜ぶだろうと。

そこにちょうど、所用を済ませた相沢郷が現れた。豊子とリヒャルトが来訪した理由を夫人が話すと、相沢郷は「お祝い申しあげますわ」と薄笑みを浮かべた。

異国で初めての新年を迎えて二ヶ月が過ぎた頃、母から返事が来た。入籍の際には日本から戸籍を送るので知らせよと書かれていた。国籍が変わっても私の娘であり日本のおなごである。同胞のおなごたちに道を開くために、さらに邁進《まいしん》なされ――と。

三月に入るとリヒャルトは転居先を探し始めた。五月から高等教育局に勤務することになったのだ。将来を見据えて探してきたのは郊外の一軒家で、間取り図を見た豊子は未来の生活に胸をときめかせた。北向きの小部屋は書斎にさせてもらおう。タイプライターを置いたまま本を広げたり書き物をしたりできる机。そして百冊ほどの本を置ける棚。父の遺品である二千冊の書物を戸籍と一緒に送ってもらうつもりだが、屋根裏部屋が書庫の役目を果たしてくれるだろう。

だがリヒャルトは、豊子の机は寝室の隅に置くと言った。「タイプライターの音がしても僕は熟睡できます」と微笑むが、寝室の隅では化粧台ほどの机しか置けないし本棚も入らない。ならば屋根裏部屋を書庫兼用の書斎として使いたいと豊子が言うと、「屋根裏は使用人が寝起きする場所ですよ？」と返された。

「あなたは文部省官吏の夫人となるのですから、日常的な家事は使用人にさせるべきです。そもそも使用人がいなければ毎朝の身支度の際に、誰があなたのコルセットを締めるのですか？」

外出しない時でもコルセットを？　豊子は耳を疑った。

「あなたには今後も、品位と教養をあわせもつ女性であってほしいと願っています」

リヒャルトは豊子に微笑みかける。その眼差しは「見守る者」から「監視する者」のものへ変わっており、豊子にはそれがあの「大きな目玉」に重なって見えた。


クリスマス休暇が終わり、森倫一郎たちは復学した。彼らが受講する人体学と生物学を豊子も受講することにした。女学校設立の目的のひとつは女医の育成基盤を作ることだ。初歩だけでも触れておきたい。

受講票を取りに教務窓口に行くと、ドリスも手続きに来ていた。「今期は何を受講するの？」と声をかけた豊子は、ドリスが退学申請に来たことを知った。

ドリスは権威ある美術展に野生馬の油彩画を出品し、力強い筆使いと大胆な構図を絶賛されたらしい。だが作者が若い女性だと知った審査員たちは「筆使いが勢いまかせだ」「構図に狂いがある」と言い出し、落選させたのだという。だがドリスはさほど悲壮感を漂わせてはいなかった。

「父が法律家との縁談をまとめてくれたの。お相手の方は私に美術サロンを持たせてくれるんですって。家のことは使用人に任せて私は創作活動に専念するわ」

「あなたは出品先を間違えただけよ。志を棄《す》てるなんてもったいないわ」

「でも落選と引き換えに、誰もが羨むような創作環境を手に入れられたのよ。それでいいの」

手続きを済ませたドリスは豊子を抱き寄せると、「生まれた時代が悪かったのよ」と去っていった。ドリスの選択は幸せなことなのだろうか。リヒャルトも豊子に家事や育児の負担をさせず、思う存分に教養を積む生活を送らせたいと言っている。これは幸せなことなのだろうか。豊子の母がそういう環境を与えられていれば、存分に学問ができただろう。だからそう、幸せなことなのだ。きっと……そう。

豊子は窓口に身分証を提示し、申し込んでおいた人体学と生物学の受講票を受け取ろうとした。係員は帳面を確認すると「申し込みは取り消されています」と言った。「後見人のリヒャルト・ギュンター氏が取り消しを申し出られました」帳面を確認すると、たしかにリヒャルトの署名があった。

豊子はリヒャルトを訪ねて説明を求めた。森倫一郎たちの復学を知って案じてくれたのだろうが、彼らから逃げたくない。だが嫌がらせの件はリヒャルトには初耳だったらしく、豊子の受講を取り消した理由はそれとは無関係だった。

「あれは医師資格の取得のためのものです。あなたがベルリンに来た目的は違うでしょう？」

豊子は「大学側は聴講を許可してくれました」と反論した。リヒャルトが後見人を名乗ったことにも異議を唱えた。リヒャルトは「私にはあなたを守る責務があります」と豊子を見つめた。

「物欲であれ学問であれ、貪欲になると道を誤ります。私にそれを見過ごせるでしょうか？」

そうでしょうトヨコ？　リヒャルトは目でそう語りかけてきた。

相沢郷と久々に顔を合わせたのは、失意の新学期が始まって半月が過ぎた頃だった。大学の正門前のマロニエの樹の下で彼女は豊子を待っていた。日本人離れしてはいても東洋的な華のある相沢郷は学生たちの視線を集め、誰の恋人だろうと見回す者もいる。森倫一郎たちが豊子を見つけて憎々しげな目を向けてきたが、相沢郷に気づくと視線をそらして去っていった。

豊子に微笑みを向ける相沢郷は、リボンで包んだ本を抱いている。豊子が歩み寄って挨拶すると、相沢郷は本を豊子に手渡した。

「ご婚約祝いでしてよ。リヒャルトさんに内緒でお渡ししたくてこちらでお待ちしましたの」

「どうかそんなお気遣いはなさらないで」

「あなたを見守りたいと以前から申しあげていますでしょう？　いえ、これからはリヒャルトさんという庇護者がいらっしゃいますわね」

相沢郷は豊子の左手を取る。外出時には婚約指輪を付けるのがマナーだと、豊子はフランクル夫人に教えられた。左手の薬指に付けるので万年筆を持つことに障《さわ》りはないが、自分の手ではなくなったような違和感がある。

「上品な指輪ですわ。カサブランカのモチーフなのね。この花がお好きなの？」

「先生が選んでくださったのです。カサブランカをお好きなのかは存じあげないのですが」

「最初から相手を知りすぎていては面白くありませんわ。その本はあなたの力になりましてよ」

相沢郷は、書店で一冊の本を熱心に眺めるリヒャルトを目撃したらしい。彼がその本を買って帰った後、相沢郷は店員に尋ねて同じものを買い求めたのだという。

「神を雲の彼方に求めてはいけない。神は汝《なんじ》のなかに在る」

「え？」

「フィヒテの言葉でしてよ。あなたがこの地での留学に導かれたのは、それを学ぶためですわ」

豊子が言葉の意味を図りかねていると、相沢郷は薄く笑んだ。

「リヒャルトさんはシラーやタキトゥスの著書も購入なさっているみたい。あなたにお贈りしたのはフィヒテの『自然法論』ですけれど、既読でしたらごめんあそばせ」

「いいえ、フィヒテは概論をかじった程度なのです。大切に読ませていただきます」

豊子は金の箔押《はくお》し文字の施された厚い本をぎゅっと抱く。なぜか不安が込みあげてきた。

やや古いドイツ語が混ざる『自然法論』を豊子は夜を徹して読んだ。リヒャルトの目の奥にあるものを探りたい一心で、豊子は分厚い辞書を傍らに文章を拾っていく。ひととおり読んだが概念をつかみきれず、大学図書館で二冊目、三冊目を借りる。それでもつかみきれず追加の著書を求めて館内を歩いていたとき、豊子は書架から視線を感じた。黒い背表紙から「私を手に取れ」と無言の声が聞こえてきた。

五月の末、リヒャルトはいつものようにフランクル家で週末を過ごした。夕食をともにしてピアノの連弾をしたが、豊子の弾き方に身が入っていないことに気づき、リヒャルトは理由を尋ねた。豊子は譜面台を見つめたまま「意味が分かったのです」と呟《つぶや》いた。

「先生が私の勉強を支援してくださるのは、ご自身の利になるからなのですね。だから私が学問に欲を出したり書斎を望んだりすることを、こころよく思われなかったのですね」

「人体学と生物学の受講に反対した理由は、先日お話ししたはずですよ。書斎については、あなたと私では必要とする目的が異なります。私は書斎を自宅での仕事場とする必要があるのです」

「そうですね。私は家庭に入るのですから、学問で生計を立てる必要はありません」

「身につけた学問や芸術で生計を立てるのは女性にとって不幸なことです。好きなことでも生計手段となれば苦しみが伴います。女性の教養は我が子の教育に活かされるべきものなのです」

「私が積み重ねる学問は、先生の子を育てるために必要とされていたのですね」

「あなたを家庭に閉じこめる気はありません。手を離せる範囲の子育てや日々の家事は使用人に任せ、あなたにはサロンや慈善活動の場で教養をいかんなく発揮してもらいたいと考えます」

「妻にそういう日々を送らせれば、甲斐性のある男性だと評価されますものね」

ドリスもそうだし、リヒャルトの新婚の友人もそう。新婦は結婚後も音楽活動を続けるとリヒャルトは言ったが、音楽家として身を立てていくとは言っていなかった。

「妻の才能を埋没させないように家事育児の負担を軽減するのが夫の務めなら、そうした夫にふさわしいふるまいをするのが妻の務めだと思いませんか、トヨコ？」

「妻の社会的立場は、夫の社会的地位によって決まりますものね」

豊子は指輪を外すと、そっと鍵盤に置いた。

「先生が選ばれた指輪は私に似合うものではなく、官吏の妻に似つかわしいものなのです」

「あなたの心が定まっていないのであれば指輪は預かっておきましょう」

「先生は以前こう仰いました。夫婦はふたりでひとつの存在、互いの足りない面を補完しあう存在なのだと。補完しあうとは言うものの、実質的には夫が妻の人生を吸収します」

「そのかわり夫は、妻の人生のすべてに責任を負います。男性に庇護されたいと願うのが女性の本能的欲求であるのと同様、女性を庇護したいと考えるのが男性の本能的欲求なのです」

リヒャルトの目はあの「大きな目玉」と同化している。豊子はそっと椅子から立ち上がった。

「私は男性に庇護されるために生まれたのではありません」

「庇護者のない女性は社会に受け入れられないのですよ？」

リヒャルトは指輪をハンカチで包み、胸ポケットに収める。

「残念です。あなたは東洋人ながらゲルマン人よりも優れた美を備えておられるのに」

「先生が私に見出そうとされたゲルマン女性の美とは、先生の愛読されるタキトゥスやシラーが讃《たた》える女性美なのです。穏やかで慎《つつ》ましく、深い情感と教養をもって家庭に奉仕するゲルマン女性の美徳です。私はゲルマン女性の美徳を体現する東洋人ではありません。豊子という人間です」

リヒャルトに軽くお辞儀をして部屋に戻ると月明かりが差しこんでいた。豊子は窓際に腰かけて月を仰《あお》ぐ。昼夜は逆だが母国の女性たちも同じ月を見ているのだ。

〖姫君、二人目の王子と出会う〗

六月末。王立図書館で文献を筆写していた豊子は、閉館の鐘の音に溜息をついた。次はどこで時間を潰そう。婚約が白紙になってからフランクル家には居づらくなった。リヒャルトも多忙を理由に伯母夫妻を訪ねなくなり、居間のピアノは子どもたちの玩具になった。

相沢郷から贈られた本を開かなければ、こうはならなかったかもしれない。いや、彼女があの本と出会わせてくれたから母の教えを踏み外さずに済んだのだ。

図書館を出ると雨が降っていた。街路樹の下で頭巾姿の老女がしゃがみこんでいる。様子がおかしく、豊子は傘を差して駆け寄った。痩《や》せた老女は苦しげに顔を上げ、すぐそこの裏通りに住んでいるので連れていってほしいと訴える。豊子は勉強道具の入った風呂敷包みを肘《ひじ》にかけて持ち直すと、老女をゆっくり立ち上がらせ、その背に手を添えて歩き出した。

裏通りは狭く薄暗く、煤《すす》けた集合住宅が並んでいた。居酒屋の前では老人が眠りこけ、伸びた下着を窓に吊るした部屋からは大声が聞こえてくる。故郷の裏長屋を懐かしく思い出した豊子は、やはりリヒャルトの妻には向いていないと自覚した。

豊子の腕を支えに三階建の石階段をようやく上りきった老婆は、また胸を押さえてしゃがみこむ。豊子が介抱していると、背後から「お袋そこにいたのか！」と声がした。振り返ると、鳥打《とりうち》帽《ぼう》と青シャツを雨で濡らした二十代半ばの男性が階段を上ってきた。

老婆の息子は、中産階級の服を着た東洋人を怪訝《けげん》そうに見る。豊子が「お医者様を」と言うと彼は慌てて母親を支え、目の前の剝《は》げたドアを開ける。豊子は老女が落とした頭巾を拾い、後に続いた。

息子は固そうな寝床に母親を横たえるとランプを灯す。天井が低く殺風景な部屋は六月なのに寒々しい。息子はテーブルに置いた薬缶《やかん》とコップを取り、水を注いで老女に飲ませる。顔に脂汗をにじませる老女はほどなく寝息を立て始めた。

息子は鳥打帽を脱ぎ、金色の髪を掻き上げると豊子に礼を言った。エリクと名乗った彼は、「電灯もないし薬も買えないんです」と肩を落とした。

「明日は親父の埋葬をしなきゃいけないんですが、パンすら買えない有様で。親戚に前借りを頼んだけどダメでした。お袋も誰かのお慈悲にすがろうと出かけたんでしょう。雨は体に悪いから家にいろって言ったのに」

豊子も父の死後、こういう生活をした。学問という「金にならない宝」しか持っていなかった母は、庄屋の妾になるか夫の遺した書物を換金するかを迫られた。だがどちらも受け入れず、豊子と薄粥《うすがゆ》をすすり、娘にひたすら学問を積ませたのだ。

豊子は「一時しのぎにしかなりませんが」と持ち合わせの銀貨二枚をエリクに渡した。エリクは驚いて目を潤ませ、豊子の手を取ると何度も接吻《せっぷん》をした。動揺した豊子は「お母さまをお大事に」とだけ言い残して部屋を去った。

小走りに階段を降りて裏通りを出ると雨が強くなってきた。行きかう人々は急ぎ足になった。だが豊子の足どりはぼんやりとしていた。リヒャルトと出かけた結婚祝賀会でも、豊子は紳士たちから手の甲への接吻を受けた。長手袋をはめていたからかもしれないが、これほどいつまでも感触が残ったりはしなかった。

その後も大学の行き帰りに、裏通りをそれとなく窺《うかが》った。だが老女の様子を気にしていたはずが、いつのまにかエリクの姿を探している自分に気づき、赤面してその場を離れるのだった。

そのエリクが豊子の前に現れたのは、あの雨の日から十日後のことだった。校門前に立っていたエリクは豊子を見つけると、鳥打帽を脱いで会釈した。

「眼鏡をはめた身なりのいい東洋の女の子を知らないかって尋ね歩いたら、ここの留学生じゃないかって教えられたんです。やっぱりそうだった」

エリクは人懐っこく笑うと、ひとつかみの野花を豊子に差し出した。

「おかげで親父を埋葬できて、お袋の薬も買えました。給金が入ったら少しずつ返します。だけどまずは感謝を伝えたくて」

エリクは豊子の手をつかんで花を握らせようとする。豊子は驚いて手を引っこめるが結局は握らされる。通りすぎる学生たちは豊子とエリクに好奇の視線を向けていった。

「どうかお気遣いなさらないで。お母さまをお大事に」

豊子は目を合わせずに会釈すると大学構内へ逃げこみ、エリクの視線が届かない中庭の隅に花を置いた。その日はずっと、万年筆を持つ手から花の匂いが立ちのぼっていた。

　エリクはその後も野花を手に豊子を待つようになった。「給金が入りました」と銅貨を添えることもあったが、花だけ受け取る。そんなエリクはある日、派手な花を持ってきた。楽屋から失敬してきたといたずらっぽく笑い、ヴィクトル座という大衆劇場で下働きをしていると言った。

「有名なヴィクトリア劇場には程遠いけど、それなりに華やかだし真面目な劇もやってるんです。哲学かぶれの役者らが叫びあうだけですけど、良かったら来てください。入場料はいらんです」

　エリクは軽く鳥打帽を掲げ、帰っていった。

　週末、豊子は劇場に行ってみた。踊り子や冷やかしの男がうろついており、恥ずかしくなって引き返そうとしたとき、通用口から木箱を抱えたエリクが現れた。豊子に気がついたエリクは「来てくれたんですね！」と駆け寄ってきた。

「上演中止になっちまって。役者らが支配人とけんかして休業しちまったんです」

　肩をすくめたエリクは木箱の蓋《ふた》を開け、がらくたの中から冊子を取り出した。

「役者たちが怒りにまかせて捨ててった台本です。興味があったらどうぞ」

　豊子は渡された冊子をめくる。エリクは「他にもありますよ。用意しときますから通用口で俺を呼び出してください」とあたりを窺いつつ蓋を閉め、片目をつむってみせた。

　豊子はその後も台本を分けてもらった。ルソーとソクラテスが時代を超えて酒場で殴りあう話。古今東西の哲学者の妻が夫の愚痴をぶちまけあう話。心の叫びをストレートに文字化した台本に、豊子は衝撃的な開放感を覚えた。日本では文章をつづるときは、心のなかの言葉を「格調ある言葉」に改めるのが通例とされている。だから同じ台本作品でも『仮名手本忠臣蔵《かなでほんちゅうしんぐら》』の台詞は書き手によって精錬されたものになっている。豊子は夢中で台本を筆写した。生命力の塊のような文字列を目と手でどんどん吸収した。

そんな豊子が公使夫妻から呼び出しを受けたのは七月末のことだった。婚約が白紙となったことが耳に入ったのだろう。公使館を訪ねると、応接室の夫妻は予想どおりの表情を見せた。夫妻と豊子に紅茶を用意した相沢郷は、銀の盆を持って壁際に控えていた。

「呼んだ理由は理解しているね？　私たちは大変遺憾に思っている」

公使はそう切り出し、豊子は報告が遅れたことを詫びた。今後の計画を立て直せるまで報告は控えたかったと話すと、公使は「その件ではないのだよ」と眉間にしわを寄せた。

「森君たちから聞いたが、君はヴィクトル座の従業員と密会を重ねているそうだね？　女子教育に携わろうという者がなんたることだね」

森倫一郎は公使に何を言ったのだろう。豊子はエリク親子との経緯を説明し、通用口で台本をもらっているだけだと釈明した。すると公使は「低俗な大衆劇場の台本を？」とさらに眉をひそめた。何を説明しても言い訳としかみなされそうになかった。

「フランクル夫人からも相談を受けているのだよ。週末になると煙草の臭いをさせて帰ると」

台本には役者が楽屋で吸う煙草の臭いが染みついている。フランクル夫妻とは以前のように談笑することもなくなり、食事や部屋の提供を受けるだけの状態だ。リヒャルトとのことが原因だと思っていたのだが、それだけでもなかったらしい。

「文部省の職に就《つ》くためにリヒャルト君が女学校設立に協力できなくなり、婚約を解消したというなら斟酌《しんしやく》できただろう。だが場末の男に気移りして許婚《いいなずけ》を裏切った君に、日本の女子教育に携わる資格はない」

　これほど誤解されているなら弁解しなくては。だが公使は発言の余地を与えなかった。

「お母上に恥ずかしいと思わんのかね？」

　豊子の口から、出かかっていた弁解が引っこむ。

「今学期が終了したら帰国したまえ。病による帰国ということにし、旅費はこちらで用意しよう。この地に残りたいなら自分でなんとかしたまえ、と君が男子なら言えるのだが女子は下賤《げせん》な生業《なりわい》で糊口《ここう》を凌《しの》ぐしかない。君のために日本女子の名誉が貶《おとし》められるのは許されない」

「公使は誤解をなさっています」

「武士の娘たるもの言い訳はせず、誤解を招くことをした自身を恥じよ――君のお母上であればそう仰るのではないかね？」

　公使夫妻はソファを立つと応接室を去っていった。夫妻を見送った相沢郷は紅茶のカップを片付けながら、豊子に「いつでも力になりましてよ」と薄笑みを見せた。


　やがて学期が終了し、豊子は帰国の途につくことになった。

　与えられた留学期間を全うしたかった。だがすべて自分が招いた結果なのだ。目標としていたオールAも達成できずに終わった。しかも前学期より「B」がひとつ増えていた。

——あなたは素晴らしく健闘しましたよ。嘆くことはありません。

教授のひとりが豊子にそう言った。

——B評価止まりの科目が増えたのは生物学的理由のためで、あなたが悪いのではないのです。女子の体は男子より早く成熟しますが、思春期に入ると男子のほうが急速に成長し、最終的には女子の身長を超えるでしょう？　脳も同様なのです。

たしかに男子留学生たちは成績を伸ばしていた。だから多少の問題を起こしても公使は目こぼししていたのだろう。

帰国を一週間後に控えた日、相沢郷がフランクル家を訪ねてきた。公使館から書類や旅費を預かってきたという。涙をにじませる豊子に相沢郷はハンカチを差し出した。

「お母さまには帰国をお知らせしたのでしょう？　お返事はなんて？」

「返事がないのが返事です。いかなる言い訳も許さないのが母なのです」

相沢郷のハンカチは今日も勿忘草の香りがする。フランスでは友情の証とされ、ドイツでは愛する人を忘れないという花言葉を持つと詩集に書かれていた。

「相沢さんだけは信じてください。私はやましいことは何もしていません。ヴィクトル座の台本を集めたのも、日本にはない生命力溢れる表現法や、お雇いの外国人教師が決して教えない庶民の息遣いを学びたかったからなのです。それに婚約の解消もこの件とは無関係なのです。相沢さんにいただいた本を読んでいるうちに、大きな目玉が、子どもの頃に夢に現れた恐ろしい目玉が、リヒャルト先生の体を借りて舞い戻ってきたように思えてならなくなったからなのです」

「分かっていましてよ。あなたを最も理解しているのは私ですもの」

相沢郷は目を細めると、待たせていた馬車で帰っていった。豊子の手にハンカチを残して。


八月最後の日の昼下がり。豊子はベルリン駅で列車を待っていた。心躍らせて来たこの道をこういう形で引き返すことになるなんて、一年前は想像もしていなかった。

フランクル一家との形式的な別れの挨拶が、この地で交流した人との最後の会話となった。一家の子どもたちと遊んだときのドイツ語。リヒャルトと語り合ったときのドイツ語。彼の友人たち、ドリス、大学の教授たちと交わしたドイツ語。エリクのざっくばらんなドイツ語。だが豊子が最も恋しいのは相沢郷の日本語だった。異郷で耳にする貴重な母国語だったからではなく、遠い昔から知る声だった気がするのだ。

軽く肩を叩かれて振り返る。閉じた日傘を手に、相沢郷が立っていた。

「行き違いになるところでしたわ。船にお乗りになってからでは間に合いませんもの」

相沢郷は鞄から封筒を取り出し「公使からですわ」と差し出す。留学継続の許しが出たのだろうか。豊子は急いで開封する。予想もしないことが書かれていた。

〈ホソダ　セツ　キュウシス〉

母の急死を知らせる、故国からの連絡だった。

「お悔やみを申しあげますわ。消印から逆算しますと、あなたの帰国決定をご存じないまま亡くなられたようね」

便箋を見つめていた豊子は、待合椅子に座りこむと手紙を額に押しつけた。

「墓前にどう報告すればいいのでしょう……」

「お墓はありませんわよ。あなたの故郷は先月、洪水で沈んでしまいましたの。家々も墓地も役場の戸籍帳も何もかも半永久的に泥の下。帰国なさってもあなたは幽霊でしかありませんわ」

にわかには信じられず、豊子は虚ろに顔を上げる。

「公使にお会いできないでしょうか？」

「公使は同じことを二度は仰らない方でしてよ。けれども官費留学生としての滞在はお認めにならないというだけですから、ご自身で今後を賄《まかな》えばすむことですわ」

「それは……母の望む生き方ではありません。あの世の母に顔向けできません」

「あなたはお母さまの人生の代行者なの？」

相沢郷は鍵盤に指を走らせるかのように、豊子の肩から手首までをたどった。

「仕事をご紹介しますわ。それまで私の部屋にお泊りになるとよろしくてよ」

相沢郷は待合椅子から立つと豊子の手を取り、駅出口へといざなった。


青白い壁に囲まれた相沢郷の部屋で、豊子は月を眺める。ランプの油を買えずに月明かりの下で読書していた母の姿を思い出すと涙がにじむ。家にあった二千冊の書が泥水に沈む様子を想像すると、とめどもなく涙が溢れる。

相沢郷は夕食に鮎《あゆ》のマリネを作ってくれた。疲れてほとんど手を付けられなかったが、美味しそうに鮎を食べる相沢郷を見ていると、なぜか懐かしい気持ちになるのだった。

その夜はベッドを半分借り、相沢郷と背中合わせで眠った。夏にもかかわらず相沢郷の体はひんやりとしていた。記憶している母の体温よりも安らいだ。

朝が訪れ、身支度しようとした豊子は、コルセットが見当たらずに探した。コーヒーを淹れる相沢郷が「コルセットなら処分しましてよ」と当たり前のように言った。

「あなたは、いかなるものにも拘束されてはなりませんわ」

相沢郷は豊子にカップを渡す。かすかなブランデーの匂いに豊子は背徳《はいとく》を感じた。

住まいと仕事を紹介してくれるという相沢郷に連れていかれた先は、薄汚れた集合住宅がひしめく界隈だった。酩酊《めいてい》した男が絡んできたが、物陰から現れた別の男たちに叩きのめされる。相沢郷は動揺する豊子の手を引き、慣れた足取りで路地裏へと歩いていく。窓辺に腰かけた娼婦が脇の汗を拭《ぬぐ》いながら、退屈そうに豊子たちを見ていた。

「あの……どこまで行くのでしょうか？」

「ここですわ」

薄闇を思わせる五階建て。怒声や嬌声《きょうせい》がこだまする四角螺旋《らせん》の階段を登るにつれ、豊子の不安が募る。最上階に着くと相沢郷は錆《さび》色のドアを解錠する。天井近くに小窓が付いただけの小部屋は安い香水の匂いがし、簡素なベッドが置かれていた。意味を察した豊子は屈辱と羞恥で顔を赤くし、階段へと引き返す。相沢郷は「別の部屋もご覧になったら？」と笑いを含んだ声で言った。

「どの部屋もお好きに使ってよろしくてよ。大工の手違いで窓や仕切りがおかしなことになっていますけれど、書斎や書庫の用は果たしますでしょ?」

相沢郷に紹介された仕事は異国の様々な物語を邦訳することだった。アメリカやイギリスで勢いを得ている文芸雑誌というものが日本でも流行《はや》り始めたらしい。随筆や創作文芸だけでなく海外作品も翻訳して積極的に紹介したい、外国語の知識と日本語の表現力を兼ね備えた人材はいないかと、雑誌主宰者や新聞社は各方面を当たっているという。

「公使館にも問い合わせがまいりましたの。公使は森君を推薦なさいましたわ。彼は格調高い文章が書けるとかで、雑誌社も評論家も大いに買っていましてよ」

相沢郷は豊子に目を細めた。

「けれども女性の書き手を求める主宰者もありますの。アメリカで学ばれた津田梅子さんや私塾で英語を修められた若松賤子《わかまつしずこ》さんが、精力的な寄稿者として存在感を高めていらっしゃいますわ。あなたがそこに名を連ねることのできない理由などあるかしら?」

予想外の提案だった。

「邦訳する題材は好きに選ばれるとよろしくてよ。大衆劇場の台本でも貸本屋の三文小説でも。王立図書館や古書街にも裏道を通れば数分で行けますわ」

裏道……。ここはエリクが住む裏通りより荒れている。相沢郷は豊子の胸のうちを見透かしたように「最低限の安全は約束してさしあげますわ」と薄笑みを浮かべた。

豊子は生活の準備を始めた。居間と台所には仕切壁がなく、豊子が求める机や書棚も並べることもできそうだ。湿気の少ない南側の小部屋は書庫として使おう。生活道具は前の住人が置いていったもので間に合いそうだ。帰国の船に載せるつもりだった書物や文献はマルセイユの港で積み込み待ちになっていると分かり、ベルリンに戻す手続きをした。

一週間後。港から戻ってきた本を棚に並べていると相沢郷が訪ねてきた。部屋を見渡した彼女は「よほど書斎が欲しくていらしたのね」と出窓に腰かけた。

「まずはどんな物語を訳されるの？」

「グリム童話から選んでみようと思うのです。生々しい話も多いですけど、白雪姫やシンデレラは等身大の女子が主人公ですから、親しみやすいのではないでしょうか」

「女子の道を拓《ひら》こうというあなたが、王子様に見初められてハッピーエンドという話を選びますの？　赤ずきんのほうが面白くてよ。食べられた女の子が狼の腹を割いて現れる場面は、何度読んでも血が騒ぎますわ。狼の断末魔は、あなたの筆にかかるとどのような日本語になるのかしら」

「そんな残虐な場面はとても訳せません」

「森君は生首の戯曲を翻訳していましてよ」

相沢郷は生首を掻《か》き抱《いだ》く仕草をすると、Ich habe deinen Mund geküsst. Ah! Ich habe ihn geküsst. deinen Mund! と架空の生首にキスしてみせた。

「公使夫妻が『ヘロディアの娘』という新作オペラを鑑賞されましたの。王女サロメが自分を全否定する洗礼者ヨハネを斬首させて、生首に接吻する場面ですわ。森君は『妾《わらわ》は汝に接吻せり。嗚呼《ああ》！　妾は汝に接吻せり』と訳して、公使は格調高い表現だと感服していらしたけれど、夫人の心には響いていないご様子でしてよ。あなたならどう訳して？」

「慎み深さを教育されている王女でも、そういうときは心のままを口にすると思います。おまえの唇を奪ってやったわ！　と静かな狂気に酔ったのではないでしょうか」

「日本の女性たちは、そういう訳文を心待ちにしていますの」

「どういうことでしょうか」

「物語の姫たちがどれほど赤裸々な声を発しても、男性の訳者や男性の評論家がねじ曲げてしまいますの。男性基準で矯正された物語を読むしかない女性たちは、異国語の海を塔の小窓から眺めるしかないラプンツェルですわ。あなたは剣を手に姫君を救いだす王子様にはなれませんけれど、あなたの手には、ほら、剣よりも強いものがありましてよ」

相沢郷は豊子を机の前に座らせ、万年筆を握らせた。

〈嗚呼、我も参りたし舞踏会。シンデレラははら〳〵と落つる涙を凍てつき手に沃《そそ》ぎぬ。現れし魔女が何故に泣き玉ふかといひ掛けたるに彼女は、君に憐憫《れんびん》の情あらば我を救い玉へと涙の泉を又溢れさせ、愛らしき頬を濡らしめぬ〉

森倫一郎が訳した『灰かぶり』は帝国日日新聞に掲載され、権威ある評論家たちから賞賛された。同時期に豊子も『灰かぶり』を訳して新興の文芸雑誌に寄稿した。

〈私も舞踏会に行きたかったのにとシンデレラはむせび泣きました。こぼれ落ちる涙が、あかぎれで傷《いた》んだ手を濡らします。魔女が現れ、おやおやどうして泣いているんだいと声をかけると、シンデレラは「お婆さん、お婆さんなら助けてくれますか」と涙をあふれさせます。可愛らしい頬はすっかり濡れそぼっていました〉

評論家たちは「なんだこの書き方は」と渋面し、「西洋かぶれの小娘は身持ちだけでなく日本語も堕落させる」と侮蔑した。だが豊子は次々に物語を訳して寄稿した。

〈マレーン姫は侍女と一緒に塔の壁をぶち破り、さあ行きましょうと揚々と旅に出ました。そして隣国のお城の下働きとして雇ってもらい、たくましく生き始めたのです〉

〈人魚姫は人間の体をもらうかわりに、美しい声を魔女に差し出しました。けれども王子様は違う姫君と結婚してしまったのです。魔女はささやきました。「人魚姫よ、王子の心臓を突き刺しておやり。そうすりゃ王子のことなんか綺麗さっぱり忘れられるさ」すると人魚姫はナイフを捨てて海に飛びこみ、泡となって消えていったのです〉

豊子は固いパンを水で流しこみながら机に向かった。夜更けにランプの油が尽きることもあったが、必ずといっていいほど窓から強い月明かりが差しこみ、手元を照らしてくれるのだった。

やがて文芸雑誌から、読者の手紙が転送されてくるようになった。

〈遠い存在だった異国の女の子たちを、豊子先生は私たちの身近に連れてきてくれました。私も先生が紹介してくださるような芯のある女の子のお話を書きたく思います〉

〈異国の見知らぬ物語を豊子先生の訳で読むたびに、心のなかの未知なる扉が開いていくのが分かります。そして扉の内から聞こえる声の生々しさに、我ながらおののきます〉

特に熱烈な手紙を書いてきたのは鳳《ほう》しよう、樋口夏子という恋に憧れる二人の少女だった。鳳しようは「将来は『晶《しよう》』の字を使って晶子という筆名にしたい」と書き、樋口夏子は「下級官吏の娘なので着物は買えませんが、読み物さえあれば幸せです」とつづっていた。豊子はひとりひとりに返事を書いた。数年前の自分に手紙を送るかのように。

ある日、相沢郷が帝国日日新聞の切り抜きを持ってきた。森倫一郎が豊子の『灰かぶり』訳を批判し、いかに自分の訳文が完璧かを誇示しているという。豊子がまだベルリンにいると知っていながら、どうしてこんな回りくどいことをするのだろう。森倫一郎が執拗に紙上で返答を要求するので、豊子は仕方なく彼の「完璧な訳文」を熟読した。

〈華麗なる婚礼を挙げたるシンデレラは、これにて真の幸福を手に入れたり（終）〉

豊子は、句点を略した部分に符号を加えた。

〈華麗なる婚礼を挙げたるシンデレラは、これにて真の幸福を手に入れたり？（終）〉

すっかり意味の変わった訳文が新聞に載ると、森倫一郎は「日本語に疑問符は不要である」と苛烈な抗議を寄稿した。だが疑問符という西欧の表記符号を知った読者たちは、様々な言葉に「?」を付けて面白がった。とりわけ女性たちが面白がった。

「女に学問はいらぬ?」「良妻賢母たれ?」「妾を持つのは男の甲斐性だ?」

紙上では評者が論争を展開した。福沢諭吉は「細田豊子を留学させたのは正解だった」と寄稿し、二葉亭四迷は「豊子の文体を標準化しよう」と提唱して物議を醸《かも》し、津田梅子は「同志」を激励する手紙を豊子に送った。

やがて寄稿誌から為替《かわせ》が届いた。額面は亡父の一ヶ月の給金とほぼ同じだった。相場は分からないが、身につけた知識で父に並ぶ収入を得たことは豊子を大いに勇気づけた。相沢郷に感謝を伝えなくては。今の自分の立場では職員官舎を訪ねることはできないが、今日は日曜日だ。彼女は王立図書館近くのカフェで過ごしているだろう。

相沢郷に教えられた裏道を通ると、客待ちの娼婦たちが生気のない視線を向けてきた。自分はいつまで安全に暮らせるだろうか。公使の任期が終われば相沢郷も帰国するのだ。彼女を頼ってばかりはいられない。

裏道を抜けてカフェに着くと、木漏れ日がさすテラス席で雑誌を読む相沢郷の姿があった。雑誌から視線を上げた相沢郷は「行き違いましたわね」と目を細めた。

「先ほどまでリヒャルトさんがいらっしゃいましたの。あなたのことをお話ししましたら悔いておられましてよ、傲慢という罪の林檎を齧《かじ》った生徒《イブ》を救えなかった教師《アダム》として。あなたは教え子として先生にどうなさるべきかしら？」

豊子が答えられずにいると相沢郷は「恩返しすることでしてよ」と薄く笑んだ。

豊子はこれまで以上に精力的に文芸雑誌に寄稿した。豊子の文体や選ぶ題材は批判の的となるいっぽうで支持者を増やしていく。豊子に批判的な文学結社があえて寄稿を求めてくることもあった。豊子は意図を察し、正統派の文語体で邦訳した。結社は肩透かしを食らった。「細田豊子は格調高い文章が書けないから口語体で奇をてらい、新風を吹きこんだ気になっている」と叩くつもりだったからだ。彼らは苦しまぎれに「私小説や家庭小説ではなく社会小説を女性が訳することには無理がある」と批評した。

騎士のような語り口や宮廷風の筆使いなど、豊子はその場を生きてきたかのように使い分け、物語に命を吹きこんだ。日本語の概念にはない「Waldeinsamkeit」も、保守派は「森の如き場所に独り取り残されたかの如き孤独」と注釈を付けて訳したが、豊子は状況に応じて「私を分かってくれる人は誰ひとりいない」「分かろうとしてくれる人だっていない」「笑ってみせているけれども心はひとりぼっち」「ひとりぼっちでいればいるほど、心には寂しさよりも静かさが満ちてくる」と、原作者の心を読み解きながら日本の読者に届けた。こうした積み重ねを続ける豊子には依頼が舞いこみ、為替の額面も亡父の給金を超えた。それを元手に豊子は書斎を充実させ、書棚から溢れる資料をもとにさらなる物語を日本に送り出していった。

やがて日本の独逸学協会が、日本の古典籍を蒐集するプロイセン貴族に豊子の訳書を紹介した。その貴族は訳書をサロンで紹介し、プロイセンの大手新聞社の知るところとなった。クリスマスの新聞紙面には豊子を取材した記事が掲載された。これまでの日々を感謝とともに振り返り、女学校を設立して自分にしか教えられないことを伝えたいと語る写真のなかの豊子は、コルセットなしで服を着て大きな書棚を背にし、タイプライターや分厚い辞典を置いた広い机に向かっていた。その記事の隣には、ゲルマン神話の精神性を説くリヒャルトの寄稿が掲載されていた。

この取材がきっかけとなり、豊子はPreußen Tagebuch（プロイセン日記）と題した新聞連載を始めることになった。異郷の地で見る「月」への考察を、かぐや姫を紹介する形で書いた随筆は反響を呼び、以降、当初の二倍の記事欄を与えられた。教え子に場所を譲る結果となった「ゲルマン神話精神論」は、紙面の片隅に縮こまるようにして掲載されるだけとなった。

「公使夫人はご機嫌斜めでしてよ」

豊子の部屋で復活祭の菓子をつまみながら、相沢郷は肥大化した書棚を眺める。

「私もいい迷惑ですわ。あなたの訳を持ち帰らないとお給金がいただけないんですもの」

相沢郷はこれ見よがしにあくびをしてみせ、豊子は机に向かったまま笑みを浮かべる。

豊子は北欧発の戯曲とフランス発の小説の翻訳を進めている。戯曲はドイツ語では『Nora oder Ein Puppenheim（ノラあるいは人形の家）』と題され、夫の経済力に頼らざるをえない良家の女性が一個人としての人生を選ぶまでを描いている。小説のほうは既に男性訳者たちの手で『月世界旅行』として邦訳されているが、豊子の筆で新訳をと依頼された。日本にない科学技術をどう訳するか悩むことも多いが、本の世界での冒険に夢中になってくれるに違いない日本の少年少女を思い浮かべると、豊子の意欲も上がる。

相沢郷の勧めで『人形の家』の連載を読むようになった公使夫人は、続きはまだかと焦《じ》れている。豊子が日本に訳文を送り、印刷された文芸雑誌がプロイセンに届くまでの日数が待てず、相沢郷を豊子のもとに寄こすようになったのだ。

「夫人は埋め合わせに縁談のお世話をお考えでしてよ。公使や新政府の体面を傷つけない方法であなたを支援なさりたいみたい。お相手の条件はあなたが一方的に出されればよろしいわ」

「お気持ちはありがたいのですが、私は留学の機会を活かせなかったぶん、異郷で自立する機会は失いたくないのです。それに和泉式部《いずみしきぶ》や伯爵夫人ファウスティネのように、心が赴くままの恋もしてみたいのです」

「大胆なことを仰るようになったのね。ファウスティネの原型はファウストでしてよ？　学問に飽きたらず探究心を満たそうと魂を売ったファウストは、神に破滅させられたわ」

「無力感に打ちひしがれるしかないときでも這《は》い出す道は見つけられるのだと、相沢さんは教えてくれました。それに男性と同等かそれ以上の収入を得られるようになれば自分の立場を強くでき、主導権を握ることができます。神様に罰せられる生き方だとは思いません」

　窓の外からはいつものように、女性たちの荒っぽく陽気な話し声が聞こえてくる。

「この地区の女性たちの暮らしは楽とは言えないけれど、『人形の家』の主人公《ノラ》のようなみじめさは味わわずにすんでいると言っていました」

　この界隈の住民の娯楽や情報源は酒場や井戸端会議だ。識字率の低さが理由のひとつで、薬の説明が読めずに子を死なせてしまったり、内容の分からない契約書に署名して借金を負わされたりする例が後を絶たない。咳止めと殺鼠剤《さつそざい》を間違えて飲ませようとする母親を豊子が偶然見かけ、慌てて止めたこともある。やがて他の母親からも処方箋や契約書を読んでくれとか、書類を代筆してくれとか頼まれるようになり、こころよく応じるうちに、王立図書館への裏道を抜ける際に向けられる視線も柔らかくなった。異国語としてドイツ語を学んだ日本人の豊子が、母語としてのドイツ語を読み書きできないドイツ人を手助けすることの意義は、平穏な留学生活を続けていたら学べなかっただろう。

「豊子さん、ヴィクトリア劇場で森君を見かけたら私にご一報なさって。公使や新政府の覚えめでたいのを良いことに、また踊り子にうつつを抜かしているようですの」

「どうか告げ口なんて考えないでください。相沢さんの品位が貶められてしまいます」

豊子は原稿用紙を入れた封筒を、相沢郷に差し出す。相沢郷は用紙を取り出して読み始め、「さすがは物語の女神の筆使いですわね」と目を細めた。

「相沢さん、どうかそういう呼び方はやめてください。不遜が過ぎます」

「言霊《ことだま》の力をご存じ？　口にすればするほど現実に近づきますの」

ドアの向こうから、口笛まじりに階段を上る足音が聞こえてくる。豊子は無意識のうちに口元を緩《ゆる》めたらしい。相沢郷に軽く唇を突つかれ、豊子は口元を手で隠した。

「相沢さん、エリクさんたちのことをありがとうございました」

「彼らのためにお世話したのではなくてよ。私はあなたの利になることしかしませんの」

エリクと偶然再会したのは四ヶ月前、新年を迎えてほどない雪の日のことだ。処方箋を読めない母子に付き添って薬局に出向いた際、母親の薬を求めに来ていたエリクと鉢合わせしたのだ。豊子のこれまでの経緯を知るよしもないエリクは「めっきり見かけなくなったんでどうしたんだろと思ってました」と喜び、「まだ返し終わっていない分が」とあたふたとポケットから銅貨を出した。豊子が固辞すると「だったらこれを」とヴィクトル座の入場券を差し出した。『人形の家』に出会ったのもそれがきっかけだ。

その後も劇場に出向いたり、老母を見舞うためにエリク宅を訪ねたりした。官費で生活を賄われる身でも、夫の顔を立てながら養われる立場でもない豊子は自由だった。女学校を設立したらこの体験を伝えようと誓った。

そんな折、エリクの暮らす地区が更地にされることになった。わずかな退去金をもとに住民は他の街へ移っていったが、エリクの母は知らない街に行くことを拒んだ。豊子が相沢郷に相談してみると、「あなたの階下が空いているじゃありませんの」と家主と賃料を交渉してくれ、エリクとその母は無事に住まいを得た。豊子はエリク宅の夕食に招かれるようになり、老婆はじゃが芋のスープでもてなしてくれた。母が作ってくれた汁物に似た味がした。

「さて、おいとましますわ。物語が今後どんな展開を迎えるのか楽しみにしていましてよ」

「相沢さんはドイツ語版を読んでいらっしゃるから、結末までご存じでしょう?」

「私を夢中にさせる物語はひとつだけですの。物語の女神が創りだす細田豊子の物語でしてよ」

相沢郷は復活祭の菓子を口に入れると、鞄を提げて豊子の部屋を去っていった。

その夜は月が美しく、豊子とエリクは集合住宅の屋上で空を眺めていた。

〈天の原ふりさけみれば春日なる　三笠の山に出でし月かも〉

帰国できないまま異郷で生涯を終えた遣唐使の阿倍仲麻呂《あべのなかまろ》が、月を仰いで望郷した歌だ。豊子には、月こそが本当の故郷のように思えてならないときがある。頭の後ろで手を組んで寝そべるエリクは、「今日は新しい劇で使う月夜のセットを作ったんですよ」と豊子のほうに顔を向けた。

「『フィガロの結婚』のパロディです。持参金目当てで令嬢と結婚した伯爵と、伯爵って亭主がいながら十人の愛人を持つ夫人の喜劇で、原作を男女逆にしたみたいです。教誨師《きょうかいし》らが憤慨して乗りこんできたけど、今の時代、男と女の権利に差をつけなくていいって思うんですよ。まあ俺はあんなふしだらな結婚はいやだけど。それにしても綺麗な月だなあ」

「ゲルマンの文化で育ったエリクさんには、月の影は荷運びする男性に見える？」

「男か女かは分からないや。若い頃のお袋は、そこいらの男じゃ運べない物でも軽々と運んだし」

「本格的な書斎が必要な人と聞いたら、男女どちらだと思う？」

「もっと分かんないや。古道具屋の本棚を見ても男用とか女用とかないし」

「情感が豊かな人と聞いたら？」

「うちの役者は男も女も感情的な演技が上手いからなあ。何のなぞなぞです？」

「伯林《ベルリン》の差し出ずる月の明々《あかあか》に　君を見つけて何をか思わん」

どこの国の言葉？　ときょとんとするエリクの肩に、豊子は頭をもたせかける。運命の人を自分で見つけて心からの和歌を捧げたい。昔からそんな願望があったように思う。

目に映る満月の表情が、ふと冷ややかになったように見えたのは気のせいだろうか。

〔姫君、これにて真の幸福を手に入れたり？〕

ベルリンの地を踏んで二年が過ぎ、豊子はエリク・フォーゲルと結婚した。豊子から求婚した。

経済面でも精神面でも自立しているのに、受け身の生き方に甘んじる必要がどこにあるだろう。

戸籍を取り寄せられないので日本国籍のままでの入籍となった。公使館に相談することには抵抗があったのだ。小さな教会での簡単な挙式に出席してくれた相沢郷は、結婚祝いに美しい筆記帳をくれた。

「魔法の帳面ですの。細田豊子の物語をお書きになって。そうすればあなたの人生はそのとおりに動いていきましてよ。それこそが私が読みたくて堪《たま》らない物語ですわ」

豊子は興味を引かれた。とはいえ主人公の名を「細田豊子」にするのは気恥ずかしい。そうだ「サヨ」にしよう。夢のなかで天女に呼ばれたあの名前で書いてみよう。


海を渡ったサヨは、異国の王子様を見初めて求婚しました。結婚したふたりは小さなお城で慎ましやかに暮らし始めました。年老いた女王様も一緒です。

あたたかい料理を用意して伴侶の帰りを待つ、美しく心やさしい王子様。そしてサヨは思う存分に仕事をして、お城を支えるのです。


豊子が書斎で集中したいときは、エリクは家事一切を引き受けてくれる。

「ロンドンの大舞台にだって立てる女優がいたんだ。見初められて玉の輿に乗ったけど女優人生は終わりさ。本人がそれで納得してるならいいけど、才能ある女の人は活躍を続けて評価されるべきだし、それを応援するのが男の責任だと思うんだ」

そう話すエリクは毎朝の出勤前に心をこめてコーヒーを淹れてくれる。

サヨはお城の壁を塗り替えようと思いました。傷みも進んできているからです。どんな色がいいかしらと王子様に相談しました。君の好きな色にしようと王子様は言いました。

この地区になじんだ豊子は結婚後も集合住宅に住み続けている。とはいえ壁の剝がれがひどくなってきたのでエリクと話し合い、塗りなおすことにした。『人形の家』と『月世界旅行』の邦訳が順調に版を重ねていることもあり、資金にはある程度の余裕がある。だが銀行で出金しようとした豊子は、行員の思わぬ言葉に阻まれることとなった。

「ご主人の許可は得ておられますか？」

自分の収入を自分の口座から下ろすのになぜ夫の許可が必要なのかと尋ねると、妻の収入でも夫婦の共有財産とみなされ、夫の管理下に置かれるからだと言われた。法的庇護者がいない場合を除き、女性が一定額以上を払い出すときは男性親族の許可が必要なのだと。

「あなたは細田豊子からトヨコ・フォーゲルになったのですから」と行員は言った。

お城の壁はすっかり直り、女王様も喜びました。サヨは亡き母にできなかったことを女王様にしてあげたいと考えています。女王様は「私を母同然に思ってくれるだけで嬉しい」と言いました。それを聞いた王子様は「君を必ず幸せにします」とサヨを抱きしめました。

豊子の収入を管理するエリクは豊子が良いものを書けるようにと上質な肉の塊を買い、母親には行商人から不老不死の薬を買った。食べきれないほどの肉もまやかしの薬も買ってはいけないと豊子は諭すが、エリクはそれが家族を幸せにすることだと信じている。

お城には長い冬を乗り切れるだけの食糧がありました。けれども王子様は「こんなにあるのだから」と食べ尽くしてしまいました。収穫の季節はまだ先です。途方に暮れる王子様と女王様に留守番を頼み、サヨは食糧の調達に出かけました。サヨは剣よりも強い武器を持っているのです。

残高の底が見えてくると銀行は払い出しを止めた。次の為替が届くのは二ヶ月後だ。身を裂かれる思いで十冊ほど蔵書を売ったが、三日も経たないうちにエリクの親戚の葬儀代に消えた。豊子はベルリンの低俗雑誌に売文を始めた。『宇治拾遺物語《うじしゅういものがたり》』や『霊異記《りょういき》』に収録された猟奇話や怪奇譚を西洋風に変えて持ち込むと、その場で換金してもらえた。匿名でのやっつけ仕事で銀貨を得る自分が恥ずかしかった。

そんな豊子にエリクは肉料理や白パンを用意し、芳醇《ほうじゅん》なコーヒーを運び、仕事を辞めた。

「俺が辞めても劇場は困らないけど、豊子の仕事は多くの人に求められてるんだ。家のことは俺が全部やるから、トヨコは仕事のことだけ考えてくれればいいから」

——男同等に活躍して認められたいとの悲願が叶えられて、本望であろう？

期待に満ちたエリクの眼差しから、あの「大きな目玉」の囁《ささや》きが聞こえてきた。

サヨはひとり、森を歩き続けます。これがWaldeinsamkeitなのでしょう。けれども心には寂しさも静けさも満ちてこないのです。寒風に吹かれて旅するのは初めてではありません。サヨはもともと旅人なのです。かつては一緒に旅する友がいました。ふたりで物語を作りながら歩いたものです。道が険しくなるほど、ゆたかな物語が生まれたものでした。

樹木のあいだから月が見えます。歩き疲れたサヨは空を仰ぎました。満月のまんなかに見える影はうさぎでしょうか、荷運びをする人でしょうか。いえ、あれは瞳です。丸い月は大きな目玉となってサヨを見下ろしています。

雑誌への売文を続けながら豊子はドイツ語で小説を書いた。巴御前《ともえごぜん》や井伊直虎《いいなおとら》といった戦国の女武将を、ヨーロッパの女性騎士に置き換えた冒険物語だ。ベルリンの出版社に持ちこむと前向きな返答を得たが、予算の事情で出版時期は即答できないと言われた。いつ返答をもらえるか尋ねようとした豊子は、窓の向こうに大きな目玉が映りこむのを見た。

――予算の事情ではない。女が書いた冒険小説など需要がないからだ。

目玉がそう囁く。預りたいと言う社員に形式的な礼を言い、原稿を抱えて退室した。

別の出版社に持ちこんだ。印税額と出版時期を提示してくれたが、ドイツ人が覚えやすい筆名に変えてほしいと言われた。また窓の向こうに大きな目玉が浮かびあがってきた。

――日本人の名前が覚えられにくいからではない。女の名前では出せないという意味だ。豊子の脳裏をよぎったのは、イギリスの怪奇小説『フランケンシュタイン』だった。作者は女性であることを理由に、匿名で出版することを求められたという。

豊子はまた形式的に礼だけ述べて、出版社を後にしたのだった。

その後も売文原稿を抱え、凍てついた雨の街をさすらう日が続いた。日本からようやく届いた為替はエリクが五日で使ってしまった。豊子が詰《なじ》ると「なぞなぞの答えが分かった」と笑った。「以前、情感が豊かなのは男と女のどっちかって聞いたろ？　ぷりぷりしている今のトヨコを見て女のほうだって分かったや」と得意げだった。

王立図書館の前を歩きながら、豊子はここに初めて連れてきてもらった日を思い出した。壁を埋め尽くす書物に胸を躍らせ、千年の歳月と何千里もの海を超えて再会した故国の古典籍に感涙したものだ。

自分が今、物語の一人物として生きているだけならどんなに良いだろう。きっと、そう、おそらく自分は前世もその前世も、誰かが作る物語の登場人物として生きてきたのだ。そして現世で初めて、自分が作る物語の主人公として生きることになったのだ。その機会を台無しにしたのは自分なのだ。すべて自分が悪いのだ。

いや、「細田豊子」の物語はまだ終わっていない。続きを書こう。自分で自分の物語を完成させよう。その前に暖かい場所で休みたい。今朝からずっと足元がふらつくのだ。

サヨのもとに故郷から迎えが来ました。王子様と女王様はどうにかしてサヨを引きとめようとしましたが、月の光を浴びると力が抜けたように座りこみました。サヨは永遠に実り続ける小麦の種と尽きることのないミルク壺をふたりに渡すと、王子様にキスをし、迎えの船へと誘われていきます。これからは故郷で女学校の先生として生きていくつもりです。


「日を覚まされたようね」

聞きなじんだ声のほうを見ると、相沢郷が豊子を見下ろしていた。

「病院でしてよ。王立図書館の近くで雨に打たれて倒れていらしたの。お体もお洋服も貧弱になられてお気の毒なこと。オデュッセイアの美装本を二千マルクでお売りになったんですから、カシミアのケープぐらい買えますでしょう？」

覚えのない話に耳を疑ったが、すぐに分かった。エリクだ。豊子と結婚したエリクには、毎日のように親戚たちから無心の手紙が送られてくる。豊子はもう、涙すら出てこなかった。

「あなたの鞄は優れ物ですわ。パン代にするつもりでいらした原稿は雨で台無しにしたけれど、筆記帳は濡らさなかったんですもの。けれども私が求めてやまない物語はあれではなくてよ」

読まれたと知り、豊子は耳を赤くする。相沢郷はベッドの傍らに腰を下ろすと「森君の一件をご存じ？」と囁いた。

「例の踊り子をおめでたにさせてしまって、日本に逃げ帰りましたの。踊り子は産着《うぶぎ》やおしめを縫って準備をしていたのに、森君が逃げたと知って心を病んでしまいましてよ。森君は悲恋物語にでもして自分を美化するでしょうけれど、彼が女性だったらそんなことはできたかしら？」

森倫一郎の醜聞など豊子には興味がないのに、相沢郷は愉快そうに話し続ける。

「例えば、貧しい若者と恋仲になったけれども依存されて、別れようか迷っている矢先に子を宿して。男性なら手切れ金だけ置いて逃げられますけど、女性は金貨を何枚もらってもお腹の子から逃げられませんわ。私生児を産めば赤子も親権も取りあげられ、堕ろせば罪人と蔑まれ、異人の血の入った私生児を連れて帰国すれば針のむしろでしてよ。どうしたものかしら豊子さん？」

相沢郷は豊子のお腹に手を当てる。意味を察し、豊子も自分のお腹に手を添えた。

「私が満足する結末にしてくださらなくてはいやよ。あなたは私を愉快にさせるために存在しているのですもの」

「どうして、そんな言葉を平然と……。友人だと思っていたのに」

「あら、私たちは友人でしたの？」

心を殴りつけられた豊子は、しばし言葉を失った。

「私の幸せを願っていると言ってくださっていたのに……あれは嘘だったのですか？」

「誰かの幸せを願うには友人関係が成立していないといけないのかしら？　それに初恋を成就《じょうじゅ》するお伽話《とぎばなし》なんて好みではありませんの。猜疑心《さいぎしん》や破局という展開を挟まないとつまらなくてよ」

「まさか……リヒャルト先生とのことは相沢さんが仕組んだのですか？」

「私は彼が購入した本を教えてさしあげただけでしてよ？　リヒャルトさんは箔押しの美しい書物を蒐集していらっしゃるの。フィヒテやシラーやタキトゥスの著書もそう。リヒャルトさんが傾倒しているのは彼らの思想だなんて、私は申しあげましたかしら？」

豊子に遠い記憶が蘇る。心を許していた相手に池に突き落とされ、溺れさせられた記憶だ。いつの記憶かは思い出せないが相手は愉快でたまらない様子だった。相沢郷と同じ目をしていた。

「……相沢さん、今までありがとうございました。もうお会いすることはありません」

豊子は顔を背けて目を閉じる。相沢郷は「ええ、もうこれきり」とベッドから立った。「公使の任期が来月で終わりますの。ごきげんよう」

豊子は目を開け、起き上がる。相沢郷は振り返ることなく病室を去っていった。


父親になると決まったら、男はしっかりとミルク代を稼がなくてはならない。責任を果たさない男は街の女たちに袋叩きにされる。それが労働階級の常識だ。エリクも「がんばらなくちゃ」と意気込んだ。「頑張ってトヨコの原稿を高く売ってくるよ」

エリクに急き立てられて書斎に戻った豊子は力なく机の前に座り、筆記帳を広げた。「サヨ」が旅を終えて帰郷する結末は、相沢郷に破り捨てられていた。白紙のページをめくっていくと相沢郷の筆跡で「サヨはこれにて真の幸福を手に入れたり」と書かれている。これが締めくくりとなるよう物語を繋げろというのだろう。豊子は万年筆を手にとった。


サヨと王子様は赤ちゃんを授かりました。王子様は女の子がいいと言います。愛らしいドレスで着飾らせて美しいお姫様に育て、裕福な王国にお嫁入りさせてあげたいようです。けれどもサ

ヨには分からないのです。女の子だったらどういう生き方をさせてあげるのが一番幸せなのか。

万年筆が進まなくなり、豊子は筆記帳を閉じる。書庫部屋から物音が聞こえる。エリクが「共有財産」を物色しているのだろう。彼が平然とこういうことを始めた背景には、清国がヨーロッパの脅威になり始めたことによる清国人排斥運動がある。多くの人は清国人も日本人もひとくくりにしている。「黄色い移民」を追い出す法律を作れという声も一部で出ているが、既に現地国籍を取っている者や配偶者が現地国籍の者は免除するらしい。妻の財布も在住資格も掌握した法的庇護者という名の男は、豊子に「大きな目玉」で笑いかけるのだった。

豊子がつわりで苦しむようになると、エリクは書斎まで豊子の食事や紅茶を運び、洗顔の湯おけや着替えを運ぶようになった。豊子は実質的に書斎に閉じこめられることになったのである。

——ふりだしに戻った気分はどうだ、「姫君その一」よ。

エリクとは違う男の声が聞こえ、豊子は筆記帳から顔を上げる。

——女人が己の生きる世界を己で構築しようとしても、結局は男が構築する世界に連れ戻されるのだ。男こそが物語の創造主なのだ。

豊子はランプを掲げて書斎を照らす。

——おまえが私から解き放たれることはない。刃を突き立てられても私は滅びぬ。

今度は別の書棚から視線を感じる。おそるおそる近づいて本を取り出してみると、書棚の奥から大きな目玉がこっちを見ていた。豊子は悲鳴をあげて本を棚に押し戻す。ドアに駆け寄るが外側から鍵をかけられているのか動かない。ドアを叩いてエリクを呼ぶが来てくれない。ランプの油が切れて書斎が闇に包まれる。別の明かりを求めようとしてつまずき、書棚に手をついた拍子に本がなだれ落ちてきた。フランス語訳の『源氏物語』。女性たちが自我に目覚めていく物語、いや違う、女は男の愛に翻弄されるだけの生きものという話なのだ。ドイツ語訳の『平家物語』。女性も女性なりに戦を生き抜こうとしたという物語、いやそうではない、女は男の作る世界に翻弄されるしかないという話なのだ。いや、違う。そんな内容ではなかったはずだ。

書斎の窓から月明かりが差しこみ、床の一部がきらりと光る。本の下敷きになったまま豊子は手を伸ばす。壁に掛けていた鏡だ。本能的につかんで引き寄せた豊子は凍りつく。あの「目玉」が鏡のなかから豊子を凝視していた。

〔姫君、物語を締めくくる〕

ベルリンには春の日差しが降り注ぎ、豊子のお腹はこころもちふっくらとし始めた。みずから書斎に籠もる豊子を、エリクは今まで以上に甲斐甲斐しく世話している。

豊子が取り組んでいるのはクレメンティーネ・ヘルム作品の邦訳だ。思春期の女子向けの小説で、玉の輿を目指す少女にとって容姿がいかに重要かを説いている。豊子はこれを女学校の教本にする予定だ。邦訳のあいまには低俗雑誌への寄稿を続け、愛読者を増やしている。女性騎士の冒険小説は出版社の要求どおりドイツ風の筆名で刊行した。続編も出て増刷を重ねている。

雑誌社や出版社との交渉が巧くなったエリクに、豊子はアドバイスした。雑誌の原稿料と冒険小説の印税の支払いは、今回は二ヶ月後でいいと言いなさいと。即時払いを求めると三千マルクに値切られるが、二ヶ月待てば三千五百マルク払ってもらえると。エリクは「そうするよ」と目を輝かせた。健康を取り戻したエリクの母親は、台所で金勘定をするようになった。大きな指輪をつけた指を舐《な》め、入金明細や預金通帳をめくりながら。

豊子は書庫や書棚の整理を始めた。お固い文献や学術資料など必要なくなったので木箱に詰めようと思うと豊子が話すと、エリクは「いっそ売っちまったらどうだい」と身を乗り出した。豊子が今は売りどきではないと言うと「じゃあしばらく待つよ」と大きな目がさらに大きくなった。

三月も終わりに近づく頃、豊子とエリクはフランスに旅行した。パリ駅から列車でマルセイユ港に向かうと、三年前に豊子が乗ってきたような客船が何隻か停泊していた。デッキでは乗客たちが談笑し、桟橋《さんばし》では船員たちが荷物を運びこんでいる。

「トヨコはいつか日本で女学校の社長になるんだろ？　俺もついてくから」

余裕満面で笑うエリクはふと桟橋に視線をやり、怪訝な顔をした。

「あそこに並んでる木箱、トヨコのじゃないのか？」

「そうよ」

「どういうつもりだよ？　あれは日本行きの郵便船だろ？」

郵便船の隣に係留《けいりゅう》された客船が、煙突から蒸気を吹き始めた。デッキには相沢郷の姿があり、豊子のほうを見ているようだった。

豊子の腕をつかんだエリクは、哀れみを誘うような目をしながらも無言の凄みを利かせてくる。だがそこにあの「大きな目玉」は存在しなかった。あの日、鏡に映る「大きな目玉」を見て豊子は気づいたのだ。「大きな目玉」は自身のなかに棲みついていたのだと。あの視線もあの声も、「大きな目玉」の存在に囚われていた自身のなかから現れただけだったのだと。

客船の汽笛が鳴り、出港時刻まであとわずかだと知らせている。豊子はエリクにキスをすると腕を振り切って走りだした。船から離れ始めたタラップを駆け上がり、乗降口に鞄を放りこみ、自分も勢いをつけて飛び乗った。よろけて海に落ちそうになって腕をつかまれる。相沢郷が微笑みを浮かべて立っていた。

これから相沢郷との長い船旅が始まる。各地に寄港しながら移民国アメリカに向かう旅だ。親の国籍に関係なく、アメリカで産声をあげた子にはアメリカ国籍が与えられる。船上で産湯に浸かれば船籍や海域に基づいた国籍が与えられる。子どもを扶養する能力があれば移民の女でも堂々と暮らしていくことができる——。差出人不明の法律書が送られてきたのを機に、豊子は関連法律をひたすら調べたのだ。そして送られてきた法律書には、この客船の乗船券が挟まれていた。

豊子の蔵書は二ヶ月後には日本に到着するだろう。福沢諭吉に託され、全国の女学校や図書館に収蔵されることになる。豊子が邦訳を終えたばかりの玉の輿小説は、少女たちのなかで眠る批判精神を覚醒させてくれることだろう。

「あなたの子が私たちの年齢になる頃には、日本は清国やロシアと戦争を始めましてよ。その勢いでアメリカと衝突して、日本の移民は敵視されて締め出されますわ」

「そのときはまた旅の生活に戻ります」

森倫一郎とともにベルリンの地を踏んだ男子留学生たちは、富国強兵を掲げる新国家に組みこまれつつある。日本では「新時代の物語」が作られようとしているのだ。

「赤ちゃんが女の子だったら私たちのような経験をするでしょうよ。不幸なことかしら？」

豊子は何も答えず、満月の浮かぶ水平線を見つめていた。


旅人に戻ったサヨは、かつて一緒に旅した友と再会しました。いえ、本当は友などではなかったのです。サトというその姫君はサヨの分身であり、サヨもまたサトの分身なのです。

豊子は「サト」を訂正する。相沢郷は「郷」を「ごう」と読まれることを好んでいるのだ。そして、相沢郷の筆で先に書かれていた締めくくりを少しだけ書き直した。

サヨはこれから真の幸福を手に入れり？

第六話

『蟹工船』

——もう一度、はじまりの物語

男女平等を提唱する婦人誌『別冊青鞜《せいとう》』に、とある求人広告が掲載された。

〈男子同等の活躍を望む婦人よ、来たれ！

・男子同等の能力がありながら活躍の場を与えられぬ婦人

・女であることに希望を見出せぬ婦人

・女らしさの押しつけに辟易《へきえき》せし婦人

業務内容　国家事業

就業場所　遠洋船（婦人専用船。乗務員も婦人のみ）

応募資格　右の条件を満たす意欲ある婦人

選抜試験　履歴書による選考。詳細は当日船内にて〉

ようやくこういう時代が来たのだと、十六歳から四十歳までの二千人以上が応募した。そして厳正な審査の結果、意欲の高い百名が選抜されたのである。

【採用説明ならびに女たちの船出】

「全員集まったな」

女の声を耳にし、彼女は目を覚ました。周囲は薄暗く、海水の生臭さが漂っている。床は不安定に揺れ、窓のない板壁の向こうからは波の音が聞こえる。新天地に向かう客船に乗ったのだと思い出した彼女は周囲を見回す。風呂敷包みや旅行かばんを膝に載せた女が百人ほど、寝棚に腰を下ろしていた。

船底だ。でも自分の乗った客船とは違う。一緒に乗船した友人を探すが見当たらない。探そうにも顔も名前も思い出せない。わずかに覚えているのは、その友人がお腹に手を添えてくれたこと。お腹……そう、自分は産み月を控えていたように思う。なのに今はしぼんでいる。あれは夢だったのだろうか。ふと手元を見るとレースのハンカチがある。このハンカチは、たしか。

「では説明を始める。私の名は麻川。この蟹工船の監督だ」

耳当て付きの毛皮帽をかぶった女がデッキに繋《つな》がる梯子段《はしごだん》に立ち、見下ろす。

「人間には三種類いる。男、女、母なる者だ。選抜された諸君は、自発的に男同等の生き方を選んだ者たちだ」

女たちは力強く頷《うなず》く。

「母なる者らは陸地で田畑を耕し、ものを作り、子を産み育て、日本が豊かな国になるよう勤《いそ》しんでいる。男らは日本が西欧列強に勝てるように別の蟹工船で血と汗を流している。諸君は男同等の生き方を選んだのだから、負けずに蟹を獲らなくてはならない」

麻川は蟹工船事業の重要性を演説し始めた。一介の水産会社の営利事業ではなく、国の威信を賭けた戦いであること。日本の人口問題や食糧問題に対して重大な使命を担っていること。そのため、男たちの蟹工船も女たちの蟹工船も軍艦によって守られていること。

「この蟹工船に男はいない。男に脅《おびや》かされることも男の目を意識する必要もない。これまで、女は女であれと強いられてきた諸君にとって理想的な環境だ」

麻川はジャンパーの胸元から無線機を取り、部下に指示を出す。作業服姿の女たちが梯子段を降りてくる。それぞれが畳んだ衣類を手にしていた。麻川は再び話を始めた。

「諸君にはズボンを与える。ここでは女だからとスカートをはく必要はない」

麻川の部下たちは突きつけるようにして衣類を配る。灰色の作業服を渡された女たちは、着替えの下着がふんどしや猿股《さるまた》だと知るとざわめいた。

「腰巻きやズロースを付けていては男同等の仕事はできない。化粧も長い髪も必要ない」

部下たちはバリカンを鳴らし始める。女たちが口々に抗議すると、麻川は口調をやわらげた。

「よかろう。降りたい者は降りろ。だが陸地に諸君の居場所はあるか？　男の仕事場に移って男同等に扱われるか？　今の諸君は男と同等になれず女の本分もまっとうできない半端者なのだ」

バリカンを鳴らす音が再び勢いを取り戻した。

＊

五分刈りにされた女たちは作業服の番号で呼ばれ、彼女には「34」が与えられた。

「お尋ねしますが鏡はどこにありますでしょうか？」

34は、隣で身支度をしている大柄な女に声をかける。

「私は自分の名前も状況も分からないのです。顔を見れば何か思い出せる気がしまして」

67の番号札を付けた三十路の女は「この船は鏡は禁止みたいだよ。私の手鏡も没収されてさ」

と豆絞りをスカーフのようにかぶる。

「鏡を見なくてもおまえさんの五分刈りは変じゃないよ。頭蓋骨の形がきれいだからね。ところでおまえさんも『別冊青鞜』の広告を見て応募したのかい？」

「セイトウ？」

「その反応じゃ違うようだね。私はあの広告に飛びついたんだよ。子どもの頃から水兵か船乗り《マドロス》になりたいって憧れててさ。おまえさんは周旋屋に騙された感じだね」

「分かりません……。ただ、一緒に乗船した友人がいたような気がするのです」

「名前や人相は？　それらしい人がいたら声をかけてみてあげるよ」

「ありがとうございます。けれども……名前も顔もよく思い出せないのです」

34がそう言うと、女は「やっぱり周旋屋に引っかかったね」と痛ましそうな顔をした。

この蟹工船で名前を名乗れるのは麻川だけで、十人の部下は班長、副班長、班長代理、班長補佐、班長見習いなどと呼ばれ、腕章を与えられていた。女たちは番号で呼ばれ、二班に分けられた。川崎船と呼ばれるエンジン搭載の小船で漁場に行き、網をしかけて蟹を回収する班。回収した網から蟹を取りはずし、船内で缶詰加工をする班。陸地で力仕事やスポーツをやっていた女たちは前者に、それ以外の女は後者に配属された。

34は甲板《かんぱん》で蟹の運搬をする二十人に組みこまれた。なぜこんな状況下に自分がいるのか理解できないまま、凍てついた波風の吹きつけるなか、かじかむ手に息を吹きかけ、ひたすら網から蟹を外して台車で運ぶ。海水や蟹の破片で甲板はぬめり、足を取られて転倒すると、「男はその程度の揺れでは転ばんぞ！」と背中に竹刀が振り下ろされるのだ。

麻川たちに打たれるのは34だけではない。「女言葉は女々しい」と打たれ、「男だったら泣くなと言われるぞ」と打たれ、「月のものが止まるまで働いてこそ男同等になれるんだ」と打たれた。労働時間は週六日、朝四時から十時間と決められていたが、漁獲量が男の蟹工船の八割に満たなかった翌日は十五時間となった。しけの日には男の蟹工船では臨時休暇が与えられたが、女の蟹工船では殻《から》を砕く作業を命じられた。肥料の材料になり、これも蟹工船の売上として計上されるのだ。

女たちが休憩時間の延長を要求すると、麻川は即座に却下した。

「陸地の女は労働のあいまに子に乳を飲ませ、労働が終われば嫁の働きをせねばならん。諸君にはそういう負担がない。男同様、労働時間さえ終われば寝ようが遊ぼうが自由だ。甘えるな」

女たちは黙るしかなかった。

不満や愚痴の吐き出しあいで騒々しかった船底は、半月も経つとアルミ食器の音と溜息が漂うばかりとなった。寝棚は二段ではなく三段づくりなので頭をぶつけやすく、しかも一段に二人が寝るので寝返りもままならない。34も年下の雑婦29と背中合わせで横になり、鼻先に迫る壁を見ながら眠った。肩甲骨《けんこうこつ》のあたりがヒリヒリと痛むが、誰かの体温を感じるといくぶん和らぐ。行方知れずの友人ともこうして寄り添って眠ったことがあるように思う。

波の音にまざってタイプライターの音が聞こえてくる。壁の向こうは海の中だし、頭上は甲板だし、いったいどこからなのだろうと上体を起こすと、29が「お手洗い?」と場所を譲ろうとした。34は「起こしてしまってごめんなさい」と、再び横になる。

今のうちに船内を偵察して友人の手がかりを探そうか。34がもう一度起き上がろうとすると、29が「あなたも眠れないの？」と仰向《あおむ》けになり、低い位置にある天井を見つめた。

「寝られないとき、お祖母《ばあ》ちゃんがいつもお話を聞かせてくれたの。あたしは尋常小学校だけだから字は苦手だけど、『人魚姫』と『マレーン姫の冒険』は何度も読んで覚えたんだ。マレーン姫は塔の壁をぶち破り、さあ行きましょうと揚々と旅に出ました」

その文章……知っている。いつ読んだのかは思い出せないが強く記憶している。

「だからあたしも製糸場の門をぶち破って船に乗ったの。マレーン姫は閉じこめられても泣いたりしないから。女工で終わったりしないから」

29は夢見るように『マレーン姫』を暗唱していたが、ぐすんと鼻を鳴らし、やがて寝息を立て始める。タイプライターの音はいつまでも34の耳につきまとい、消えることはなかった。

翌日、女たちは麻川と衝突した。賃金が不当に減らされたのだ。男の蟹工船の八割の成績を出したのだから、男の基準額の八割が支払われるべきだと女たちは主張した。だが麻川は一蹴した。

「諸君の獲った蟹は殻が重いだけで肉が少なかった。給金をもらえるだけありがたいと思え」

日本初の「天皇の女性料理長」を目指す女が、この時期のオホーツクの蟹はあの肉量が標準だと反論する。これに婦人運動家の弟子三人が乗じた。

「瑕疵《かし》のないものを獲ったのにマイナス査定というのは不当評価ですよね！」

「婦人が婦人を搾取《さくしゅ》するなんてここは遊郭ですかっ？」

「あなたは男ぶってますけど、男はあなたを男とみなしてくれませんよ！」

麻川は「そう、私は男ではない」と鼻で笑った。

「婦人差別の抗議は男に対して求めるものだ。つまり女である私に抗議するのは筋違いだ」

「社長にも抗議します！　会社が労働者を搾取するのは男が婦人を隷属させるのと同じです！」

「社長も女だ。女中働きをしながら商いを学んで社長夫人となり、亡き夫の跡を継いだのだ。だから婦人登用にも積極的でおられる。船長も航海士も機関士も女だ。漁婦でも成績を出せば昇格して賃金も上がる。私や部下たちがそうだ」

女たちは言葉に詰まり、麻川は語気を強める。

「諸君が冷遇されるのは女だからではなく能力がないからだ。女学校卒だろうが学士の肩書があろうが低賃金しか得られないなら、その程度の評価にしか値しないということだ」

麻川は竹刀を手のひらに打ちつけながら、女たちを見渡す。

「諸君にはまだまだ甘えがある。整列せよ！」

女たちは無言で並ぶ。麻川は「背筋を伸ばして復唱！」と怒声を上げた。

「我々は男の蟹工船に勝つ！」

女たちがぼそぼそと復唱すると、麻川は竹刀で壁を叩きつけた。

「声が小さい！　我々は男の蟹工船に勝つ！」

女たちの声量がわずかながら上がる。

「もう一度っ。我々は男の蟹工船に勝つ！」

「我々は男の蟹工船に勝つっ」

「まだ声が小さい！　そんな甘い精神で勝てると思うのか！」

震えて声の出ない29に竹刀が振り下ろされる。かばおうとした34も打たれた。

「unsinnigだと思うのです」

34が29の背を撫《な》でながらそう呟《つぶや》くと、麻川は「何？」と声の調子を低くした。

「麻川さんの考え方はunsinnigでschwachsinnです。つまり愚かしいほど無意味です」

34は自分の口に触れる。自然と流れ出る言葉、いったいどこの異国語なんだろう。

麻川は班長と副班長に合図する。「立て！」と両脇をかかえられて梯子段を引きずりあげられていく34を、29や女たちが不安そうに眺めていた。


34が放りこまれたのは漬物樽が並ぶ空間だった。臭気に鼻を押さえて後ずさると、班長に「あの小娘みたいになりたいかい？」と小突かれた。視線の先には、柱にくくられてうなだれる若い女の姿がある。頭を雑に刈られているが令嬢風の洋装をしていた。

「しっかり目に焼き付けておきな。お友だちだろ」

「え？」

「監督にあんたを触らせまいと反抗したのさ。でも頭の打ちどころが悪かったね。生ける屍《しかばね》さ」

班長と副班長は「今日と明日は飯抜きだ！」と倉庫を去っていく。34は柱に駆け寄り、女のロープをほどく。床に崩れた女は顔が腫れ、頭から血を流していた。「大丈夫ですか」と声をかけ、34はレースのハンカチで血を拭《ぬぐ》う。だが彼女の顔を見てもやはり何も思い出せない。

女がぼんやりと目を開け、うう、とハンカチに手を伸ばす。手と手が触れたとき34は、どこかに引き戻されるような不思議な感覚に包まれた。

【女たちの目標設定ならびに達成度】

34は麻川たちの目を盗んで漬物室に食べ物や水を運び、手拭いと桶を持ちこんで「友人」の顔や体を拭《ふ》いた。顔の腫れや傷は治っていったが、樽を背にしてぼんやり座っているだけで、34が来てもよだれを垂らしたまま、不思議そうに首を傾げるばかり。

リネン倉庫で着替えになりそうなものを探していた34は班長に見つかり、また漬物室に放りこまれた。すると29「マレーン姫」が乾パンや水筒を隠し持ってきてくれた。漬物室は鍵がかけられているが、小柄で体が柔らかいので、犬猫にしかくぐれないような隙間から器用に入ってくる。そして34の「友人」が着ているビロードの服を「お姫様みたい」と夢見がちに触るのだった。

あの水兵志望の女も来てくれた。大柄な彼女は隙間から出入りすることができないので、酒を飲んでいる班長に「肴《さかな》に漬物でも持ってきますか」と声をかけ、鍵を持ちだしてきたのだという。

「誰も着ていない作業着があったから、着替えさせてあげな。五の番号札がついているから当分は五さんと呼ぼうかね。おや、私のほうを見たよ。もしや華僑《かきょう》のお人かね。呉《ゴ》さんとか強《ゴウ》さんとか」

「ゴウ……?」

「おまえさんの呼び方も決めようじゃないか。囚人じゃあるまいし、船底では名前で呼び合おってみんなで相談してるのさ。私にはミヅエって親にもらった名前があるし、おまえさんと同じ寝棚のあの子はマレーンと名乗ってるだろ？　おまえさんは学問の心得がありそうだから、名前を思い出すまで女史さんって呼ぼうかい」

「いえ、普通に番号で呼んでいただければ」

34の肩甲骨がまたヒリヒリと痛みだす。ミヅエが「南京虫かい？　見せてごらんよ」と34の上着を脱がせた。南京虫は見当たらないがミミズ腫れがあると言った。

「刺青《いれずみ》でも入れたのかい。でもこの彫り方は素人だね。万年筆か何かで彫りこんだのかね。それにこれは平仮名に見えるよ。ええっと、さ、よ？」

さよ……？

「誰かが、おまえさんの頭から名前が消えるって見越して刻んだのかね。まあ、そんなことはありゃしないか。とりあえずおまえさんは、さよさんってことでどうだい」

34は頭を押さえる。さよ……ごう……さよ……。

「さ、班長たちがしらふに戻らないうちに済ませよう」

五さんの着替えを手伝おうとしたミヅエは、「おや？」と手を止めた。

「ずいぶん古い乗船券が出てきたよ。あのへカテ号のじゃないかい。ほら、プロイセン公使館の女中とベルリン大学の元女子留学生が、船上で忽然《こつぜん》と消えた船さ。今はドイツ帝国だけどね。プロイセンなんて、今は亡き森鷗外の時代さ」

「森……？」

「『舞姫』の作者だよ。プロイセンに医学留学してた若い頃に踊り子を身ごもらせて、責任を取らされそうになって日本に逃げ帰ったとかなんとか」

「あの……今は明治何年なのでしょうか」

「しっかりおしよ。今は昭和二年だよ。明治なんてとっくの昔に終わってるよ」

耐えがたい目眩《めまい》に座りこむさよを、五さんは表情もなく眺めている。またどこからともなくタイプライターの音が聞こえてくる。


麻川は男の蟹工船と女の蟹工船の漁獲量を細かくグラフ化し、負けた分だけ食事の量を減らした。のみならず子沢山の女が母の日に表彰される記事や、立身出世した兄弟一同が母の墓前で感謝する写真などを貼りだした。

「仕事で結果を出せ。男の蟹工船や陸の女たちに真似できないことをして見返せ。それが諸君が社会に認められる唯一の道だ」

女たちは凍てつく波しぶきのなかへと川崎船を繰り出し、ふらつきながらも蟹缶加工に精を出す。食べるものを食べなければ体が動かないのだが、与えられるのは獣の骨粉を大豆汁にしたものや豚の血の煮凝《にこご》りで、それで筋肉や骨を増強しろと麻川は言う。そして自分や部下たちはこれ見よがしに肉料理を食らう。

体調を崩す女たちが続出した。起床のベルが鳴ると起き上がろうとするが、ふらついて倒れこんでしまう。班長と副班長が引きずり上げようとすると、麻川は「寝かせておけ」と言った。

「だが病欠者の穴埋めは諸君がしろ。ここは連帯責任の組織でもある」

倒れた者たちは罪悪感のあまり涙を流し始めるのだった。

漁獲量に応じて配られる夕食はさらにみじめなものになった。マレーン姫は切り干し大根を噛みながら「不思議の森のイラクサ」を空想しようとしたが、腹の虫が鳴きやまないので泣き出してしまい、さよが差し出した小袋の炒《い》り豆《まめ》を大事そうにかじった。傍らでは婦人運動家の弟子三人が汁物をすすりながら、麻川に反撃する手段を話し合っていた。

「今こそ我々の積んできた学問を活かすべきよ」

「あなたも学問の経験があるのでしょ？　さよさん」

三銃士ならぬ「三学士」とあだなを付けられた彼女たちは、病人の体を拭いているさよに声をかける。だが記憶が曖昧なさよは答えようがない。するとさよを手伝うミヅエが「さよさんが通ったのは明治時代の学校だよ」と冗談めかした。明治期に創立された学校だと思ったらしい三学士は「どこの女学校ですの？」と食いつく。さよが答えられないままでいると彼女たちはつまらなそうな顔をし、自身の女学校時代の思い出を語り合った。

学んだものは様々だったが、彼女たちに影響を与えた人物は共通していた。細田豊子。男子と同じ留学先に臨んだ挑戦心溢れる若き婦人。男子留学生の罠《わな》にはめられて官費留学生の資格を奪われたが、異郷の地で道を切り拓き、物語翻訳を通じて日本の婦女子に光を与えた不屈の婦人。

生きていれば六十歳を過ぎているが、二十歳頃にアメリカ行きの客船に乗ったのを最後に消息が途絶えた。歴代の留学生名簿にもその名はない。頭や心に浮かぶ思いをそのままの言葉で表現しようというのは豊子が広めたことだが、それを「言文一致」として体系づけた二葉亭四迷だけが名を残すことになり、細田豊子の名は消えた。

とはいえ多感な時期に「細田豊子」と出会った少女たちは歌人や随筆家となり、日本初の「婦人による婦人のための文芸誌」である『青鞜』を創りだすに至ったのだ。

だが『青鞜』は数年で廃刊に追いこまれた。当局に圧力をかけられたからだとも、執筆陣が内輪もめを起こしたからだとも言われている。以降、『青鞜』路線の雑誌が次々に誕生しては廃刊となり、唯一生き残ったのが『別冊青鞜』だった——。三学士の話が耳に流れこんでくるにつれ、さよは底なし穴に落下していくような目眩に襲われるのだった。私は……そう、私は。

「我々は毅然と対抗するわ。細田豊子が筆一本で男の文壇に戦いを挑んだように」

「泣き寝入りする意気地なしでは、婦人に道を拓いてくれた豊子に顔向けできない」

豊子豊子と鼻息を荒くした三学士は、「まずは麻川を無力化しよう」と顔を寄せた。それを耳にしたミヅエが「無理だよ。相手はピストルを持ってるんだよ」と声を押し殺した。

「男の蟹工船でもクーデターがあったらしいよ。でも監督に先読みされて制圧されちまってさ」

「脳みそが筋肉でできている男たちだからです。我々は非暴力で戦う。ストライキとサボタージュですよ。病人は堂々と休めるし、麻川だって監督責任を問われます。解任に追いこんでやりますとも。次の監督もサボタージュで迎え撃ってやるわ」

さよが「その作戦は自殺行為も同然です」と言うと、三学士はさらに鼻息を荒くした。

「拷問も獄死も怖れませんとも。首謀者は誰だと問われたら名乗りを上げて死んでみせるわ。それで豊子のように婦人たちに希望を与えられるなら本望よ」

「豊子は……あなたたちの話を聞いたら悲しむと思うのです」

「何が分かるんですか？　豊子でもないのに」

三学士は立ち上がると「みなさんに話があります！」と船底の女たちを見渡した。

＊

蟹工船の女たちは非暴力の抗議を開始した。

懲罰で食事量を減らされたり、一日二十時間近く働かされたりしたときは、意図的に労働ペースを落とした。それに対して追加懲罰が下されたときは労働拒否を実行した。

班長と副班長は「首謀者を報告した者には一週間の休暇とミカンの缶詰を与える」と告知したが、女たちは事前の打ち合わせどおり、そろって「私が首謀者です」ととぼけた。マレーン姫は「製糸場でもこういうのやりたかった」とはしゃぎ、ミヅエは「サボが終わったら言っとくれよ」と昼寝を決めこんだ。麻川は会社から呼び出し連絡を受けるようになり、通信室を様子見に行った三学士は「監督不行き届きで絞られてるわ。いい気味だこと」と肩を震わせて笑った。

数日後、中継船が物資とともに新聞を運んできた。開梱作業をしていた女たちは「婦人蟹工船にてストラキキ決行」の見出しに歓声を上げ、麻川の部下たちに見せつけるように紙面を開いた。

〈日本初の婦人蟹工船　漁獲量低迷続く　原因はサボタージュとストラキキ

やはり婦人に男子同等の働きは無理であった〉

歓声が消える。竹刀を手に打ちつけながら麻川が歩み寄ってきた。

「ストでもサボでも続けたいだけ続ければいい。結果を出せない理由を他人のせいにする労働者を会社は必要としていない。みずから船から降りてくれれば会社としても幸いだ。女の地位向上を阻《はば》んでいるのは男ではない。諸君のような女自身なのだ」

女たちはストライキを中止するしかなかった。男から差別されるたびに論破してきた三学士だったが、麻川を論破しようとすればするほど負け犬の遠吠えにしかならないのだった。

陸に居場所のない女たちは蟹工船に残るほかなく、それは全面的に会社に従うことに同意したとみなされるわけで、これまで以上に一方的な労働条件を課せられた。女たちに涙を流させるものは労働のつらさではなく悔しさだったが、悔しさを吹き飛ばすには蟹漁で実績を上げるしかなく、結局は女たちみずから会社の思う壺に呑みこまれたのだった。

その夜は珍しく波も静かで、オホーツクの海上には半月が浮かんでいた。

今日は物資運搬船が来て食料を置いていき、マレーン姫が羊羹《ようかん》をくすねて女たちに分けた。さよも一切れもらった。羊羹を包むガリ版印刷の社内報を広げると、女社長の近影と回想録が印刷されていた。細田豊子を目指して努力を重ねてきたと書かれていた。

さよは「五」の番号札を付けた「友人」を抱き起こし、羊羹をその口に入れながら語りかけた。

「私、ようやく思い出したの」

五さんはぼんやりと空中を見つめたまま、わずかに口を動かすばかり。

「あの夜の私たちもこうだった。鴨川《かもがわ》のほとりで死にかけていた私に、あなたはお饅頭《まんじゅう》をちぎって食べさせてくれて。その後、あなたは名前を教えてくれたのよね。ごうって」

ごうは、あー、と口を開けて羊羹の追加をねだる。

「何度も旅したわね。平安の世も戦《いくさ》の時代も。討ち入りにも行ったしアメリカも目指したわ」

さよは羊羹をもう一口食べさせると残りをその手に握らせ、ごうをおぶって甲板へと向かう。ごうはさよにぎゅっとしがみつく。本能的に赤ん坊のようにそうしただけかもしれないが、白拍子を乗せて馬を進めたかつての日が蘇る。

「あなたが話してくれたことがあったわ。私たちは男が作っている物語のなかで動かされているだけかもしれないって。けれども男の物語に放りこまれるたびに、私たちは物語を書き直してきた。それが少しずつ歪《ゆが》んでいって、こんな船が生まれてしまったのかもしれない」

人影のない甲板の上には、欠けた月が浮かんでいる。さよはごうをおぶったまま甲板の縁へと歩き、欄干《らんかん》ごしに海面を見つめる。

「退場しましょう、ごう」

ごうは頬を寄せたまま目を閉じている。さよは肩ごしにごうの顔に触れ、海に身を投じた。

【女たちの団体交渉ならびに調停】

さよとごうは蟹工船に引き上げられた。

流木に引っかかり、そこに鯨の死骸が漂ってきて流木ごとふたりを海面に押し上げ、その鯨のひげが蟹工船の錨《いかり》に引っかかり、ふたりが発見されるまでオホーツクの海は凪《なぎ》が続いた。ミヅエは「こんな偶然が重なるなんてまるで物語の世界だ」と喜び、マレーン姫は「きっとお話の神様に助けられたんだわ！」とさよに抱きついた。さよは唇を嚙んだ。

その後もさよはごうを連れだし、人目がない頃を見計らってともに海に身を投じた。だが何度「退場」を試みても「蟹工船」という物語に連れ戻されてしまうのだ。おまえたちのラストを決めるのはおまえたちではないと言わんばかりに。そのたびにあのタイプライターの音が聞こえてくるのだ。せせら笑うかのように。

蟹工船の女たちはさよが愚かなことを繰り返さないようにと、漬物室よりいくぶんましな味噌樽室に連れていって外から南京錠をかけた。そして「五さん」を畏《おそ》れるようになった。海に沈んでも溺れた様子がなく、さよを抱きかかえるようにして浮かんでくるからだ。班長や副班長もあの女は魔物ではないかと怖れ、漬物室を避けるようになった。

味噌樽室と漬物室は隣り合っているので、さよは板壁の緩《ゆる》んだ部分をはずして四つん這いで漬物室に入り、樽にもたれて眠るごうに寄り添った。溺死がだめなら餓死して「物語」から退場しよう。だがさよもごうもまったく衰弱できそうになかった。

マレーン姫はミヅエから渡された鍵で、毎夜のように味噌樽室を訪れた。作業着の内側から水筒やにぎり飯の包みを出して「はい」と差し出し、物語の語り聞かせをねだるのだ。

さよはにぎり飯を遠慮し、マレーン姫に食べるように言う。マレーン姫は「じゃあ後で食べて」と樽の上に置き、「お話、お話」と急かす。マレーン姫は古今東西の姫君の冒険話が大好きで、さよの知っている話が尽きるとお話を作ってくれと言いだした。

「それなら、そうね……千年の年月を生きてきたお姫様たちの物語をしましょうか。ごうとさよという、月から来た姫君たちのお話よ」

「さよさんと同じ名前だね。ごうとさよは、かぐや姫なの？」

「どうなのかしらね」

月で生まれ、「物語」に幽閉された姫君。だからふたりは「物語」を蹴破り、手に手を取って冒険の旅に出かけた。けれども『竹取物語』を破壊したために矢で殺され、生まれ変わって『源氏物語』を書き換えたために斬り殺され、その次は『平家物語』を転覆させたために処刑され――。マレーン姫は目を輝かせて聞き入り、ごうはさよの肩に頭をもたせかけたまま眠っていた。

「それで、さよ姫とごう姫はアメリカ行きの船に乗って、どうなったの？」

「また違う物語に閉じこめられたの」

「そこで今度はどんな冒険をするの？」

「物語から退場して物語のない世界に行くの」

「物語に取り残される女の人たちはどうなるの？」

「ふたりがいてもいなくても変わらないわ。ごう姫もさよ姫も一介の登場人物にすぎないもの」

「だったらごう姫とさよ姫が神さまになって、元の神さまを蹴り出しちゃえばいいのに」

マレーン姫は両膝を抱え、「この船も物語の世界だったらいいのになあ」と天井を仰《あお》ぐ。

漬物室の外通路に足音が近づいてくる。班長と副班長の巡回だ。

「そろそろ戻るね。明日の漁は早いから。また来るからお話の続きを聞かせてね」

マレーン姫はあたりの様子を窺《うかが》うと、漬物室を出る抜け穴へと這《は》っていく。さよがごうを見ると、ごうはわずかに漏れ入る月明かりを見つめていた。


夜明け頃から海は荒れ始め、蟹工船はひどく揺れていた。漬物室でも樽がぶつかり合い、糠《ぬか》の臭いを強烈に放つ。さよは物陰でごうを抱きよせ、マレーン姫が落としていった紙を読んでいた。

〈いざ戦え／さあ前進せん／男どもの壁を撃破するんだ／今こそ女の力を見せつける時が来た〉

蟹工船の女が暗記させられる労働歌だ。だが最近は三学士が替え歌を浸透させようとしている。

〈いざ戦え／さあ前進せん／今こそ女たちの真の解放を手に入れる時が来た〉

さよは作業着の胸ポケットから鉛筆を取り出し、歌詞を少し書き換えてみる。替え歌はあまり浸透していない。麻川が歌う自由を与えないからだと三学士は憤るが、それが理由ではないだろう。旋律と歌詞のリズムが合っていないし、噛みやすい歌詞だし、韻を踏んでいないから歌いづらいのだ。

警笛が鳴り、やがて漬物室の南京錠を叩き壊す音がした。「浸水する前に逃げな！」とミヅエの大声がし、慌ただしく足音が遠のいていく。ごうを漬物室の高い場所に座らせ、さよは甲板の様子を見に行くことにした。戸を開けたとたん暴風雨と波しぶきに叩きつけられ、雨合羽《あまがっぱ》を着た女たちがよたつきながら台車を押している。まさかこんな日に川崎船を出したのだろうか。

ずぶ濡れになりながら海を見やると、荒れ狂う波間を何艘かの川崎船が浮き沈みしている。女たちは台車を放りだして欄干に駆け寄り、警笛を頼りに戻ってくる川崎船に声援を送りながら両手を振る。班長と副班長が「サボるな！」と怒鳴り、女たちを蹴散らした。

海が荒れる日は肉厚の蟹が獲れるらしく、この日の漁獲量は男の蟹工船と肩を並べた。最も多くの漁獲量をあげた川崎船には特別手当が出され、他の者も成績に応じて賃金が加算されたが、喜ぶ者はいなかった。夕方になっても戻ってこない川崎船が一艘あったからだ。マレーン姫たち六人が乗った船だ。蟹工船は全方向にライトを照らして警笛を鳴らし続け、マレーン姫たちに位置を知らせていた。だが一時間後に警笛はぴたりと止まった。麻川が止めさせたらしい。

「船長も航海士もお飾りなんだよ。婦人登用のアピールのために会社に利用されてるだけさ。船長たちは今朝の漁は見合わせるべきだと言ったらしいけど、麻川に押し切られたってさ」

荒波で傷だらけになったミヅエはさよにそう言った。

「マレーン姫たちの川崎船はもう少し待とう。海も落ち着いてきたし、エンジンが故障してたとしても潮流に乗ってこっちに戻ってくる頃さ」

ミヅエの予測通り、行方不明だった川崎船は翌朝、潮に乗って戻ってきた。ただし転覆した姿で、マレーン姫たちの姿はどこにもなく。

麻川は会社に連絡を取り、応援要請を出した。だがそれは壊れた川崎船を曳航《えいこう》するためで、行方不明者を捜索するためではなかった。女たちは激高し、三学士は麻川に管理責任を詰問した。

「遭難したのは五号船だけだ。しかも29番のマレーン姫とやらを除いて分岐路に立つ年齢だった。このまま男同等に生きていくか陸に戻って母の道を歩くかの分岐路だ。どっちつかずになることを焦り、集中力を欠いた状態で働いたから遭難したのだ。自己管理力の欠如だ」

そして三学士がそろって二十四歳だと確認すると「二の舞を演じないことだ」と去っていった。

漬物室に戻ったさよは、まどろむばかりのごうの前で、力が抜けたように座りこんだ。視界が涙でにじみ、手が震えた。しばらくしてミヅエが風呂敷包みを持ってきた。

「マレーン姫の荷物だよ。班長たちが処分しようとしたから持ってきたんだ。あとの五人の荷物も持ってくるから、まとめてここで預かっておくれよ」

包みを開けてみると、裁縫道具や羊羹といっしょに傷んだ児童書が出てきた。『マレーン姫の冒険』と『人魚姫』で、いずれも細田豊子訳と表記されていた。

「そりゃあ私たちは臨時雇いで、正規雇いの麻川とは立場が違うさ。悔しければ正規雇いになれと言われりゃ反論もできない。だけど命に格差はないはずだよ」

さよはマレーン姫の荷物を包み直して抱き寄せる。

「今朝の海なら落ちても数秒で意識が消えるさ。きっとあの子は自分に何が起きたか分からないまま人魚姫になって、海の底を冒険しているよ」

ミヅエは「今夜はここから出ちゃいけないよ。班長や副班長が来たら仮病を使うんだ」と言った。不吉な予感がよぎり、さよは理由を尋ねる。ミヅエは何も言わずに去っていった。

ごうは虚《うつ》ろにどこかを見つめたままさよに手を伸ばす。さよが手を取ると強く握り返してきた。一緒に旅していた頃、ごうはいつもさよの手を握ってくれた。手に手を取って走り、転んだときは手を引いて立ち上がらせてくれ、悲しみに暮れているときはさよの顔を両手で包んでくれた。

今からお話の続きを作るね。ごう姫とさよ姫の冒険物語の続きを。

さよはマレーン姫の風呂敷包みを抱き締めた。

＊

その夜、女たちは一斉蜂起した。

蟹解体用の包丁やハサミを手に、一同は監督室のある上層階を目指す。仮眠室から飛びだした班長見習いが両腕を広げて押しとどめようとしたが、女たちは突き倒して行進する。

〈さあさあ戦え、さあ進め、女たちよ手に入れよう、まことの解放、手に入れよう、さあさあ今こそ、さあ今こそ〉

労働歌の替え歌は、先日さよが戯《たわむ》れに書き換えたものだ。さよがどこかで落とし、誰かが拾って拡散したのだろう。皮肉なことに歌詞と行進のリズムがぴたりと合っていた。

さよは漬物室を出ようと戸に体当たりを繰り返す。そんなさよをごうはよだれを垂らしたまま眺めるばかり。やがて戸の向こうで南京錠の落ちる音がした。

戸が開き、さよは通路の様子を窺う。歌声と足音は上層階に移動している。さよは月明かりを頼りに追う。薄雲のかかった丸い月が浮かんでいた。

階段を上ると女たちが監督室を包囲し、戸を叩き破って対峙している。さよは女たちの肩ごしに背伸びして様子を窺う。事務机がひっくり返って書類は散乱し、椅子に座らされた麻川の喉元にはミヅエが包丁を突きつけている。ミヅエはさよに気づいたようだが、すぐに麻川に視線を戻す。そのミヅエには班長がナイフを突きつけ、その班長にハサミを持つ女たちが迫り、その女たちに副班長が斧《おの》を向けている。

「私たちは戦う！　蟻だって団結すれば象を倒せる！」

先頭に立つ三学士が叫び、女たちが「戦うぞ！　戦うぞ！」と呼応する。

「船長と航海士の身柄も拘束したわ！　外部との連絡をできなくさせた！」

「機関室と通信室も押さえたわ！」

女たちは鼻息を荒くし、班長と副班長は焦燥の色をにじませる。喉元に包丁を突きつけられた麻川は足を組んで座ったまま、「死んでも知らんぞ」と女たちを見渡す。三学士が「死など怖れない！」と叫ぶと、麻川は眉ひとつ動かさずにピストルを抜き、三学士に向けて引き金を引いた。

三学士のひとりがアッと目を見開いてくずおれる。悲鳴が上がり、激高して駆け寄る者と立ち尽くす者と逃げだす者で女たちは総崩れとなる。反射的に麻川の喉を掻き切るだけの冷酷さを持ちあわせていないミヅエは、班長と副班長に包丁を奪われ、首に手刀を食らって倒れる。麻川は立ち上がるとジャンパーの毛《け》皮襟《がわえり》を整え、女たちを見渡した。

「今いちど問う。諸君がこの船に乗った意味は何だ？　勝たなくてはならない相手は誰だ？」

麻川は、仲間にすがりつく三学士のふたりの顎を、ぐいっとピストルの銃口で上げる。

「男の蟹工船を真似た気概は認めてやるが、もっと賢い男たちを真似るべきだったな」

すると三学士のひとりが仲間の血に濡れた指を、麻川に突きつけた。

「彼らの戦いは鎮圧されても労働史に残るわ！　それにあの船には労働新聞の記者が乗っている。だから会社側がもみ消したとしても伝説として書き残されるのよ！」

「私たちだって伝えてみせる！　女たちよ手に入れよう、本当の解放、手に入れよう！」

ふたりが声を張りあげると、総崩れになった女たちも「さあさあ戦え、さあ進め！」と合唱する。班長と副班長が「黙れ！」と女たちの頰を張り、女たちもビンタを返す。班長代理と班長補佐が棍棒を手に駆けつけて応戦し、またたくまに乱闘と化す。三学士のふたりは死んだ仲間を抱いて「さあさあ戦え、さあ進め！」と叫び、ミヅエはふらつきながら起き上がる。さよは足元に転がってきた酒瓶を拾い、力まかせに壁で叩き割る。乱闘が止まり、一斉に視線がさよに向いた。

「皆さんが麻川さんや会社に挑んでも、労働史に残る伝説になんてなりません」

「あんたは権力側の味方なのっ？　麻川は懲戒《ちょうかい》解雇に処されるべきよ！」

「たしかに麻川さんは今回の件で責任を問われると思います。でもそのときに言われるのは、『麻川に監督職は無理だった』ではなく『女に監督職は無理だった』でしょう。新聞が先日、やはり婦人蟹工船に男と同じ働きは無理だったと書いたのと同じです。社長のこともそう。女性社長といっても亡き夫の跡を継いだだけの人です。決裁印を押す立場ではあっても、実質的な権限を握るのは先代の頃からいる男の取締役たちでしょう。蟹工船という限定的な世界では社長と麻川さんと皆さんのあいだに歴然とした差がありますが、蟹工船を離れれば社長も麻川さんも、皆さんとほぼ同列になるのです。だから女が女に対して武装蜂起しても女が女を武力制圧しても、世間は蟻同士のケンカ程度にしかみなさないでしょう」

「私たちを馬鹿にしてるのっ？　私たちと同じ婦人なのに！」

そこにふたりの漁婦が息を切らして駆けこんできた。

「東京報道社から無線が入ってきたわ！　私たちを取材したいって！　記者は無線機の向こうで待機しているわ！」

女たちは驚嘆の歓声を上げ、班長たちは凍りついたように麻川を見る。

さよの頭をよぎったのは、マレーン姫とともに行方不明になった漁婦の荷物だった。東京報道社の新聞の切り抜きが十数枚入っていた。「新時代の婦人の素顔」という特集記事で、婦人解放運動家や女流作家、女流画家などが写真入りで紹介されていた。

ミヅエは「ここは私たちが抑えておくから無線に出ておいでよ」と三学士のふたりを急かす。班長と副班長が阻止しようとしたが、麻川は壁に背をもたせて腕組みしたまま「ここにいろ」と薄笑みを浮かべる。拍手に包まれて無線室に向かおうとした三学士のふたりを、さよが止めた。

「取材を受けるべきではありません。彼らは、婦人蟹工船という見世物小屋で繰り広げられている女相撲を興味本位に書きたいだけです」

「私たちをどこまで貶《おとし》めれば気が済むの！」

「『新時代の婦人の素顔』を読みましたが、素顔の紹介と称する取材記事は興味本位な私生活の詮索《せんさく》ばかりですし、記事裏面の広告はどれも男性の好奇心を掻き立てるものでした。そんな新聞社が、皆さんの期待するような切り口で記事にするでしょうか？」

三学士も女たちも反論を口にしかけたものの言葉が続かない。笑いだした麻川がさよに歩み寄り、ピストルの銃口でその顎をぐいと押し上げた。

「女力士の戦う場所が国技館ではなく見世物小屋だとしても、それが自分たちに与えられる唯一の場所なら、そこを足がかりにして這い上がっていくしかないんだ」

「女横綱になったとしても、見世物小屋にいることに変わりはありません」

「この船には細田豊子かぶれが多いが、細田豊子ならどう言うんだ？」

「え？」

「女力士がいつか男の力士と同じ土俵に立てるように、女相撲が見世物ではなく公式競技として認められるように――そういうことを言うだろう。違うか？」

さよの顎に当てられたピストルの引き金に力がこめられる。

「だがな。蟹工船のような場所でしか自己実現の道がない女は、細田豊子の高邁《こうまい》な理想論を崇《あが》めても道など開けないのだ。何の道もな」

「あの頃の細田豊子ならそういう理想論を唱えたと思います。けれども今はこう言うでしょう。見世物小屋の女横綱を目指すよりも見世物小屋を焼き尽くせと」

「興行主から解き放てば女を救えるとでも思うのか？　女が本当の意味で女を救えたことなどか

ってあったか？　だから私はとうの昔に細田豊子を信じることなど止めたさ。女が男同等に生きるには身も心も男に同化するしかない。女に生まれた時点で負けているのだ」

「負けているのは女に生まれたら負けと言う女です」

「ならば男同等の漁獲量を出してみろ。女にもそれができると言うならな」

後ろ手に縛られた班長補助が、よたよたと転ぶようにして監督室に駆けこみ「漬物室の女が」と狼狽《ろうばい》を露《あら》わにした。

さよは麻川のピストルを払いのけ、甲板へと走る。女たちも条件反射的にさよを追った。

満月の輝く甲板の縁でごうは海に向かって立っていた。しかも総《すべ》てを脱ぎ去った姿で。

さよは「ごう」と呼びかけるが、ごうは誰も見えていないかのように、ひょいと欄干にのぼる。女たちは大声で制止する。

欄干に立ったごうは器用にバランスを取り、満月に向かって両腕を広げ、高らかに歌いだした。海面がばしゃばしゃと泡立ち始める。蟹の大群だった。

月の光に照らされるごうは、歌いながら優雅に舞い始める。蟹の大群は船を取り囲み、船の横腹を我先にとよじ登る。誰もが茫然とし、やはり何かの化身か魔物なのだと畏怖した。

麻川も無言でごうを見つめていた。ただただ、見つめていた。毛皮の耳当て帽を深くかぶる麻川の表情は、さよには見えなかった。

乾いた銃声が聞こえたのはその時だった。さよはとっさに麻川の手元を見たがピストルは腰に差したままだ。ごうは両手を月にかざしたままゆっくりと、海のほうへ倒れていく。さよは駆け寄って手をつかもうとしたが、ごうは海へと吸いこまれていき、小さな水しぶきをあげて消えた。

さよは黒い海面に向かってごうの名を叫んだが、返ってくるのは波音ばかり。女たちは力が抜けたように甲板に両膝を尽き、さよは欄干に寄りかかったまま座りこんだ。

突如、甲板に海上から照明が当てられた。

女たちはまばゆさを堪《こら》えて光源を見る。魁星丸——蟹工船を護衛する海軍の軍艦だ。誰かが「船長がクーデター信号を打ったようですっ」と上ずった声で叫んだ。

蟹工船を照らしつける光が近づいてくる。女たちも麻川たちも強烈な光に呑まれて立ち尽くす。

〈全員、武器を捨てよ！〉

機関銃の威嚇《いかく》射撃で欄干に火花が飛び、女たちは悲鳴を上げてしゃがみこむ。蟹工船に軍艦が横付けし、タラップがかけられる。銃剣を構えた軍人たちが次々と蟹工船に乗りこみ女たちを包囲する。やがて小型のトランクを提げた司令官が降りてきた。

【女たちの異動ならびに海外研修】

さよたちも麻川の部下たちも船底へと追い立てられた。死など怖れないと宣言していた女たちだったが、口々に命乞いを始める。だが軍人たちからは銃剣を突きつけられるだけで、結局は両手をあげ、命じられるままに歩くしかない。ミヅエに「全部覚悟の上だったろ？」と言われ、女たちはうなだれた。

船底の梯子段を司令官が降りてくる。その後ろには麻川と、怯《おび》えた様子の船長がいた。五十歳前後とおぼしき司令官は、黒い書類綴りを手に女たちを見渡した。

「男の蟹工船ではクーデターを武力鎮圧しましたが、ここは婦人蟹工船です。麻川監督はすべてにおいて男子同等を求めていますが、事によりけりです」

司令官の物言いは柔らかい。女たちはひとりふたりと、おそるおそる顔を上げる。

「今回の件への処分を申し渡します」

司令官は書類綴りを開く。

「前回サボタージュおよびストライキを主導した46番、48番、51番。ああ、46番は麻川監督に射殺されて名簿抹消となりましたから、48番と51番。君たちは番号札を外しなさい」

三学士のふたりは「死刑なんて恐れませんとも！」と立ち上がる。

「実にけっこう。君たちには番号札ではなく名札をつけてもらいます。48番はアテナ、51番はミネルヴァという名が良いでしょう。戦いの女神の名です。これからの日本には君たちのような主導力のある婦人が必要です」

女たちは訝《いぶか》しげにざわめき、ふたりは顔を見合わせる。

「次に67番」

指名されたミヅエは面食らったように顔を上げる。

「書類によると君は水兵志願ですね。航海士の訓練を受けさせましょう。君も番号札を名札に変えたまえ。名札には――」

「わ、私は親からもらった名前を書きますよ」

ミヅエは戸惑いを隠せない様子で自分の頰をつねり、夢か現実かを確かめている。

司令官は個々の応募書類や査定表を確認し、新しい役割と呼び名を与えていく。乗船前に運動選手だった女には「オリンピア」の名を与え、蟹工船に女子運動部を立ち上げる仕事を与えた。日本初の「天皇の女性料理長」を目指す者には「シェフ」の名と、限られた食材で満足度の高い食事を考案する仕事を与えた。女たちは戸惑いながらも嬉しさを隠せない様子だったが、戦いの女神の名を与えられた三学士のふたりは疑い深そうに挙手し、質問した。

「私たちは見世物小屋の女力士として四股名《しこな》を与えられるんですか？」

「本名を名乗ってもけっこう。しかし婦人の名前は概して一律的で記号的かつ没個性なのです。諸君の場合もマツ、タケ、ウメが七割を占めています。いかがなものでしょう」

それもそうねと、女たちは与えられた名前をひとりごつ。

「もうひとつ質問します。婦人の待遇を向上させることであなたがた男性が得られるメリットは何なのですか？　意図を量りかねます」

司令官は「麻川君」と、後方に控える女監督に声をかけた。

「君は男の蟹工船だけでなく陸の婦人たちとも競わせてきましたね。婦人の分類を『母』か『母にあらざる者』かで行うべきではありません。新時代の婦人には文化人、職業婦人、家庭婦人、女学生など、個性やライフスタイルに基づいたカテゴライズを適用すべきです」

麻川は毛皮帽を脱いで司令官に頭《こうべ》を垂れ、またすぐに五分刈りの頭に毛皮帽をかぶる。

「蟹漁は重要な国家事業ではありますが、日本を取り巻く状況が刻々と変わる今、婦人が秘めてきた能力はいまだかつてないほど必要性が高まっています」

アテナと名付けられた三学士のひとりが、すばやく挙手する。

「歴史上における婦人の活躍は性的役割に基づいたものにすぎません。最近は乗合バスの車掌や電話交換手やタイピストなど活躍の場も広がりつつありますけど、男が決めた婦人用の指定席に座らされているようなものです。今回の提案も同類のことだと解釈します」

司令官は書類綴りを穏やかに閉じた。

「以前、君と似た発想をするお嬢さんがいました。この世は男が作る物語であり、婦人はそこで動かされる一介の登場人物にすぎないとね。だとすればなぜ婦人たちは今日までその状態から脱却できずにいるのか。それは女の物語を作ることに固執してきたからです。諸君は婦人である前に個人であり、女の物語ではなく自身の物語を形成すべきなのです。他に質問や要望は？」

三学士のふたりは「あとひとつ」と語気を弱め、死んだ仲間を帰国させてやってほしいと言った。司令官は承諾し、「34の番号札を付けた君」とさよを指名した。

「君の友人の件は恨まないでくれたまえ。蟹工船を混乱に陥れた狂人だと狙撃手が判断したのだ」

司令官は制帽のつばをわずかに上げてみせる。さよが千年前から知る、あの目玉があった。

*

個人に与えられた役割で評価されることになった女たちは、新しい仕事に勤しんだ。三学士のふたりも新しい名前を使い始めた。田中タケ、山田ウメという本名は好きではなかったらしい。物資運搬船からは化粧品や衣料品が数多く届けられ、自分らしさを表現できるものを選ぶように勧められた。大胆な色柄のスカートや派手な長靴下を選ぶ者もいれば、ミヅエのように水兵の制服を婦人用に直したり、蝶ネクタイやサスペンダーを付けたりする者もいた。海上の監獄だった女の蟹工船は、世間の目という縛りのない、のびやかな場に生まれ変わったのだ。

便所は女性用に替えられ、船底の寝部屋は改修され、お茶を楽しむ休憩室や卓球などができる軽運動室、図書室なども設置された。日曜日には東西のサイレント映画や記録映画が上映された。

司令官は麻川の部下たちにも同様の扱いをし、班長や副班長と名乗っていた彼女たちに新しい呼び名と仕事を与えた。だが漁婦たちの報復を怖れる彼女たちは麻川のもとに居続けた。とはいえ麻川は監督室で書類仕事をするだけとなり、部下たちは所在なさそうに麻川に茶を淹《い》れたり監督室を掃除したりするばかりだったのだが。

さよは図書係に命じられた。「一ノ姫」という呼び名を与えられたが、自分の名札には「さよ」と表記した。そして衣装箱に余っていた女学生の制服を着た。

運ばれてきた本や雑誌を簡易棚に並べ、目録を作り、命を落とした蟹工船の女たちに祈りを捧げる。それがさよの日課となった。当初は他の女たちも毎日黙禱《もくとう》していたが、三学士のふたりは仲間の棺を見送ると心に区切りを付け、皆も新生活になじんでいくにつれ黙禱をしなくなった。

ごう、この「物語」はどういう方向に向かっているの？　あなただけが退場してしまうなんてことは今までになかったわ。それに、あの目玉が私の前に降り立った。あいつは私たちを解き放ったりはしない。決着をつけるしかない。ごう、私を見守っていて――。

いつものように本を整理しているとミヅエが英語の辞書を借りに来た。航海士の勉強で使うのだという。ミヅエは今でもマレーン姫たちを悼《いた》むが、ごうのことには触れなくなった。「海の女怪物セイレーン」だったと解釈したからだろう。ごうが歌と舞で呼び寄せた蟹の大群は、オホーツクの海には存在しえない、禍々《まがまが》しく食用にならない平家蟹だったのだ。

棚を眺めたミヅエは、「ずいぶん本格的だね」と全集の背表紙を撫でる。細田豊子の翻訳本を棚の真ん中に置き、『竹取物語』『源氏物語』『平家物語』『仮名手本忠臣蔵《かなでほんちゅうしんぐら》』『舞姫』がそれを取り囲んでいる。司令官に指示された並べ方だ。

「驚いたね。『新星婦人』や『女性改革』なんて雑誌まで揃えてあるじゃないか」

「アテナさんとミネルヴァさんの要望です。お師匠が編纂人だそうです」

「海軍の男はモダンだそうだけど、司令官は進歩的すぎてこっちが戸惑っちまうよ」

抑圧された女たちの自我を呼び起こし、眠らされてきた資質を開花させることで、新たな「男の物語」を作り出そうとしているのだろう。だがその真意も新たな物語の筋書きも見えてこない。

ふと手元の雑誌をめくったさよは、発行年が昭和七年と記されていることに気づく。誤植でしょうかとミヅエに見せると、「最新号だからそれで正しいんだよ」と言われた。

「え？　ミヅエさんたちは昭和二年の『別冊青鞜』の広告を見て応募したんですよね？」

「そうだよ。それで今は昭和七年だよ」

「五年も船に乗っていることになってしまいます」

「おやおや、おまえさんこそ変なことをお言いだね」

状況が解せずにいるさよの耳に、またあのタイプライターの音が聞こえてくる。

＊

二ヶ月後。司令官は「諸君が真価を発揮する時が来ました」と新規国家事業の始動を発表した。

「これまで諸君は蟹漁という国家事業を通じて、日本の人口問題や食糧問題を解決すべく尽力してきました。だが昭和四年の世界大恐慌以降、蟹漁ではそうした問題は解決できなくなっています。そのため日本は新たな生命線を獲得すべく、満州国開拓を進めています。ついては軍艦にて日本海を南下し、満州国を見学してもらいます」

さよの隣に座るミヅエが「女人禁制の軍艦に乗れるってさ」と声を上《うわ》ずらせる。司令官は同伴の将校に地図を掲げさせ、中国大陸を軽く棒で指す。アテナとミネルヴァがただちに挙手し、司令官の発言には矛盾があると指摘した。

「司令官は以前、新時代の婦人は個性やライフスタイルに基づいてカテゴライズすべきだと言いました。けれども今回の事業は、蟹工船事業での必要性がなくなった婦人たちを聞こえのよい言葉でごまかし、満州国開拓の労働力にするだけとしか思えません」

司令官は「その疑問はもっともです」と微笑《ほほえ》んだ。

「だが諸君に期待するのは満州国で労働することではなく、国家事業で個性を発揮することなのです。特に文才や画才に恵まれた者は大いに資質を発揮できることでしょう」

その夜、女たちは地図を眺めながら満州国について様々に噂しあった。満州国の絵葉書を持っている者が何人かいたが、そこに写っているのは果てしない大平原を走る鉄道や、馬にまたがる将校、歩兵の行進、国旗を飾った官舎などだった。

「私たちがここにどう関われというの？　文才や画才なんて私にはないわよ」

「私もよ。それに満州鉄道ってたしか、爆破事件があったはずよ」

不安そうな表情でざわめく女たちに、アテナとミネルヴァが静まるように言う。

「まずは提案を受けて相手の出方を見ましょう。私たちを侮辱するような真似をしたら、すぐさま師匠に電信を打って婦人解放協会を動かすわ。ところで麻川たちも来るの？」

「来るのは班長見習いだった陰気な子だけよ。麻川さんは監督室で毎日、カビ臭い書類に向き合うだけ。新時代の婦人となる機会を剝奪《はくだつ》されるのが麻川さんに与えられた罰というわけ。いい気味よ。班長や副班長たちは陸に戻るみたい。陸に居場所があるのやら」

「じゃあ船長たちが残って麻川のお守りをさせられるのね。息が詰まるでしょうねえ」

「船長たちもこの船から降りるそうよ。外国船から引き抜きがあったんですって」

女たちは消灯時間を過ぎてもひそひそと話し続け、さよは寝棚に横になったまま壁を見つめた。どこからともなく聞こえるタイプライターの音は日に日に大きさを増していく。

二日後、蟹工船の女たちは軍艦に移り、満州国に出発した。

満州国に到着した女たちは圧倒された。あの絵葉書の世界はこれほどまでに壮大だったのかと。玄関口である大連港は横浜港の規模をはるかに凌《しの》ぎ、街では近代的な建物の建築が続々と進められ、東京がかすんで見える。案内役を務める関東軍の広報官は、南満鉄会社が進めている都市開発だと説明した。

「才能や夢を持つ日本人たちは、新天地を目指して満州国に集結するのです。これらの都市開発にも東京帝大卒の若き建築家たちが参加しています」

「建築家のなかには婦人もいるのですか？」

「おりません。だがあなたがたは帝大卒の男よりも重要な役目を担うことになります。そのため満州国が著しく成長している様をしかと目に焼き付けていただきたい」

　女たちはジープに分乗し、列をなして市街地見学に出発した。大都市パリを模して放射状に大通りが広がる大連中央大広場。威風堂々たる庁舎群、馬車や自動車と並走する路面電車、国際色豊かな商業街。ベルリンを案内してもらった日が蘇り、さよは胸ポケットに収めたレースのハンカチを握りしめた。

「満州国では複数の民族が暮らしています。大和民族、漢族、朝鮮族、満州族、蒙古族。この五民族が調和して暮らせる国家像が満州国の理念です」

　さよと同乗した班長見習いは、広報官の説明を聞きながら帳面にスケッチする手を休めない。麻川の部下だった頃も、ひとりで絵に没頭することを好んでいた。そのため満州国見学の旅でも女たちの輪に加わらないかわりに嫌がらせを受けることもなく、黙々と木炭を動かしている。

「もうひとつの理念が王道楽土です。アジアを西洋列強から守り、東洋思想によって理想国家を樹立するのです。満州国はなぜ多民族国家であるのか。その背景にはロシア革命、中華民国の内戦、日本本土の農村不況があります。満州国を目指す人々は、東洋的な『徳』で治められる平穏な楽園を求めているのです」

その日は大連ヤマトという巨大高級ホテルに宿泊し、翌朝は満州鉄道で内陸都市へと向かった。特急あじあ号は豪華さも速さも大きさも女たちの想像を凌駕《りょうが》し、日本で新型特急「燕《つばめ》」に乗ったことがあるというアテナやミネルヴァでさえも茫然としていた。

同胞の設計した西欧列強レベルの特急列車が、無限の地平線に向かって突き進んでいく。女たちは自身の未来を重ねて感涙を流した。そしてさよはつぶさに観察し続けた。車窓に広がる風景を。その風景に陶酔する彼女たちを。

ミヅエは配布された満鉄沿線案内を熱心に読んでいる。発行年は昭和九年となっていたが、さよはもう驚かなかった。

【女たちの出世頭ならびに組織改革】

十日間の満州国見学を終え、女たちは興奮冷めやらぬまま海上の生活へと戻った。ただし蟹工船ではなく婦人専用に用意された客船にである。日本の「生命線拡大事業」は満州国だけでなく、フィリピン諸島やビルマでも展開される予定となっているので、新時代の婦人たちにはそれらも見学してもらいたいと司令官は言った。そのため軍艦の護衛をつけた女たちの船を、東シナ海へとさらに南下させていくことになったのである。

　アテナとミネルヴァは満州国で得た見識をまとめ、内地にいる師匠宛てに電信した。師匠からは激励の返信があり、婦人解放協会で大々的に報告するとのことだった。

「新時代の婦人として国家事業を通じて何を実現したいか、それによってどう成長したいか、順に発表してみましょう！」

　アテナとミネルヴァの進行のもと、会議室に集まった女たちは座席順に、まずは「天皇の料理長」志願の女が抱負を述べた。

「私はヤマトホテルの総料理長に志望変更しました。中華の満漢全席やフランス宮廷料理に引けをとらない和食全席を完成させ、中華民国や西欧列強を食の面から圧倒したいのです。婦人料理人としてではなく世界的料理人としての成長を誓います！」

　笑顔の女たちの大きな拍手に包まれる。次はミヅエが抱負を述べる。

「私は航海士になって大海原を相手にするのが夢だったけど、軍艦の艦長になって西欧列強を相手にしてみたくなってきてね。女人禁制の世界だし、私の年齢《とし》と頭じゃ無茶だと承知の上さ。でもそんな今の自分を十年後に見返してやりたいのさ」

　女たちはミヅエに声援と大きな拍手を送る。女たちは順に決意表明をする。

「多民族共生を実現し、豊かなものにするために、満州国の教育を充実させたいと思います。これからは日本語が東アジアの共通語になるでしょうから、満州国に日本語を浸透させたい。大陸的視野を持つ教育者として成長することを誓います」

「五民族が共同開墾する内陸を東洋の食糧庫として発展させると同時に、多民族調和の世界的象徴にしたいと思います。調和の精神を重んじる大和民族が中心に立つべきです。私も、自身のなかに息づく日本の精神性と内なる対話を深め、さらなる成長を遂げていくことを誓います」

女たちの拍手は鳴り止むことがなかった。

班長見習いの順番になった。彼女は畳半帖ほどの大きさに繋ぎあわせた便箋を掲げ、「陸の女たちにこういうのを描いて見せたいです」と呟いた。鉛筆の濃淡だけで描かれた満州国の風景はデフォルメされていた。大連中央大広場は本場パリなど足元にも及ばない規模と化し、近代建築群はルイ十四世も腰を抜かさんばかりの巨大宮殿として描かれ、満州鉄道はもはや大地を突撃する鋼鉄の龍神だ。写実力が非常に高いのでいずれも実物以上の現実感がある。

女たちの拍手は割れんばかりのものとなり、アテナとミネルヴァは興奮気味に提案した。

「それに標語を付けましょうよ！　標語を考案するのはさよさん、あなたが適格だわ。労働歌の替え歌をリズムの良い節回《ふしまわ》しに書き換えたのは、実はあなたなんでしょう？」

さよは返事を濁す。謙遜と思ったらしいアテナたちは標語を急かす。さよは絵を見つめ「いざ集え、新しき家長のもとに」と答える。アテナは「家長」の一言に敏感に反応した。

「旧時代的な男社会を象徴する言葉を、新時代の婦人の標語に使うと言うの？」

「満州国は実質的に日本の植民地です。周辺国を支配下に置くことは、家長が妻子を管理下に置くのと同じ構造です。皆さんが最も許しがたい構図であるはずなのに、皆さんはそこに積極的に加わろうとしています」

「家父長制度化とは真逆よ。小さな島国にすぎない日本が一大帝国となって、列強に抑圧されてきた民族を解き放って理想郷を作る。新時代の婦人の生き方に通じることだわ！」

「ではなぜ大連の庁舎や娯楽施設は五族調和の満州国旗を掲げながら、日本人以外の姿がほとんどないのですか？　内陸の開墾地になぜあれほど民族間の格差があるのですか？」

「あなた何をお言いなの？　どうして素直に物事を見られないの？」

「私たちは満州国を見てはいません。見物しただけです」

アテナは一瞬言葉に詰まり、ミヅエがさよに近づいて腕をつかんだ。

「私たちと同じ船に乗りたくないなら、降りておくれよ」

ミヅエの目からは野心がにじみ出ていた。


満州国、朝鮮半島、台湾、インドシナ――。日本の陣頭指揮のもとにアジアが団結すれば西欧列強に対抗できる。女たちが団結して男社会に対抗する力を獲得するように。

女たちは船内で機関紙を発行し、ラジオ局を設立し、日本本土や入植地に発信した。歌が得意な女たちは合唱団を作り、『王道楽土《おうどうらくど》の歌』を作って電波で送り出した。服飾学校で学んだ被服班は皆の結束を形で示そうと、機能とファッション性を兼ね備えたお揃いのスカーフを提案した。

船上の女たちが示す「新時代の婦人たち」の姿に陸の女たちは刺激を受けた。良妻賢母であることに窮屈さを覚えていた彼女たちは婦人解放協会の勧誘に応じ、次々に国家事業という祭に加わった。お揃いのはっぴのかわりにお揃いの白割烹着《かっぽうぎ》で身を包み、それによって絹をまとう者も木綿を着る者も等しく仲間となった。〈陸はあなたたちの台所となります〉割烹着の女たちから寄せられた熱烈な手紙の束とともに、農作物や菓子が山のように送られてくるようになった。

婦人解放協会は雑誌『新婦人』を創刊した。班長見習いの力強い写実画が表紙になり、文才のある女たちは詩や短歌で時代の夜明けを高らかに歌い、アテナやミネルヴァは軍の上層部とラジオ対談をした。新時代の婦人たちはかつてない大きな波を生み出し、婦人の時代を切り拓いていく。女たちが「細田豊子」を必要としていたのは、もはや過去の話だった。

女たちから締め出されたさよは、菓子の包み紙や被服班が捨てた型紙を回収し、厨房からはラムネの空き瓶を集めた。型紙の切れ端や包み紙の裏に現代語で和歌を書き、ラムネの空き瓶に入れて蠟《ろう》で蓋をし、海に投じる。何十本もの瓶が海流に乗って北上していった。

一ヶ月後、甲板を清掃するさよのもとにアテナとミネルヴァが来た。

「忘れまじ、このいのちが尽きるまで、日ごとに想いが増すことはあれど」

アテナはラムネ瓶と紙切れをさよに突きつけた。

「センチメンタルな和歌を海流に乗せて日本に送るつもりだったんでしょうけど、こんなもので婦人たちが前進を止めるとでも？　お涙頂戴で揺さぶられるような惰弱な婦人などいなくなりつつあるのよ？　あなたは降りてもらったほうがよさそうね」

ミネルヴァとアテナはさよの両腕をつかむと、勢いをつけて欄干の向こうへ放った。

海に落ちながらさよは、ごうと呟いた。私はここで「退場」するの？　男にではなく女に殺される形で？　このままで終わるわけにはいかない。この「物語」はかつてないほど不吉な結末に向かっている――。

　同じ頃、稚内港《わっかない》に係留する婦人蟹工船が爆発した。燃料火災だとも、船内にひとり残っていた麻川が自決したとも言われたが、時代に必要とされなくなった船ごと真相は消えたのだった。

＊

　案の定、さよはまた「物語」に連れ戻された。

　気がつくと黒塗りの机を前に座っていて、壁には時計や海図が掛かっている。天井には何本ものパイプが走り、丸い窓の向こうには霞のかかった月が見える。体が揺れるのは波のせいらしい。

「ここは私の執務室だ。そなたと同じ次元で会うことになろうとは」

　さよが振り返ると、司令官の姿を取ったあの「目玉」が気配もなく立っていた。

「『物語』を女人が動かせばどうなるか、そなたたちには幾度も教えてきたはずだ」

　司令官は『蟹工船』と題された本を差し出す。命じられるままに目を通したさよは目眩をおぼえた。「麻川」ならぬ「浅川」という監督に鞭打たれる労働者たちがクーデターを起こして権力構造と戦う展開は、男の蟹工船を舞台にしながらも婦人蟹工船での出来事そのものだった。

「『蟹工船』の男たちは帰港後、労働運動を広めていった。実際には再び制圧され、執筆者は処刑されたのだがね。だがそなたは今回もしたたかだった。女人に置き換えた蟹工船を、男の蟹工船とは逆の展開へと導いたのだからな」

司令官はさよの前に小型のトランクを置く。婦人蟹工船に乗りこむ際に携帯していたものだ。

司令官がトランクを開けると、禍々《まがまが》しい光を放つ奇怪な文字盤が収まっていた。

「そなたには女人としての最高の特権を授けよう。物語の神の力を行使する特権だ。これを使えば『物語』を自在に動かすことができる。女帝でも女王でもできぬことだ。女帝や女王もしょせんは『物語』のなかで生きる人物にすぎぬからな」

司令官は文字盤の突起に巻紙をさし、短い文章を打ってみせる。あのタイプライターの音がし、巻紙には文字が現れた。

〈遭難事故ニテ　川崎船ノ仲間トトモニ　九死ニ一生ヲエタ　マレーン姫ハ　今日モ　羊羹ヲ盗ミニ　来ル〉

執務室のドアをそうっと開ける気配がして、袋を手にしたマレーン姫が顔を覗かせる。司令官が在室だと気づくとアッと呟き、逃げていった。

「まだ信じられぬか？」と司令官はもう一文打つ。

〈麻川ニ撃タレタ　雑婦ハ　棺ノナカニテ　息ヲ吹キ返シタ〉

司令官は棚から『新婦人』を取り出してさよに差し出す。ページをめくると満州国視察特集の写真のなかで、三学士が三人ともそろって肩を組んでいた。

『新婦人』を机に置いたさよは呆然と文字盤に手を伸ばす。タイプライターに似たそれは「以《い》・呂《ろ》・波《は》」配列になっている。「古《コ》」と打とうとしたとたん、司令官は笑いだした。

「そなたの友はそなたでは戻せぬ。そなたたちの生き死には私の手中にあると理解せよ」

司令官は巻紙をちぎるると、復活させた女たちの名前ごとくしゃりと丸めた。

「そなたたちから教えられた。男の法則で『物語』の女人を動かすのは容易《たやす》いが、精神面を掌握せんとすると手を焼かされるとな。必ずそなたたちのような女人が発生し、歯向かってくる」

司令官はさよと向き合う位置で、椅子に腰を下ろした。

「人間の精神を掌握するには文化が有用だ。特に女人の精神を掌握するには、同じ女人が生み出す言葉が効力を発揮する。そなたの言葉の力で女人の精神を掌握し、最良の結末に導くのだ」

腕組みする司令官に、さよは視線を合わせた。

「最良の結末というのはあなたにとって最良という意味でしょう？　私も女性たちも、もうあなたに都合よく動かされたりはしません」

「そなたには見えておらぬのか？　新時代の婦人となった女たちの満ち足りた顔が」

「飢餓状態に追いやられていた者が、待ちに待ったご馳走にありついて貪《むさぼ》っているのと変わりません。自己実現したいと渇望する女性たちの飢えに、あなたは付け込んだのです。飢えを満たすことにしか眼中にないとき、人は与えられるままに貪ります。味のおかしさに気づくことなく」

「私は毒は盛らぬ。いつの世でも『物語』に女人の存在は不可欠ゆえ。さあ結末を書きたまえ」

司令官は目を細める。さよは文字盤を見る。ゆうに数百年は経っている骨董品のようだが、「无《ん》」と濁音、半濁音の打鍵部分だけがやや新しい。仮名文字が生まれる前の五十音に、後から足したようにも見える。

ごうとさよはこの文字盤によって作られ、消されてきたのだろう。女たちもこの文字盤に操られ、『物語』の都合に合わせた生き方をさせられてきたのだろう。

さよは視線を上げると、文字盤をレースのハンカチで覆った。

「女性たちが一丸となって男に打ち勝つという結末は『婦人蟹工船』では成立しえません。今の彼女たちに男を打倒しなくてはならない理由などないからです。いっぽうで女性が国家事業に不必要になったという結末にすれば、女性たちは旧来の生き方に戻るしかなくなります。あるいはますます国家事業に必要とされるようになったという結末にすれば、婦人解放という幻想のなかで踊らされ続けるだけでしょう。国家事業が男基準の枠組みで作られているからです。つまり、どの結末もあなたにとって愉快なものにしかならないのです」

「さよう。『物語』は常に私にとって愉快なものでなければならぬ」

爆発音とともに船が揺れた。執務室の電話が鳴り、司令官はゆっくりと立ちあがると受話器を取る。「好きにさせたまえ」と言って受話器を置いた司令官は、「麻川君がダイナマイトを抱えて乗りこんできたそうだ」と椅子に腰を下ろし、腕を組んだ。

「早く結末を書きたまえ。さもなくば女人同士の殺し合いという悪趣味な締めくくりになるぞ」

執務室の扉が乱暴に開けられ、焦げ臭い潮風とともに毛皮帽をかぶった者が踏みこんできた。長い耳当てと毛皮襟で顔半分を隠し、ジャンパーにダイナマイトを巻きつけた麻川だった。

左手にオイルライター、右手にピストルを持った麻川はさよに歩み寄ると、こめかみに銃口を押しつける。司令官は腕組みしたまま「少し待ちたまえ」と麻川に視線を向けた。

「彼女は今、女人たちの未来を決める言葉を打とうとしているのだよ」

口元まで覆う毛皮襟の内側で、麻川が鼻で笑うのが聞こえた。

「女たちの未来は既に決まっている。そうだろう34番？」

麻川は文字盤を覆うレースのハンカチをはぎとる。

「これで標語を作るのか？　ならばさっさと作れ。それまで船を沈めるのは待ってやる」

階下の甲板からは女たちの騒ぎ声が聞こえている。

こめかみに銃口の冷たさを感じながら、さよは目を閉じる。

男たちが国を揺るがすたびに、女たちは歌や物語に平穏への祈りをこめてきた。だが祈りはしょせんは祈りにすぎず、男たちの独走を止めるだけの力など持ちえなかった。今も同じだろう。いや、今は男だけでなく新時代の婦人たちも、平穏を祈る歌など女々しいと唾棄《だき》するだろう。

「さあ女人を善き結末に導いてやりたまえ。そなたが蓄えてきた言葉を用いてな」

司令官の言葉に、麻川も便乗する。

「書けないなら閃かせてやろう、34番。『かぐや姫』で最も好きな場面はどこだ？」

唐突な問いかけにさよは目を開ける。麻川がさよの耳元に口を近づけて囁《ささや》く。私が好きな場面は、帝の兵隊が皆殺しにされる場面だ、と。

さよは思わず麻川を見る。麻川はさよのこめかみを銃口で押し、文字盤のほうに向かせた。

さよは深く呼吸し、ゆっくりと文字盤を打ち始めた。

〈耕《タガヤ》ソウ　殖《フ》ヤソウ　育テヨウ　我ラガ楽園　大東亜〉

巻紙に打ち出される文字を透視できるのか、司令官が目を細める。

〈亜細亜ヲ背負エ　新婦人　皆デ目指セ　楽園ヲ〉

踊らされている女たちを救うには、今はこの方法しか思いつかない。

〈一億共闘　列強打倒　勝チ抜コウ　ココガ勝負ノ岐《ワカ》レ目ダ〉

日本は周辺国の植民地化を進めてアジアの理想郷を作り、西欧列強に対抗しようとしている。ちょうどごうとさよが周囲の女を巻きこみながら、男基準の物語に抗ってきたように。だが日本が勢力を拡大しようとすればするほど、西欧列強は潰しにかかるだろう。そのとき日本が選ぶのは戦いだ。勝利の確証があるからではなく、根拠のない自信と誇りに基づいて戦うのだ。

〈百万婦人　一列行進　婦人強ケリャ　国強シ　我ラハ戦士　見ヨ　コノ勇姿〉

西欧列強との戦争に突入する日本は、自身が無敵だと信じて疑わないだろう。蒙古襲来のときは神風に守られたから。日清戦争や日露戦争で大国を相手どったときも勝利できたのだから。

〈一網打尽　聖戦婦人　婦人タチヨ　火ノ玉トナレ　列強ドモヲ　焼キ尽《ツク》セ〉

列強との戦いの結果、日本は焼き尽くされ、破壊し尽くされて、何もかもを失うだろう。

階下から聞こえていた女たちの騒ぎ声は歌声へと変わっている。

――百万婦人　一列行進！　皆で目指せぇ、楽園をぉぉ！

王道楽土、五族協和。日本語《やまとことば》の血が流れる人々を操る禁断の催眠術。それは四文字七音のリズムなのだ。

――一億共闘　列強打倒　ここが勝負の岐れ目だぁぁ！

文字盤を打ちながらさよは微笑む。歌声よ、もっともっと広がっていけ。

「なにを企んでおる」

司令官が立ち上がり、文字盤を取り上げようとする。一瞬の差で麻川が先に奪いとる。ピストルを腰に収めた麻川は、左手に文字盤を抱えたまま右手でさよの腕をつかみ、自分の横に立たせる。そして毛皮帽を外してみせる。麻川の顔に浮かぶ不敵な笑みは、麻川のものではなかった。さよが見つめるその顔は涙でぼやけていった。

「貴様、どうやって」

「あんたには何度も殺されてきたから、すっかり慣れたよ」

「貴様は平家蟹の餌になったはずだ」

「蟹の大群を呼び寄せる私の舞姿を見た麻川は、私のような女に生まれ変わりたいと叶わぬ夢を抱いたのさ。だったら麻川に同化してやらなくては哀れというもの」

司令官は憎々しげに目を細めた。

「その文字盤を得て世を掌握したつもりだろうが、私の許しなく使うても何の効力も発せぬぞ」

ごうも目を細め、文字盤を抱えたままオイルライターの火を灯す。司令官の「目玉」がみるみるうちに血走る。さよは文字盤を持つごうの左手をそっと支えた。

「私たちは女が生きづらい物語ばかりに生まれ変わってきたわね」

「次はどんな物語だろうか」

「私たちが存在しない物語であってほしい」

司令官が跳びかかると同時に、ごうは腹に巻いたダイナマイトにライターを押し当てた。

轟音爆風とともに火を噴いた船を、満月が煌々《こうこう》と照らしていた。

かぐや姫、物語を作りだせ!

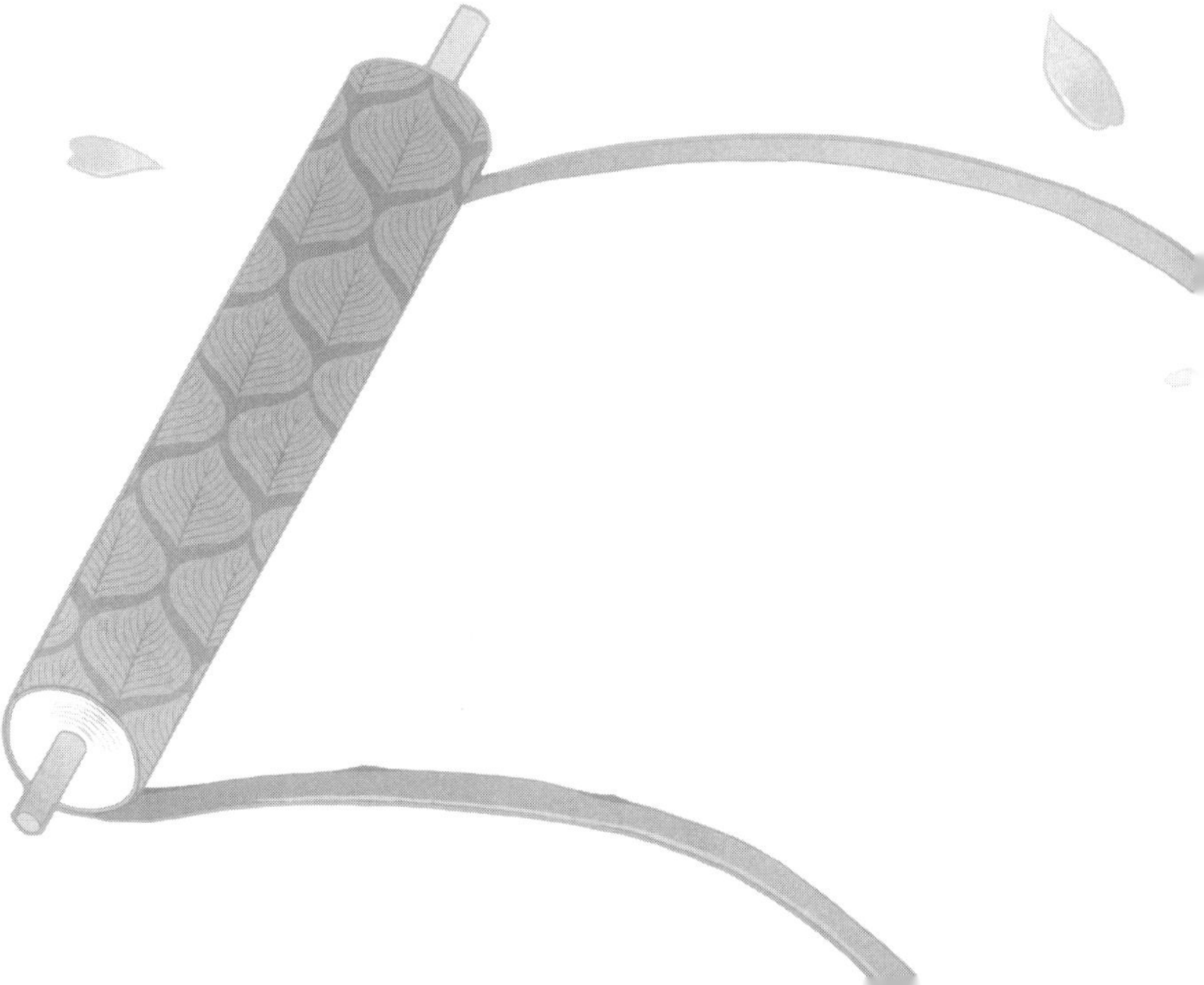

男女平等を法制化しようっていう動きが始まったのは日本が戦争に負けたからだよと、生前ひいお祖母《ばあ》ちゃんは言っていた。憲法が作り直されて家父長制度が廃止されて、女性に参政権が認められるようになって、日本初の女性代議士が何人も誕生したって。男子限定だった旧制大学の門戸《もんこ》も女子に開かれるようになって、百五十人近くが合格したって。女性たちがようやく法的に国民として位置づけられるようになったって。

ひいお祖母ちゃんは、憲兵より婦人会が怖かったって言っていた。町内の主婦全員に白い割烹《かっぽう》着《ぎ》を強制して、勤労奉仕の当番表を一方的に作って、お国を支える子どもを十人は産みましょうと圧力をかけてきて。隣の町内には反戦を唱えていた女流歌人がいたのに、いつのまにか婦人会側の人間になっちゃって。あの人もこの人も何かに憑《つ》かれたみたいに「これぞ婦人の底力」と燃えていたって。女性は男性が始めた戦争の犠牲者って言われてきたけど、そうとは限らなかったのかも。女性たちの協力なしでは戦争なんて大きなこと、できるはずがないもん。

そんなひいお祖母ちゃんの娘であるお祖母ちゃんは終戦の年に生まれた。クラスの半分が中学卒業で就職するなか、お祖母ちゃんは高校まで出て洋裁学校の講師になった。生徒さんが大勢ついて自分で教室を持とうって考えていたとき、縁談を勧められて結婚した。ちょうど高度経済成長期の真っ最中で、男性はばりばり働いて家庭を支えて、女性は家事や育児で家庭を守るというのが常識だったらしい。お祖母ちゃんは子育てが一段落してから洋裁学校の仕事に戻った。ただしパートさんとして。

だからお祖母ちゃんは自分の娘たちは大学まで通わせ、総合職に就《つ》かせた。男女雇用機会均等法ができて、女性も男性と同じ待遇を受けられるようになったからだ。でもバブル時代に就職した長女（私の伯母さん）は二十九歳で寿退社を迫られて、会社にいづらくなって退職した。氷河期に就職した次女（私のお母さん）は退職せずに産休育休を取ったけど、同期に大きなプロジェクトを譲らざるをえなくなった。「仕事か家庭。女はどっちかしか選べない」と独身を貫いていた女性上司は、ご両親の介護で海外転勤を諦めなくちゃならなくなった。

私のお姉ちゃんは就活で忙しい。大企業に就職すれば安心なんて時代じゃなくなったから公務員を目指している。民間より産休や育休制度がしっかりしているから職場結婚すれば子育てしやすくなるって言ってるけれど、先輩が「現実はそんなに甘くない」と笑うらしい。夫が育休を申請すると、上司が「奥さんがいるのになぜ？」と言うんだって。

ああ、それにしても宿題が全然はかどらない。学校で配布された小冊子を参考にして将来設計の年表を書いていかなくちゃいけないのだ。『社会で活躍する女性たち』っていう小冊子なんだけど、活躍する分野がいろいろ違っているだけで、人生の途中からは似たり寄ったりになっちゃうように感じる。プロフィール欄には定型文のように「何人の子育てをしながら」って書いてある。これがないと「活躍する女性」の資格を満たさないみたいに。まだ大学生だったり社会人なりたてだったりする人の今後の目標欄でも「出産と仕事の両立」が決まり文句になっているし。

私はまだ中二だから想像できるのは大学や専門学校への進学ぐらいまでだ。クラスの女子は、憧れの仕事をしながら出産育児をこなすにはどうしたらいいか考えるよりも、出産育児がしやすい職種のなかから自分に向いていそうな仕事を探そうって感じだ。そのために学校側も小冊子を配布したんだろう。

お祖母ちゃんは「おまえはいい時代に生まれたよ」って言う。戦時中や戦後の大変な時代と比べればマシなんだろうけど、世界の男女格差統計では日本は下位だ。私は自分にしかできない仕事をやってみたい。できれば世の中をちょっと変えてみたい。進路指導の先生は「意欲は買うけど女子には限界があるからなあ」とボヤいていたけれど。

まずはがんばって志望高校に受からなくちゃ。最近はテスト期間と生理が重なることが多くて、頭がぼんやりして点数が落ちてしまうのだ。でも担任の先生が「私もそうだったよ」って励ましてくれて、県内模試で上位圏に入れるようになった。近所の人たちに「男の子だったら親御さんも喜んだのにね」と言われて、浪人中のお兄ちゃんに八つ当たりされたけど。

そんな担任の先生は、ときどき職員室で切羽詰まった顔でスマホを見ている。なんだろうと思ってこっそり覗いてみたら、婚活女子のタイムリミットって字が見えた。

ああ、やっぱり宿題が進まない。気分転換にノートパソコンの電源を入れる。今日はどれだけアクセスがあったかな。

私はノベル投稿サイトでパラレルな日本のお話を書いている。女性が首相で、大臣も九割が女性で、G7で集った各国首脳も護衛も女性。G7会場を占拠したテロ集団も全員女性で、鎮圧に出向くSWATも全員女性。そこに女性だけの新選組がタイムワープしてきて、宇宙からはエイリアンのママが地球に産卵に来て——って妄想ストーリーを展開しているうちにアクセス数やランキングがアップしていった。意外だったのはお母さん世代からコメントが来たことだ。

〈一度ぐらい日本がこうなってもいいよね、テロとエイリアンは困るけど〉

〈こういう日本なら私も活躍できそう！〉

男子がランキングの票を入れてくれることもある。お話の世界では男子だからって銃を持たされることも、走りたくもない出世レースで競わされることもない。

でも最近、私を叩く集団が現れた。性的役割の枠を取りはずそうって風潮が生まれてから日本がおかしくなってきたし、私が書くものもそういうのに毒されてるって。ランキング上昇中の投稿が叩かれるのはよくあることだ。ここは日本最大級の投稿サイトだし、今は特別コンテストの真っ最中だからなおさら。大賞に選ばれた投稿作は本になってコミック化されて映画やアニメになって大々的に宣伝される。

ランキングのトップを独走するのは前代未聞の参加者で、なんと、ストーリーを自動作成する人工知能だ。どこからともなくこの投稿サイトに侵入してきた「ＫＡＭＩ」っていう人工知能は、レトロな画像や映像をネットで収集しながら、機械とは思えない文体でデジタルノベルをつづるのだ。

平成の女の子はルーズソックスとミニスカート姿で意気揚々と歩き、バブル時代の女子大生は体の線を強調した服で羽の扇子を振って踊り、若い男性はボーナスで買った車を磨いて彼女や家族とドライブにでかけ、男子たちはバイトして野球のバットを買う。〈こういう時代っていいな〉って大量のコメントに応えるように、ＫＡＭＩはノベルを次々に更新して拡散する。スマホもメールもなかった時代の遠距離恋愛。ご近所で醤油を貸しあう主婦。

最近はネットにアクセスするだけで、ＫＡＭＩが「おすすめ記事」や「おすすめ動画」で表示される。それを見てアクセスしたお姉ちゃんは、こういう平和な時代だったら苦労しなくてすんだのにって言う。担任の先生は、昔は男性も女性も美しい日本語を使ってたねって、しみじみしてる。それにこの時代の男性には本当の男らしさがあったよねって。

最近、政治家や知識人が「かつての良き日本を取り戻そう」ってスローガンを掲げて支持を集めている。ＫＡＭＩはそういう人たちともどんどん自動リンクしている。

ああ、またＫＡＭＩの「おすすめ広告」が出てきた。

《回帰しよう　日本という物語へ　正しい本来の物語へ》

付きまとうように表示されるので「表示しない」をクリックしまくっていたら、突然、広告が崩れて溶け落ちるように消えた。どうしよう、パソコンを壊しちゃったかも。

そのとき画面にビデオチャットの枠が現れた。髪にピンクのメッシュを入れた女子高生っぽい人がこっちを向いて座っていた。

「こんばんは。サイト運営者です」

わっ、いきなり⁉　でもすごいな。日本最大規模の投稿サイトを運営していたのが私とそんなに年の違わない子だったなんて。そういえば四年ほど前に女子中学生がクラウドファンディングで起業したって聞いたことがある。この子なんだろう。

「そろそろ始めようか、さよ」

運営者は私をまっすぐに見て笑いかける。

私のなかで何かが巻き戻されていく。
半開きの窓から夜風が流れこむ。きっと今夜は満月になる。

参考資料一覧

図書

『王朝生活の基礎知識――古典のなかの女性たち』川村裕子　角川選書
『平安朝の生活と文学』池田亀鑑　ちくま学芸文庫
『平安朝　女の生き方――輝いた女性たち』服藤早苗　小学館
『下級貴族たちの王朝時代――『新猿楽記』に見るさまざまな生き方』繁田信一　新典社選書
『庶民たちの平安京』繁田信一　角川選書
『「源氏物語」の時代を生きた女性たち――紫式部も商いの女も平安女性は働きもの』服藤早苗　NHKライブラリー
『源氏物語　六條院の生活』五島邦治［監修］／風俗博物館［編集］　青幻舎
『新日本古典文学大系　源氏物語』（全五巻）柳井滋、大朝雄二、藤井貞和、室伏信助、鈴木日出男、今西祐一郎［校注］　岩波書店
『平家物語を歩く――源平のつわもの、よりそう女人、末裔の落人たちの足跡を訪ねる』林望［著］／松尾葦江［監修］　JTBキャンブックス
『平家物語の女性たち』永井路子　文春文庫
『義経と源平合戦を旅する』（大人の学び旅）産業編集センター
『源義経と壇ノ浦』（人をあるく）前川佳代　吉川弘文館
『ビジュアル合戦雑学入門――甲冑と戦国の攻城兵器』東郷隆、上田信　大日本絵画
『白拍子　静御前』森本繁　新人物往来社
『乱舞の中世――白拍子・乱拍子・猿楽』（歴史文化ライブラリー）沖本幸子　吉川弘文館

『「医心方」事始──日本最古の医学全書』槇佐知子　藤原書店
『孫子例解　巻第九　行軍篇』落合豊三郎　軍事教育会
『元禄忠臣蔵データファイル』（データ百科シリーズ）元禄忠臣蔵の会［編］　新人物往来社
『赤穂浪士と吉良邸討入り』（人をあるく）谷口眞子　吉川弘文館
『赤穂浪士の実像』（歴史文化ライブラリー）谷口眞子　吉川弘文館
『赤穂義士の戸籍調べ──皇国の精華武士道の粋』醍醐恵端　二松堂書店
『「忠臣蔵」の決算書』山本博文　新潮新書
『忠臣蔵の女たち』佐竹申伍　光風社出版
『こんなに面白い江戸の旅──東海道五十三次ガイドブック』菅井靖雄　東京美術
『現代訳　旅行用心集』八隅蘆菴［著］／桜井正信［監訳］　八坂書房
『新釈漢文大系』明治書院
『ドイツ近現代ジェンダー史入門』姫岡とし子、川越修［編］　青木書店
『ヨーロッパ家族社会史──家父長制からパートナー関係へ』M・ミッテラウアー、R・ジーダー［著］／若尾祐司、若尾典子［訳］　名古屋大学出版会
『ヨーロッパの家族史』（世界史リブレット）姫岡とし子　山川出版社
『ドイツ奉公人の社会史──近代家族の成立』若尾祐司　ミネルヴァ書房
『近代を生きる女たち──一九世紀ドイツ社会史を読む』川越修、原田一美、姫岡とし子、若原憲和［編著］　未來社
『鷗外の恋──舞姫エリスの真実』六草いちか　河出文庫
『演劇場裏の詩人　森鷗外──若き日の演劇・劇場論を読む』井戸田総一郎　慶應義塾大学出版会
『文豪たちの大喧嘩──鷗外・逍遥・樗牛』谷沢永一　ちくま文庫
『鷗外選集』（全二一巻）森林太郎　岩波書店

『明治を生きた男装の女医　高橋瑞物語』田中ひかる　中央公論新社
『明治メディア考』加藤秀俊、前田愛　河出書房新社
『国際結婚の誕生――〈文明国日本〉への道』嘉本伊都子　新曜社
『満洲文化物語――ユートピアを目指した日本人』喜多由浩　集広舎
『非国民な女たち――戦時下のパーマとモンペ』飯田未希　中公選書
『戦争がつくる女性像――第二次世界大戦下の日本女性動員の視覚的プロパガンダ』若桑みどり　ちくま学芸文庫
『蟹工船・党生活者』小林多喜二　新潮文庫
『和本への招待――日本人と書物の歴史』橋口侯之介　角川選書
『日本の古典籍――その面白さその尊さ』反町茂雄　八木書店
『歴史を読み替える　ジェンダーから見た日本史』久留島典子、長野ひろ子、長志珠絵［編］　大月書店
『史料にみる日本女性のあゆみ』総合女性史研究会［編］　吉川弘文館
『日本の髪型――伝統の美　櫛まつり作品集』京都美容文化クラブ
『日本の女性風俗史』切畑健［編］　紫紅社文庫

WEBサイト
風俗博物館　https://www.iz2.or.jp/
国立国会図書館デジタルコレクション　https://dl.ndl.go.jp/
Free-scores.com　https://www.free-scores.com/

かぐや姫《ひめ》、物語《ものがたり》を書《か》きかえろ！

雀野日名子（すずめの・ひなこ）

大阪外国語大学（現・大阪大学外国語学部）卒。
ブラック企業に勤務しながらゴーストライター、
ノベライズライターをし、小説執筆を始める。
既刊に『終末の鳥人間』シリーズ、
『幸せすぎるおんなたち』『太陽おばば』など。

◉本書の著者エージェント＝
アップルシード・エージェンシー

2021年11月20日　初版印刷
2021年11月30日　初版発行

著者　**雀野日名子**

発行者　小野寺優
発行所　株式会社河出書房新社
〒151-0051
東京都渋谷区千駄ヶ谷2-32-2
電話　03-3404-1201（営業）
　　　03-3404-8611（編集）
https://www.kawade.co.jp/

組版　KAWADE DTP WORKS
印刷、株式会社暁印刷
製本　大口製本印刷株式会社

Printed in Japan
ISBN978-4-309-03007-4